fetiche

TARA MOSS

2008, Editora Fundamento Educacional Ltda.

Editor e edição de texto: Editora Fundamento
Capa e editoração eletrônica: Desdobra – Design do Brasil
Fotografia da capa: Michael Omm
Design da capa: Tara Moss
Autor da foto da capa interna: Gavin O' Neill
Fonte do título: Darian Causby

CTP e impressão: Sociedade Vicente Pallotti
Copyright texto © Tara Moss, 1999

Dados Internacionais de Catalogação na Publicação (CIP)
(Câmara Brasileira do Livro, SP, Brasil)

Moss, Tara
  Fetiche / Tara Moss ; [versão brasileira da editora]. – São Paulo, SP : Editora Fundamento Educacional, 2008.

  Título original: Fetish

  1. Ficção australiana - Escritores canadensese
  I. Título.

07-8908   CDD-028.5

Índices para catálogo sistemático:

1. Ficção: Literatura australiana   823

Fundação Biblioteca Nacional

Depósito legal na Biblioteca Nacional, conforme Decreto n.º 1.825, de dezembro de 1907.
Todos os direitos reservados no Brasil por Editora Fundamento Educacional Ltda.

Impresso no Brasil

Telefone: (41) 3015 9700
E-mail: info@editorafundamento.com.br
Site: www.editorafundamento.com.br

fetiche

TARA MOSS

Editora Fundamento

Para Janni Moss

Prólogo

Ela usava sapatos de salto-agulha – pretos, lustrosos e elegantes, com tiras finas que comprimiam seus tornozelos brancos e delgados. Seus saltos batiam ritmadamente na calçada coberta de gelo enquanto ela subia a rua sozinha. Ele se esforçou para captar esse ruído, a música sedutora que o enfeitiçava, como no conto do flautista de Hamelin.

Clique, clique, clique...

Passou com o carro devagar, observando a garota com os olhos famintos de um predador. Era jovem, muito atraente, com os cabelos bem escuros e a minissaia preta revelando as pernas longas, nuas e graciosas. O casaco de inverno que chegava até a altura das coxas não era suficiente para manter aquecido seu belo par de pernas; ele podia ver a superfície eriçada e o tom levemente azulado da pele descoberta e fria.

Clique, clique...

Minutos mais tarde, passou por ela novamente. A rua estava praticamente deserta, mas ela ainda não percebera sua presença. Prosseguia em sua rota equivocada, com o belo rosto cheio de determinação.

Caminhando sozinha.

Perdida.

As nuvens estavam pesadas como chumbo, ameaçadoras. Nenhum guarda-chuva à vista. Por quanto tempo ela ainda se disporia a caminhar, depois que os céus finalmente desabassem? Com certeza não desejaria se molhar. Com certeza tinha os pés cansados. Era inevitável que fosse precisar dele.

Pacientemente, ele a observou sacar um mapa da pesada bolsa que levava em seu ombro. Cabelos negros e sedosos deslizaram sobre sua face enquanto ela o desdobrava e tentava arduamente se localizar em meio ao intrincado labirinto de avenidas, ruas e travessas. Ela apertava os olhos num esforço de concentração, mas, quando as nuvens finalmente rebentaram, borrifando-a com gotículas geladas, lançou um olhar furioso para o céu carregado e examinou a rua à procura de abrigo. Nem sombra de táxis, cabines telefônicas, bares abertos ou mesmo uma simples lojinha. Nada por muitos quarteirões.

A chuva começou a aumentar.

Clique...

A garota recomeçou a andar, mais rápido e sem rumo. A bolsa preta pesava em seu ombro, o mapa era agora uma bolinha amassada com raiva em sua mão. Gotas de chuva desciam por suas pernas macias e depiladas deixando nelas um rastro de estrias brilhantes.

Ele parou o carro ao seu lado.

"É agora."

Abaixou os vidros.

– Tudo bem com você? – perguntou. – Parece perdida.

– Estou bem – respondeu a garota, olhando nervosamente em torno.

Ela tinha um sotaque estrangeiro. Americano ou talvez canadense.

– Tem certeza? Essa não é uma boa vizinhança para se andar sozinha.

Ele fingiu checar seu relógio.

– Minha mulher está me esperando em casa para jantar, mas posso me atrasar alguns instantes para deixá-la onde precisa.

Uma aliança dourada reluziu em seu dedo anular esquerdo. Ele a polia especialmente para ocasiões como essa.

Os olhos da garota pousaram ali por um instante.

– Ah, não... Está tudo bem comigo, acho...

Seu rosto era belo, cheio de juventude e perfeitamente imaculado. Sua pele pálida se tornara rosada com o esforço, irradiando uma luz morna como um suave abajur de porcelana.

– Sabe onde fica a Rua Cleveland? – ela perguntou.

– Oh, minha querida... Estamos bem longe da Rua Cleveland. Esta é a Rua Philip. Venha aqui, deixe-me mostrar no seu mapa.

Fez sinal para que se aproximasse, e ela caminhou lentamente até se debruçar na janela do passageiro. Ele podia sentir o odor do suor doce e jovem. O rosto dela brilhava agora a apenas um palmo do seu.

– Venha, suba aqui um instante. Você está se molhando toda – disse ele, abrindo para ela a porta do passageiro.

Ela deu um passo para trás ao ver aberta a porta do furgão, a indecisão estampada em sua face. Por um instante, permaneceu imóvel, e ele se perguntou se de fato aceitaria sua ajuda. Sorriu inofensivamente, não se deixando trair pela impaciência. Então, com gotas de chuva escorrendo pela testa, a garota encolheu os ombros e deslizou para o banco sequinho.

Abrigada da chuva, ela parecia aliviada. Passou para ele o mapa, abrindo um largo e simpático sorriso que revelou um conjunto de dentes brancos e perfeitos. Ela deixou a porta aberta, com uma perna esticada tocando ainda a calçada molhada.

Ele fazia força para não olhá-la diretamente.

– Estamos neste ponto – disse, apontando para o mapa. – A Rua Cleveland fica neste outro ponto. Você deveria seguir por este caminho e então...

O cheiro dela o embriagava. Odores doces que misturados com a chuva se tornaram também úmidos, e almiscarados entre as pernas. Percebia os batimentos cardíacos dela voltando ao normal. Estava mais relaxada, confiava nele. Ele continuou com sua explicação num tom reconfortante e paternal. Parecia absurdamente longe no mapa e, pelo que dizia, era de fato impensável chegar lá a pé.

Na verdade, teria bastado uma breve caminhada.

* * *

A noite cobriu a cidade com seu manto escuro e impenetrável. As nuvens haviam descarregado toda a sua chuva e ido embora, deixando para trás ruas quietas e brilhantes de umidade, que o furgão atravessava tranqüilamente. Com os olhos bem adaptados à escuridão, ele dirigiu até uma grande e isolada área de estacionamento, apagou os faróis e foi rodando até o ponto escolhido, sob algumas figueiras altas e frondosas.

A beldade chorava baixinho atrás dele, como havia feito em outros

momentos durante o percurso. Ele buscou um par de luvas e calçou-as. Depois de verificar que todas as portas estavam trancadas, avançou em direção a ela, fechando cuidadosamente as pesadas cortinas que separavam o compartimento do motorista da parte traseira do furgão. Ele acendeu uma lanterna a pilha, piscando um pouco até que a vista se acostumasse. O grosso cobertor negro havia descido até o meio da barriga da garota durante o trajeto. Seus braços ainda se mantinham esticados sobre a cabeça, com os pulsos algemados à parede, e o corpo estendido sobre o piso do furgão. Sua blusa fina de tricô azul-claro estava salpicada aqui e ali de grossos pingos de sangue – o mesmo sangue viscoso que brilhava ao redor do couro cabeludo. Com os olhos semi-abertos e cheios de lágrimas salgadas que desciam traçando linhas negras de rímel em suas bochechas, ela gemia de novo, movendo-se fracamente.

Insensível ao choro e às súplicas, ele pegou seu material. Teria de amordaçá-la agora. Ela tinha ficado que desde quando levara uma surra, mas poderia começar a gritar de um momento para o outro, e isso ele não poderia arriscar, mesmo num lugar isolado como aquele. Os olhos da garota o acompanharam enquanto ele aproximava a mordaça de sua face e se arregalaram ao ver a bola vermelha de borracha e suas longas tiras de couro. Ela estava voltando à lucidez. Na hora certa. Ele tinha perdido há muito tempo o interesse em vítimas inconscientes.

– Está tudo bem. Não vou te machucar – mentiu.

Não fazia sentido deixá-la mais nervosa até que estivesse completamente dominada.

Ele arreganhou com força os maxilares dela, usando ambas as mãos, e enfiou lá dentro a bola de borracha. Os olhos úmidos da garota viraram dois enormes discos azuis cintilantes de pavor, e ela grunhiu um protesto abafado. Ele puxou as tiras ao redor de sua cabeça e as afivelou atrás, sujando os dedos no sangue pegajoso que escorria lentamente do topo do crânio.

Um dia, ele teria um quarto à prova de som. Ah, como as reações e os gritos o excitavam! Mas por enquanto ainda não podia se dar a esse luxo.

Amarrada e amordaçada, a garota começou a lutar com força

surpreendente; ele rapidamente montou sobre ela e, com a mão enluvada, acertou um soco direto em seu maxilar. Seus olhos se fecharam num estalo, e ela emitiu um grito abafado, as lágrimas rolando mais fortes e o corpo explodindo em soluços convulsivos. Ele ficou ainda mais excitado e arrancou a manta que a cobria. Seus seios pequeninos subiam e desciam sob a blusa leve, e a minissaia já estava nos quadris, mas os sapatos pretos de salto fino continuavam bem postos nos delicados pés da garota.

Ele desceu de cima dela e removeu o sapato do pé direito. "Adorável. Perfeito." Seus dedos eram macios e bem-feitinhos; isso o encantava. Colocou o sapato no lugar, apreciando ainda mais sua visão por saber que abrigava dedos tão perfeitos. Alcançou sua navalha e montou de novo sobre sua presa mais recente. Ela sangrava, mas permanecia consciente, e seus olhos azuis se arregalaram, movendo-se freneticamente de pavor. Com um único movimento preciso, ele cortou o delicado tecido de sua blusa, abrindo-a da cintura ao pescoço. Ela usava um sutiã simples, liso, de cor creme. Ele cortou o fecho do centro, que se abriu com um estalo, expondo os alvos seios da garota. Rasgou também sua saia e as calcinhas de algodão, colocando tudo junto numa pilha bem organizada.

Ela estava nua para ele.

Indiferente a suas súplicas abafadas e à agora desesperada enchente de lágrimas, ele continuou com seu trabalho.

* * *

Quando raiou o dia, o homem decidiu que era hora de deixar o estacionamento. Embora não tivesse pregado o olho nem por um segundo, não estava cansado. Sentado ao lado do silencioso corpo da garota, ele se sentia tranqüilo e poderoso. Curioso, quis bisbilhotar as coisas da moça antes de se livrar delas. Abriu a grande bolsa preta que ela carregava e encontrou um livro grande e pesado – um álbum de modelo. Folheou suas páginas. As fotos mostravam a garota em uma porção de poses simpáticas; sorrindo, caminhando ou parada. Entediante. Encontrou ainda uma carteira com um passaporte canadense, uma agenda de telefones e uma

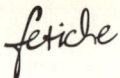

carta amarrotada dirigida a uma tal "Catherine Gerber". Ele a desdobrou e leu:

Cara Cat,

Não vejo a hora de nos reencontrarmos. Seis meses é muito tempo longe! Obrigada por ter vindo para o funeral da mamãe. Ela teria feito questão de você lá. Sempre dizia que você era sua terceira filha. Eu não teria conseguido superar isso sem a sua ajuda, e papai também ficou muito contente por você estar lá.

Chega de assuntos deprimentes! Como disse a você pelo telefone, chego na quinta às 7h45 com o vôo 771, da Japan Airlines, que vem de Tóquio. Se você não puder estar lá nessa hora, não se esqueça de deixar a chave para mim em algum canto. A agência já me escalou para uma sessão de fotos em La Perouse na sexta-feira. Nem terei tempo para me recuperar da diferença de fusos! Obrigada por me hospedar. Temos muita coisa para conversar. Vejo você logo...

Sua melhor amiga sempre,
Mak

Um esboço de sorriso passou por seus lábios. Daria um belo *souvenir*. Fuçou a carteira, que não lhe pareceu lá muito interessante, até que achou um compartimento com fotos. A garota com a família. A garota com um homem. A garota com uma loira.

Ele examinou a foto, impressionado.

A garota com uma loira.

Interessante. Alta, com uma bela e volumosa cabeleira dourada que lhe escorria pelos ombros. Quem seria? A foto parecia ter sido tirada numa cidade estrangeira. Ele a girou e leu a escrita borrada: *Eu e Mak fazendo sucesso em Munique!* Contemplou atentamente a foto por alguns instantes, e então a colocou delicadamente em sua carteira, ao lado de um retrato de sua mãe.

Leu de novo a carta.

"La Perouse."

Não era longe dali.

Ele guardou a carta e a agenda em sua maleta. Depois juntou as roupas da garota e colocou-as num grande saco de lixo. Quando estava tudo pronto, foi para o banco do motorista, deu a partida e saiu incógnito pela manhã fresca e úmida de orvalho.

Capítulo 1

— Desculpe, agora estou ocupada — anunciou a voz na secretária eletrônica, entre risadinhas marotas. — Mas deixe um recado e se der sorte ligarei de volta.

Makedde Vanderwall balançou a cabeça e esperou o bipe.

— Alô, Cat, acabei de chegar. Daqui a pouco, vou pegar um táxi. Eu sei que você está aí.

Ela esperou alguns segundos para dar a Cat tempo de alcançar o telefone.

— Hummm. Se você *realmente* não está, suponho que tenha deixado a chave em algum lugar bem óbvio...

Mak estava ansiosa para ver sua amiga, quase tanto quanto para se livrar daquela roupa do dia anterior e se jogar numa ducha quente. Sua blusa de gola alta estava um bocado amarfanhada da viagem e sua calça Levi's favorita manchada de café aguado. O café era para a xícara de um executivo na 34J, mas a comissária de bordo, que depois se desmanchou em desculpas, errou o alvo por causa de uma mudança brusca de altitude. Ou talvez de atitude, Mak não sabia ao certo.

Ela caminhou a passos largos pelo terminal do aeroporto, com as malas a reboque, fazendo girar algumas cabeças sem querer. Loira e com 1,80 m de altura, Mak chamava a atenção aonde quer que fosse, embora ela quase não se desse mais conta disso. Jeans surrados e cabelos despenteados não faziam muita diferença para o efeito queixo-caído.

O vôo desde o Canadá tinha sido terrivelmente longo, e ela se perguntou novamente se tinha mesmo valido a pena pegar a rota alternativa, mais cheia de escalas, para economizar quinhentos dólares. A espera gigantesca na alfândega teria sido insuportável se soubesse que Catherine não estaria lá no aeroporto. De qualquer forma, após mais de um dia inteiro de viagem, estava a apenas meia horinha de um feliz reencontro. Ela se arrastou até o

guichê dos táxis lá fora e entrou na comprida fila de viajantes internacionais exaustos e imundos.

A chuva de inverno havia lustrado ruas e calçadas. Talvez julho não fosse a melhor época do ano para visitar a Austrália, mas era esse o tempo disponível entre as matérias do curso de Psicologia, e Mak teve que agarrar a oportunidade. Seus dias como modelo estavam contados, e seu saldo no banco ainda cabia em seis dígitos, *incluindo* os dos centavos. Ela esperava que esse período de férias pudesse envolver muito trabalho e uma injeção de capital mais que necessária. Um táxi parou abrindo o porta-malas e, em poucos instantes, Mak estava avançando através da chuva em direção a Bondi Beach.

Em vinte minutos, o táxi subia o alto da avenida Bondi, passando pelo estádio Waverley enquanto as nuvens se desvaneciam. Raios de sol dourados se refletiam na grama verde e resplandecente do campo de críquete e, quando eles alcançaram o topo da Rua Campbell, as nuvens tinham desaparecido por completo, como se aquele lugar, Bondi, tivesse um acordo especial com os deuses do tempo. Observar o espetáculo do aumento gradual do brilho da areia e das ondas melhorou o seu humor. Dois meses inteiros para curtir aquelas praias lindas e pôr o papo em dia com sua melhor amiga. Talvez uma breve mudança de ares e a retomada de sua carreira de modelo fossem exatamente aquilo de que ela precisava para espantar o baixo-astral.

Makedde parou na Rua Campbell diante de um prédio de três andares, com fachada de tijolos nus, meio desgastados pelo tempo, e conferiu novamente o endereço enquanto o táxi ia embora. Ela interfonou para o apartamento número 6 e esperou. E esperou. Experimentou então a porta. "Deve ter ido dormir tarde", pensou, com uma pontinha de irritação. O trinco estava quebrado e, ao abrir a porta, ela se deparou com um lance de escadas de madeira nada firme e em péssimo estado de conservação. Ao que parecia, ela teria que arrastar sozinha suas malas e bater até que Catherine acordasse.

Makedde carregou sua bagagem pelas escadas, maldizendo os livros e as roupas de inverno que faziam com que pesasse tanto. Chegou ao apartamento, que mal se podia identificar por um "6" de metal, pendendo de cabeça para baixo de um prego meio solto, mais parecendo à primeira vista o número 9. Ela bateu na porta.

Nenhuma resposta.

– Urrrr... – grunhiu com crescente frustração.

Ela deixou suas malas no alto das escadas e arriscou uma ida à caixa de correio lá fora para procurar algum recado ou uma chave. Quando encontrou a caixa número 6 vazia, a não ser pelo menu de entregas de um restaurante tailandês, sentiu a primeira pontada de uma enxaqueca. Ela explorou com a mão o interior da caixa, esperando que seus olhos a tivessem enganado. Não teve sorte. Vazia.

Era quinta-feira e passava já das 9 horas. Com certeza, a maioria dos moradores do prédio estaria fora trabalhando ou surfando, então ela voltou ao número 6 e atacou a porta numa furiosa e inútil sucessão de murros.

Silêncio total no apartamento.

Ela inclinou o tronco contra a porta, apoiando sobre as mãos a cabeça latejante. "Relaxe", pensou. "Relaxe e encontre um telefone."

Esperando que ninguém fosse se dar ao trabalho de levar embora todo aquele trambolho, ela saiu à rua e avistou uma cabine telefônica alaranjada no quarteirão seguinte. Acelerou o passo em sua direção, sacando do bolso um pedaço amarrotado de papel. O telefone engoliu suas moedas num rápido borbulhar metálico e tocou uma porção de vezes antes que alguém atendesse.

– Book Agência de Modelos.

O tom da saudação era de tédio e desinteresse.

– Oi, aqui é Makedde Vanderwall. Eu poderia falar com Charles Swinton, por favor?

– No momento ele está ocupado.

– Até quando?

– Quer deixar recado?

Mak fechou os olhos.

– Escute, acabei de chegar do Canadá e estou com minhas malas do lado de fora de um dos apartamentos para modelos de vocês, sem ninguém que me faça entrar ou me dê uma chave. Eu realmente preciso falar com Charles.

– Um instante.

Após dois ou três cliques, uma voz masculina apareceu na linha.

– Oi, Charles, aqui é Makedde Vanderwall...

Ela explicou sua situação educadamente, mas com toda a firmeza de que era capaz.

– Temos uma chave extra para o apartamento de Bondi, se quiser passar na agência – ele respondeu.

– Estou aqui fora com duas malas muito pesadas. Teria como pedir a alguém para mandar essa chave por um taxista?

Vinte e oito minutos mais tarde um táxi apareceu e Makedde pôde entrar com sua chave extra. As instalações eram modestas, típicas de modelos em trânsito: um conjugado com camas gêmeas, uma pequena cozinha e um banheiro. Embora a cama parecesse pequena a ponto de seus pés ficarem para fora, ela animou-se com a idéia de poder ficar na posição horizontal. Catherine estava morando havia apenas um mês no apartamento mobiliado, mas Mak percebeu que ela já tinha acrescentado um toque especial ao lugar. A decoração simples tinha sido incrementada com uma profusão de recortes de revistas chiques de moda – anúncios de Gucci, Chanel, Calvin Klein e dos estilistas australianos Morrissey e Lisa Ho cobriam as paredes numa colagem de visuais estonteantes. Ela mal podia imaginar a cara do proprietário do imóvel quando visse aquelas fotos grudadas com quilômetros de fita adesiva.

Seguida por uma centena de olhares vagos realçados com rímel, Makedde observou o pequeno apartamento – o banheiro apertado, a meia cozinha com seu frigobar, e a ampla janela se abrindo para uma deslumbrante vista da parte sul de Bondi Beach. No lado oposto à janela, as duas camas de solteiro tinham sido arrumadas com colchas descombinadas, cada qual com seu travesseirinho magro e desconfortável. Um minúsculo gaveteiro estilo anos 70 separava as camas, e Makedde viu um bloco de notas sobre ele, bem ao lado do telefone. Ela pegou o caderninho e leu o bilhete rabiscado às pressas.

JT Terrigal
Beach res.
16
14

Não deu para entender grande coisa. Makedde esperava alguma desculpa apressada pela ausência da amiga, mas o bilhete não parecia endereçado a ela nem a nenhuma outra pessoa. Catherine tinha mencionado um possível encontro amoroso no fim de semana, mas não quis dizer com quem. Teria alguma relação com o bilhete? A escrita parecia apressada. Será que ela teria precisado sair em cima da hora?

Confusa e desapontada, Makedde começou a inspecionar o apartamento mais detalhadamente. A porta da geladeira, lugar de bilhetes por excelência, estava apinhada de menus para entrega em domicílio, mas nem sombra de recado. A luz vermelha da secretária eletrônica piscava – sinal de mensagens gravadas. Makedde apertou o botão. As duas primeiras eram só tons de interrupção de chamada; depois vinha "Catherine, aqui é a Skye, da Book. Me liga". Mais alguns cliques e pausas, e a próxima mensagem era dela mesma. "Alô, Cat, acabei de chegar. Daqui a pouco, vou pegar um táxi..."

Ela imaginou que, em alguma hora do dia, iria receber uma ligação afogueada de Cat, desmanchando-se em desculpas e contando como seu Romeu secreto a tinha arrebatado de paixão e a raptara de improviso para uma noite quentíssima.

"Bela recepção."

Makedde decidiu ir se instalando, e a primeira coisa da lista era o tão esperado banho quente. Infelizmente, o banheiro se mostrou ainda mais apertado do que parecia. Ou era um estilo pavoroso para espaços reduzidos, ou uma transformação ilegal de algum *closet* – algo que ela já havia visto em outros apartamentos para modelos. Ela teve que saltar o vaso sanitário para alcançar a ducha, pois a pia estava instalada bem diante do vaso, sem nenhum espaço para passar entre eles. Depois de se ajoelhar sobre a tampa do vaso para escovar os dentes, deslizou para o lado e entrou no boxe.

Mak se postou sob o jato revigorante de água quente, deixando a espuma do sabão levar embora toda a sujeira da viagem. Ela se enxugou e, ainda quente, mergulhou na cama usando uma camiseta e uma bermuda de algodão da qual continuava a gostar, o mesmo não tendo acontecido com seu dono original. Ela não dormia bem havia muitos meses e não tinha conseguido pregar o olho durante todo o vôo. Estava muito cansada para sequer pensar em agüentar um pouco mais acordada para adaptar-se ao fuso horário. Em vez disso, programou o despertador para as 17h30; então ligaria para a agência Book para se informar sobre a sessão de fotos do dia seguinte e sobre algum recado que Catherine pudesse ter deixado por lá. O sono veio logo, mas seu descanso foi perturbado por sonhos torturantes.

Catherine estendendo a mão...

Catherine sendo puxada através de uma sucessão de cenários oníricos, com o terror desfigurando seus belos traços. Ela está sendo arrastada cada vez mais para dentro de um lugar escuro e misterioso. Seu rosto, pálido e fantasmagórico, se contrai num grito mudo. Seus olhos se arregalam, cada vez mais apavorados enquanto ela é arrastada. Uma escuridão morta e absoluta engole-a lentamente. Ela implora, suplica, enquanto é engolida.

Nada a trará de volta.

O telefone tocou.

Makedde sentou-se de um salto, o rosto todo salpicado de suor. O relógio marcava 17h22.

– Alô?

Era Charles Swinton, seu agente, confirmando os detalhes da sessão de fotos no dia seguinte em La Perouse. O trabalho estava previsto para começar bem cedo e tomaria o dia todo. A despeito da chuva recente, não condicionaram o ensaio às condições climáticas; acreditavam que o tempo iria melhorar.

— Hum, Charles... Catherine entrou em contato com vocês?

— Não. Estou achando que ela resolveu se mandar mais cedo para o fim de semana. A propósito, você está escalada também para o lançamento de moda de Becky Ross. Vão confirmar amanhã conosco.

— Becky Ross?

— A atriz de novelas. Ela está fazendo muito sucesso agora e está promovendo uma linha de roupas própria. Será uma vitrine excelente para você.

— Ótimo. Mantenha-me informada.

Makedde agradeceu pela chave do apartamento e se despediu. Ficou na cama, esperando o telefone tocar e torcendo para que Charles estivesse certo. Catherine poderia ter-se deixado levar pelo coração, apaixonada pelo próprio amor e convencida de que seu último homem era ninguém menos que seu Príncipe Encantado a bordo de um Porsche. Já tinha acontecido antes.

Ainda eram 17h30, mas já passava da meia-noite no Canadá. Ela lutou para continuar acordada, mas por volta das 22 horas sua energia a abandonou de vez, e suas pálpebras cederam ao sono. Ela adormeceu com um exemplar cheio de orelhas de um livro de suspense nas mãos.

Capítulo 2

A manhã seguinte estava terrivelmente fria, com um vento cortante do sul castigando a costa. O vento fazia com que o *trailer* tremesse e gemesse como um velho febril. Makedde ficou ali dentro, com a porta aberta, aproveitando os últimos momentos de calorzinho.

Era estranho que Catherine não tivesse ligado nem deixado recado. Mesmo que ela estivesse tirando uns dias a mais de folga para desfrutar de um fim de semana romântico fora da cidade, poderia pelo menos ter telefonado. De qualquer modo, quem era o sujeito? Mak esperava que não fosse o mesmo homem misterioso com quem Cat andou se encontrando por cerca de um ano, mas pelo visto era ele mesmo. Cat deixou escapar algumas dicas – ele era muito rico, extremamente poderoso e vivia na Austrália. Sem dúvida tinha sido por causa dele que ela escolhera o Hemisfério Sul para continuar a carreira. Makedde suspeitava fortemente que ele fosse casado, mas quando tocou no assunto, Cat deu apenas um sorriso culpado. Aparentemente esse homem a tinha feito jurar – sob "pena de morte", nas palavras dela – manter em segredo seu nome e os detalhes do relacionamento entre eles.

Makedde nunca conseguiu arrancar de sua amiga o nome do sujeito, então inventou ela mesma um nome para ele. Sempre que Cat aparecia com uma nova jóia dourada reluzente, Makedde perguntava apenas: "E então, como vai o Dick?" Ela poderia ser ousada o bastante para perguntar "como vai o *seu* Dick?", mas era evidente que um homem querendo manter em segredo uma mulher fabulosa como Catherine não era de forma alguma "dela".

Makedde teve um arrepio de frio enquanto observava o fotógrafo e sua equipe, embrulhados em grossos casacos e calças compridas, descerem até a beira da água. Seus pensamentos viajavam quando o assistente acenou. Era hora de juntar-se a eles.

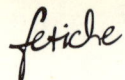

Assim que pôs os pés para fora do *trailer* aquecido, sua pele eriçou-se toda. O vendo chicoteava impiedosamente o cobertor xadrez vermelho em que ela tinha se enrolado. Ela podia ver a equipe preparando o cenário lá embaixo, sobre a areia, e por suas posturas contraídas era óbvio que não haveria qualquer abrigo.

– Estou muito velha para isso – murmurou Makedde para si mesma.

"Tenho 25 anos. Não deveria estar terminando a graduação em Psicologia ou tendo filhos, como minha irmã?" Ela mandou tais pensamentos embora tão rápido quanto tinham aparecido, sufocando a dor que crescera subitamente dentro dela. Ajustou a garrafa de água quente estrategicamente colocada na parte de trás da roupa e correu para o seu lugar.

Minutos depois, ela posava elegantemente, com o oceano frio lambendo seus pés e seus cabelos loiros voando para trás. Por um instante, sua mente se focou completamente em seu corpo – atenta à melhor posição para disfarçar o tamanho um pouco grande de seus pés; à curva dos quadris; ao ângulo dos ombros e à colocação graciosa das mãos – tudo em relação às lentes da câmera. Assim que se deu por contente com a pose, permitiu que seus pensamentos tornassem a voar.

Makedde estava satisfeita por sua falta de apetite na noite anterior, porque sua barriga parecia um pouco mais reta do que de costume. Algumas garotas paravam de tomar líquidos vários dias antes de uma "tomada de corpo", como chamavam, mas Mak raramente chegava a esse exagero. Ela ouvia falar também de abuso de laxantes, mas qual o sentido disso? Diarréia auto-induzida? Normalmente, era escolhida por sua aparência saudável, inclusive com algumas curvas, por isso ela se preocupava mais com banquetes de chocolate durante a noite do que com simples goles da água. Além do mais, ela dizia a si própria, se quisessem uma anoréxica, teriam chamado uma dessas muitas modelos adolescentes que sobrevivem à base de café e cigarros.

Enquanto a equipe fotográfica examinava em silêncio sua aparência, Makedde encolheu e apertou a barriga, assumindo uma pose bem estudada

que valorizava ao máximo seu físico feminino e tornava ainda mais irresistível o biquíni azul-piscina. Os dois representantes da marca de roupas de banho, que examinavam cada centímetro do seu corpo, pareciam contentes com o ajuste do modelito.

Assim que terminaram essa etapa da sessão, Mak correu para pegar a coberta a meio metro de distância e enrolou-a em torno de seu corpo trêmulo, dando saltinhos para tentar espantar o frio. Os outros nem repararam.

Tony Thomas, o fotógrafo, estava descontente com a qualidade da luz. Ele gritou ordens para seu assistente – ordens que iam parar nos ouvidos de Mak em rajadas abafadas de vento. Ela observava ligeiramente divertida o assistente trazer uma placa refletora grande e dourada e lutar bravamente contra o vento para controlá-la. O cliente e o diretor de arte assistiam ao grotesco espetáculo com o cenho franzido.

– Tem que ter cara de verão – insistiu um deles. – Dá para você fazer alguma coisa com o cabelo dela, Joseph?

Joseph era um homem de aparência delicada que maquiava rostos como muitos artistas pintam suas preciosas telas; uma pincelada aqui, um passo atrás, um apertar de olhos e só então outra nova pincelada. Hoje, porém, seu próprio rosto estava contraído numa careta descontente. Ele caminhou até ela, tomando cuidado para não bagunçar a areia do local onde as fotos seriam feitas, e tentou prender seus cabelos atrás com grampos. O vento reagiu prontamente, fazendo alguns dos grampos irem parar na água e deixando outros dependurados bem nas pontas de seus cabelos.

Ela sabia que seria inverno nessa parte do planeta, mas tinha temporariamente esquecido que isso não fazia a menor diferença quando os clientes queriam um trabalho. A moda para o verão era sempre fotografada no inverno anterior ao seu lançamento; isso incluía roupas de banho. Quando ninguém estava prestando muita atenção, ela segurou a garrafa de água quente sobre seus seios. Perfeito para minimizar o efeito do frio sobre os mamilos.

O dia gelado se arrastava. O almoço consistia de uma saladinha de

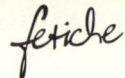

folhas meio murchas que o assistente do fotógrafo tinha ido comprar em algum canto. Makedde poderia jurar ter visto o fotógrafo entubar uma focaccia com queijo e uma cerveja quando ninguém mais o observava. Por volta das 17 horas, ela estava aliviada com a perspectiva de fazer as fotos da última roupa de banho. Era um maiô amarelo-brilhante, bem cavado e com zíper na frente, que era uma homenagem aos anos 80. Como sempre, as coisas foram se apressando conforme o cliente pressionava para terminar a sessão com menos de vinte minutos de atraso. Esse era o momento mágico em que as modelos começavam a receber horas extras pelo seu trabalho. Era impressionante o número de sessões fotográficas que terminavam com um atraso de precisamente dezenove minutos.

Como o tempo se esgotava, Makedde foi forçada a trocar-se na praia, com uma toalha estendida diante dela pelo embaraçado assistente do fotógrafo, que fazia o possível para olhar para outro lado. Uma década no mundo da moda havia curado Makedde de qualquer visão romântica de pudor, e ela se despia rápido e trocava de roupa como uma profissional. Ela se enrolou novamente no grosso cobertor, segurando sua infalível garrafinha de água quente contra o corpo, enquanto os outros procuravam um cenário atraente para a última tomada. Percebendo a preocupação de todos com o tempo, ela tinha se segurado desde a hora do almoço, mas sua bexiga cheia não podia mais ser ignorada.

— Só um segundinho! — ela gritou para eles, apertando bem os joelhos e pulando, no sinal internacional de "quero fazer xixi".

Joseph foi o único a rir.

Ela deu meia-volta e se enfiou pela grama alta e amarelada, mais tranqüila com a perspectiva do alívio. Lâminas de folhas secas arranhavam suas canelas enquanto ela caminhava mais para longe do grupo, procurando um lugar com mato mais crescido que pudesse oferecer um mínimo de privacidade. Ela sentiu um cheiro curioso e então algo meio escondido na grama alta chamou sua atenção.

Um sapato?

Ela deu uma olhada para se certificar de que os outros estavam ainda

procurando o cenário das próximas fotos e, satisfeita, caminhou um pouco mais mato adentro. Quando chegou mais perto, seus olhos se arregalaram diante do que viam. Sua boca se contorceu involuntariamente no que deve ter sido um grito, embora seus ouvidos não pudessem captá-lo.

Um jato de sangue subiu à sua cabeça, fazendo-a latejar horrivelmente. Ela não ouvia seus gritos, nem o som dos passos correndo da praia para lá. Imagens giravam à sua frente – manchas escuras numa pele claríssima, cabelos negros emplastrados de sangue seco, formas assustadoras – pedaços do corpo faltando. Extensas feridas abriam uma fenda no tronco desnudo, revelando órgãos e músculos; e o pior, os cabelos negros emplastrados de sangue cobriam parcialmente um rosto que parecia extremamente familiar.

Sentiu que a arrastavam pela grama para longe daquela cena de horror, para longe do cheiro que grudava como uma doença. Ela tentou falar. No início, nada veio. A confusão tomava conta de seu cérebro. Finalmente, ela ouviu escandalizada as palavras que vieram de seus lábios.

– Meu Deus, *Catherine*. Meu Deus...

* * *

Mak mal notava a presença da jovem mulher debruçada a seu lado com uma xícara fumegante nas mãos. Na linha do horizonte, os últimos raios de um pôr-do-sol violentamente vermelho davam aos céus um aspecto infernal. Havia movimento por toda parte em volta delas, vozes, ruídos de estática e sons distorcidos dos rádios da polícia. A policial a observava em silêncio. Estavam fora da cena do crime, a muitos metros de distância da área cercada com o cordão de isolamento da polícia. Luzes artificiais inundavam as dunas e o mato, transformando os rostos em máscaras pálidas e inexpressivas. Mãos com luvas de borracha tomavam notas em cadernetas policiais, e Makedde se lembrou da caderneta de seu pai, com o distintivo oficial na capa. Ela se perguntava que tipo de brutalidades asquerosas teria presenciado e que eventos repulsivos teriam sido registrados ali.

O vento batia forte e horrivelmente frio em seu rosto, e ela tremia, ainda que estivesse envolvida em diversos cobertores lisos e pesados. A seu redor, fachos de lanterna perfuravam como vaga-lumes a escuridão crescente. Ela viu o maquiador, Joseph, desaparecer em direção ao estacionamento com um policial uniformizado e, mais para baixo, na praia, notou que Tony Thomas mantinha uma discussão acalorada com um homem alto de paletó. O homem estava ali, tranqüilamente parado, com o que parecia ser a câmera de Tony em suas mãos. Pela atitude se via que invocava claramente sua autoridade, enquanto Tony, que parecia ainda menor que seu 1,65 m, gesticulava nervosamente diante dele.

A câmera de Tony? O que eles podem querer com ela?

Quando a discussão pareceu abrandar, Mak viu Tony passar por ela de cabeça baixa, sendo conduzido em direção aos veículos no agora movimentado estacionamento. Médico legista, patologista, especialistas em cenas de crime, detetives – todos estavam lá, registrando, medindo e calculando com atenção específica aos detalhes. Ela podia ver o fotógrafo da polícia disparando flashes repentinos na escuridão cada vez maior. Estavam todos desempenhando seus papéis, com uma concentração bem familiar.

Pessoas diferentes, o mesmo trabalho mórbido.

Ela se lembrou dos colegas do pai. O trabalho deles adquiria um novo significado diante dessas terríveis circunstâncias novas. Policiais de patrulha, detetive, oficiais médicos; eles tinham feito praticamente parte da família desde tempos imemoriais. Alguns deles tinham até ido ao hospital onde sua mãe ficou internada.

Seu pai não arredara o pé do quarto. Ele passou cada noite daqueles três longos meses em uma desconfortável cama de lona ao lado dela.

– Como está se sentindo agora? – uma voz suave interrompeu a seqüência de seus pensamentos. – Sou a agente Karen Mahoney. Está mais aquecida agora? Gostaria que algum médico a examinasse?

A voz era calma e reconfortante, e o rosto redondo inspirava simpatia. Makedde pensou em como essa mulher conseguia ver dores inenarráveis todos os dias e, mesmo assim, permanecer serena e objetiva.

– Não, está tudo bem. Não preciso de um médico, acho que eu... – a voz de Mak foi diminuindo. – Você chegou a vê-la? Digo, a garota?

– Sim. Por que não toma um pouco de café? – perguntou, estendendo para Mak a xícara fumegante. – É verdade que você talvez conheça a vítima?

Catherine.

Um arrepio percorreu sua espinha. Um corpo todo mutilado e ensangüentado, absolutamente morto. Poderia ser ela?

– Acho... acho que talvez conheça. Não estou bem certa disso. Pensei que fosse ela, Catherine Gerber. Estou hospedada no apartamento dela, mas ela não está lá...

Suas palavras saíam meio desconexas.

– Tudo bem. Entendo como deve ser difícil. Você foi a primeira a encontrar o corpo, certo?

Makedde balançou a cabeça devagar.

– Precisaremos fazer algumas perguntas para você e provavelmente será necessário também que você identifique o corpo mais tarde. Pode ser?

Makedde balançou novamente a cabeça. Nada a tinha preparado para isso. Às vezes, ela tinha uma espécie de sexto sentido para as coisas, uma espécie de intuição que a deixava de sobreaviso. Mas não desta vez.

Ou talvez sim? Talvez tenha sido o sonho...

O sonho.

Agora que estava acordada, os detalhes tinham se perdido, o pesadelo se fragmentara. Pequenas cenas de horror flutuavam livremente, intercambiáveis e sem sentido. Havia um sentimento de terror e perda em relação a Catherine, mas era tudo muito abstrato para ser inteligível. A linha entre pesadelo e realidade tinha se tornado incrivelmente tênue.

Mak concluiu com desesperado otimismo que havia se equivocado. Ela tinha pensado que fosse Cat por causa do sonho. E dos cabelos negros. Uma porção de gente tem cabelos escuros. Cat ligaria. Mak alçou os olhos e viu um homem alto de paletó postado diante dela. Era o mesmo que estivera com Tony Thomas. Com as luzes da cena do crime atrás dele,

tinha virado uma imponente silhueta sem rosto.

— Senhorita Vanderwall, sou o sargento Andrew Flynn, detetive sênior. Deve ter sido um choque terrível para você.

Sua voz era grave, com um agradável sotaque australiano, e soava absurdamente calma. Ela não respondeu, e ele continuou.

— Pelo que me disseram, você foi a primeira a encontrar o corpo, e parece que sabe quem é. É verdade?

— Sim. Bem... fui sim a primeira a vê-lo, mas não sei se é mesmo Catherine.

— Catherine? – ele anotava em sua caderneta. – Pode me dizer seu nome completo?

— Catherine Gerber. Ela é uma amiga próxima. Uma modelo canadense. Quer dizer, se for mesmo ela. Eu não sei – disse, sentindo a garganta e o coração se estreitarem num doloroso e amargo nó.

A voz do homem continuava tranqüila e profissional.

— Seria de grande ajuda se você pudesse ter certeza. Você poderia fazer o reconhecimento do corpo em algum momento, amanhã de manhã?

— Claro...

— Se não se importar, gostaria de lhe fazer algumas perguntas agora. Depois, a agente Mahoney a acompanhará até sua casa.

Conforme ela respondia às perguntas, ele pacientemente anotava. A mente de Mak girava num cenário surreal de medo e confusão, irritada por ter tanta dificuldade em conectar os fatos. Suas respostas, às vezes, vinham um pouco embaralhadas, mas o detetive ia em frente, interrogando-a com calma.

— Sou canadense. Cheguei ontem com um visto de trabalho temporário para três meses. Estou hospedada em Bondi, no apartamento para modelos de Catherine. É a segunda vez que venho à Austrália.

— Então você viu Catherine quando chegou?

— Na verdade, não. Fui direto para o apartamento, mas ela não estava lá. Estava esperando que ela entrasse em contato ontem ou hoje.

— E isso lhe pareceu estranho?

— Muito – ela replicou, agora mais claramente.

Ele balançou a cabeça.

– Qual foi a última vez em que a viu?

Mak pensou no funeral de sua mãe. Ela estava se despedindo da mãe, como poderia imaginar que seria a última vez que veria sua melhor amiga viva?

– A última vez em que nos vimos foi mais ou menos seis meses atrás, no Canadá. Ela viajou para o funeral de minha mãe.

– Sinto muito.

Pensativo, ele fez uma pausa.

– O que você sabe sobre Tony Thomas, o profissional que a fotografou hoje?

– Só tinha trabalhado com ele uma vez antes de hoje.

– Notou alguma coisa estranha nele hoje, antes de você encontrar o corpo? Algum comportamento esquisito? Sugestões?

– Não, não notei nada diferente.

– Você sabe quem sugeriu o lugar para as fotos?

Mak pensou por um momento. Algumas perguntas dele lhe pareciam meio estranhas.

– Acho que Tony deve ter sugerido o local.

– Ele sabia de sua ligação com Catherine? Digo, além do fato de estarem na mesma agência?

– Imagino que não, a menos que alguém tenha contado para ele.

– Obrigado, senhorita Vanderwall. Seu depoimento foi de grande ajuda. A agente Mahoney vai anotar seus dados e depois levá-la para casa. Entrarei em contato amanhã de manhã. Aqui está o meu cartão. Se tiver alguma pergunta, ou se lembrar alguma coisa, mesmo que lhe pareça irrelevante, por favor não hesite em ligar.

Ela segurou seu cartão nos dedos dormentes e observou-o enquanto se retirava em direção às luzes, misturando-se aos rostos pálidos e inexpressivos dos homens e mulheres cujo trabalho era encarar a violência todos os dias.

A jovem policial levou Makedde de carro até o apartamento em Bondi Beach e, depois de perguntar o básico – "Como se sente agora? Há algo mais que eu possa fazer?" –, deixou-a sozinha. Era estranho entrar lá,

sentindo a presença de Catherine por toda parte, com a imagem do corpo mutilado lampejando febrilmente atrás das pálpebras.

Um arrepio atravessou seu corpo.

Ela inclinou-se na janela, com as palmas das mãos apoiadas no vidro, e contemplou o mundo lá fora; casais rindo, passeando despreocupados pela praia. De repente, tudo parecia tão estranho. Exausta, Makedde fechou as cortinas, mergulhando o apartamento na escuridão. Ela estava esgotada emocionalmente e não tinha forças para se despir ou mesmo remover a grossa maquiagem que Joseph tinha aplicado em seu rosto. Quando desabou sobre a cama, teve a sensação de cair bem depois de seu corpo tocar o colchão. O quarto escuro girava enevoado sobre ela.

Era tudo um terrível pesadelo.

Vamos conversar amanhã, minha amiga.

* * *

Quando o telefone agrediu seus ouvidos com uma campainha insistente, teve a impressão de que poucos minutos haviam se passado. No terceiro toque, estava com o fone na orelha, a mente ainda profundamente adormecida.

Finalmente... Catherine.

Na outra ponta, alguém falava com ela.

– O quê? Desculpe... – ela grunhiu, as palavras saindo como num pigarro.

– Aqui é o detetive Flynn. Estou falando com Makedde Vanderwall?

– Sim, sou eu.

– Gostaríamos que pudesse ir ao necrotério de Glebe agora de manhã para a identificação do corpo.

O mundo entrou subitamente em foco com horrenda clareza.

Já eram 9 horas.

– Tudo bem, estou indo para lá.

Quando desligou o telefone, viu-se completamente vestida, sentada na cama, diante de uma imagem pungente no espelho da parede. Durante a noite a maquiagem escura tinha se desfeito em linhas dramáticas sobre suas bochechas. Ela tentou limpá-las com a mão manchada de rímel e só conseguiu piorar a situação.

Simplesmente não ia embora.

Capítulo 3

O táxi deixou Makedde em frente a uma sucessão de portas marrons com a inscrição INSTITUTO NSW DE MEDICINA LEGAL. Ela pensou em quantas pessoas passavam diariamente diante da discreta fachada sem se dar conta de que ali funcionava um necrotério.

Mak tinha desmaiado no dia anterior e não queria que isso acontecesse de novo. Não que nunca tivesse visto uma pessoa morta. Ela tinha acompanhado seu pai ao necrotério em várias ocasiões quando era mais nova. Sendo o inspetor-detetive mais respeitado de Vancouver Island, ele tinha carta branca para levar Makedde aonde quer que ela desejasse e, ainda criança, ela tinha revelado um gosto incomum para o macabro. Ela implorava por passeios à estação e ao necrotério municipal como outras crianças imploravam por uma Barbie ou por trocados a mais. Mas seu pai deliberadamente a mantivera distante das cenas mais terríveis; ela teria que se contentar com esqueletos descarnados encontrados na floresta anos após sua morte ou com os cadáveres intactos e tranqüilos dos que morriam de causas naturais.

Makedde nunca tinha visto um cadáver que parecesse ter sofrido tanta violência e *cheirasse* tão mal quanto o que ela encontrara no dia anterior. Uma bela garota, que talvez fosse Catherine, jazia fria e sem vida no congelador atrás das imponentes portas marrons que tinha diante de si. Mak havia perdido duas das pessoas mais importantes de sua vida no curto espaço de seis meses. Não foram as idas ao necrotério que habituaram Makedde ao impacto da morte. Contra a sua vontade, essa dura lição tinha sido dada por sua mãe. E agora por Catherine.

Com um medo amargo na boca do estômago, Makedde reuniu toda a sua coragem e entrou. "Eu consigo." Um relógio branco no alto da parede marcava 10h30. O detetive Flynn a viu entrar e foi ao seu encontro.

– Senhorita Vanderwall, obrigado por ter vindo. Não deve demorar

muito. Por aqui, por favor – disse calmamente.

Ela o seguiu através de uma porta em que se lia "Espera de Parentes", mal prestando atenção nele. Só conseguia pensar na horrível visão que a esperava na sala de reconhecimento. O detetive fechou a porta, e ambos sentaram-se nas cadeiras estofadas de cor cinza. A sala de espera era propositalmente acolhedora, com paredes mornas de cor creme, quadros amenos e algumas plantas. Fez lembrar a ela a sala de aconselhamento no Hospital Geral de Vancouver, onde uma assistente social procurara dar o melhor de si para ajudar Makedde e sua família a lidar com a longa e dolorosa luta de Jane Vanderwall contra o câncer.

Outra porta fechada estava diante deles, e ela podia perceber alguma movimentação na parte de trás. O coração de Makedde foi à garganta quando ouviu o som de rodas metálicas rangendo atrás da porta.

"Ela está deitada em algum carrinho frio de metal, desamparada."

Minutos depois, um homenzinho ruivo com o nome Ed Brown escrito no crachá entrou lentamente e avisou que ela estava "pronta". Ele abriu a porta da sala de reconhecimento, e Makedde foi caminhando para dentro, como num transe.

Era diferente de tudo o que ela tinha imaginado. Ela estava preparada para uma janela de vidro com uma cortina e algum cara de avental puxando o lençol, mas não havia nada disso, apenas uma pequena divisória de madeira entre Makedde e sua amiga morta.

O assistente dirigiu-se a ela suavemente, com uma voz reconfortante e afeminada.

– Deixei um braço de fora para você, se quiser tocar. Uma mecha de cabelo também está à disposição, se quiser. Não se envergonhe de pedir. Você ficaria surpresa se soubesse quantas pessoas gostam de ter essa lembrança.

"Tocar."

Makedde estava em silêncio, olhando.

– Vou deixar você agora. Leve o tempo que precisar.

O assistente uniformizado foi embora, deixando Makedde e o detetive Flynn na sala, a sós com uma boneca fria de porcelana.

Com aquele rosto que um dia fora vibrante e alegre a centímetros de distância, era impossível negar que era mesmo Catherine. Ela tinha as faces pálidas e o corpo embrulhado numa série de mantas brancas e verdes, com um capuz cobrindo seu crânio como um chador. O fedor de morte que se sentia na grama, no dia anterior, era menos forte agora, mas o odor penetrante de óleos canforados não chegava a mascará-lo completamente.

Uma mão pendia livremente da bandeja de metal, pedindo para ser tocada. Havia marcas vermelhas profundas ao redor do pulso.

"Toque-a."

Makedde desviou o olhar.

O detetive Flynn segurou levemente o ombro dela.

— Tudo bem com você? — Makedde não respondeu. — Esse corpo é de Catherine Gerber?

— Posso ver os cabelos? Ela tinha cabelos lindos, longos e escuros. Ela parece diferente com esse manto.

— Receio que seus cabelos tenham sido raspados. Fazem isso com todas as vítimas de assassinato. As feridas na cabeça eram bem extensas.

Seu tom era o de quem pedia desculpas.

— Oh...

— Você pode confirmar que esse é realmente o corpo de Catherine Gerber?

Makedde ficou parada, olhando silenciosamente a massa quase humana que jazia diante dela.

— Sim.

As lágrimas brotaram. Ela tentava contê-las, mas elas jorravam e desciam em silêncio por suas bochechas.

— Obrigada, senhorita Vanderwall. Pode ficar mais, se desejar. Não há pressa. Estarei esperando por você do lado de fora.

Makedde ouviu a porta sendo fechada atrás dela e permaneceu o mais longe possível do cadáver. Sentou-se em uma cadeira. Com a vista borrada, percebeu uma televisão no canto superior direito da sala de reconhecimento. Era um lugar esquisito para um aparelho daqueles. Por um

instante, ela imaginou Catherine abrindo os olhos para ver um programa, como uma pessoa acordando da anestesia numa sala de hospital. Makedde suspeitava que a televisão fosse usada para reconhecer corpos nos casos em que eles estivessem tão horrivelmente decompostos ou infectados, que deveriam permanecer numa sala separada. Com metade das vísceras espalhadas pela grama, os insetos e outros bichos poderiam ter devorado Catherine rapidamente. Se não tivesse sido logo descoberta, poderia ter desaparecido antes disso.

Era o que o assassino queria? Se desejasse isso, teria escolhido outro lugar bem mais escondido. Não, ele queria chocar. Queria que a achassem logo.

Ela se levantou e caminhou em direção ao corpo de Catherine Gerber.

Em direção àquela mão.

Tomada pela dor, Makedde juntou suas forças, esticou-se e tocou a mão, segurando-a com ternura.

Estava gelada.

– Adeus, querida amiga – ela disse baixinho.

Antes de ir, sussurrou uma última coisa: "Eu prometo a você justiça, Catherine. *Prometo*."

Mak deixou a sala com a consciência de que sua amiga tinha ido embora. Cat não estava numa bandeja na sala de reconhecimento do necrotério. Não estava prestes a ser embalada numa bolsa para cadáveres e reconduzida ao congelador numa maca de rodinhas.

Cat estava em algum outro lugar... algum lugar melhor.

* * *

Makedde ativou o "modo profissional" do seu cérebro, distanciando-se tanto quanto possível dos horrores atuais. Quanto mais ficava ali no necrotério, mais aquele frio penetrava até seus ossos. Ela estava louca para ir embora, mas tinha que preencher o formulário de reconhecimento P443, e queria fazer algumas perguntas ao detetive Flynn.

Sentiu um nó na garganta ao falar.

– Quando os pais adotivos dela poderão vê-la? Ela está bem longe do Canadá.

Ele respondeu com uma objetividade bem treinada.

– O corpo dela será liberado para eles o mais cedo possível.

Mak conhecia os pais adotivos de Catherine. Ninguém estaria preocupado com o bom andamento das coisas. No fim, o corpo de Catherine viajaria de avião de um continente para o outro num caixão qualquer para um funeral pequeno e econômico.

Makedde leu o formulário.

O depoimento registrado por mim corresponde fielmente às evidências que estarei preparado, se necessário, a sustentar em juízo na condição de testemunha.

– Terei que estar aqui para o processo? – ela perguntou.

– Você terá que estar aqui para o processo, mas não tem que estar aqui *até* o processo. Provavelmente, levará algum tempo para concluir a investigação. Podemos providenciar sua viagem para o Canadá, se precisar.

– Por enquanto, ficarei aqui – disse Makedde com firmeza.

– Ótimo.

Ela prosseguiu com o formulário.

Meu relacionamento com o falecido é...

Amiga. Melhor amiga.

Seu pensamento recordou aquela mão flácida e fria.

– Notei que ela tinha marcas de cordas no pulso.

– Sim.

Makedde lançou ao detetive um olhar de quem pedia mais informações. Como ele não respondeu, ela continuou.

– Ele a amarrou, não?

– Suspeitamos que sim.

"Amarrada."

– Com o quê? Não parecia corda – ela arriscou.

O detetive olhou para ela com estranheza, e ela percebeu que deveria mesmo estar soando esquisita ou até culpada para alguém que não soubesse que era uma estudante de Psicologia Forense criada em um lar em que homicídios eram discutidos na hora do jantar.

Ela mudou de assunto.

— Vocês vão precisar de mais alguém para fazer a identificação? Vai ser difícil encontrar um parente. Seus pais adotivos não eram muito...

"Amorosos."

Ela procurou uma forma mais educada de dizê-lo.

"Próximos."

— Eles não eram muito próximos dela.

— Por enquanto, você é tudo o que temos. Obrigado por colaborar.

— Esse não me parece o homicídio-padrão – ela disse, tentando provocar alguma reação. – Suponho que vocês não vejam essa extensão de... *danos* nos assassinatos comuns aqui em Sidney.

O detetive Flynn virou-se para ela e, com um semblante sério, disse:

— Não há nada de comum em nenhum assassinato, senhorita Vanderwall. Esta investigação é minha prioridade zero.

Catherine assim exigia.

* * *

Horas depois, Makedde estava de volta ao apartamento de Bondi Beach, porém não sozinha.

— Mais uma vez, me desculpe por ter de fazer isso – disse o detetive Flynn, enquanto uma pequena equipe de peritos entrava nos aposentos de Makedde. – Obrigado pelo seu consentimento. É muito importante fazê-lo o quanto antes.

— Sei que as circunstâncias não são nada corriqueiras.

E não eram mesmo. Mak era não apenas a pessoa mais próxima da vítima, mas a que tinha descoberto seu corpo, como também estava hospedada no apartamento da falecida.

— Vão passar agora aqueles pós?

— Sim.

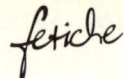

O apartamento logo estaria uma bagunça. Pó preto de carbono para tomada de impressões digitais era horrível de limpar. A lanconida era usada em superfícies mais escuras e era igualmente difícil de remover, mas aparecia menos por ser branca. Mak tinha visto essas substâncias em cenários de crimes, mas nunca imaginara que teria de dormir em um quarto todo sujo delas. Ela observou, pouco à vontade, um policial uniformizado começar a filmar a colagem de fotos de revistas. Ele inclinava a cabeça para trás enquanto registrava as ambições roubadas de Catherine em vídeo.

Makedde sentiu sua vista escurecer um pouco e, num instante, a mão do detetive Flynn estava em seu cotovelo, apoiando-a.

— Venha, sente-se aqui.

Ele a conduziu para o sofá. Ela não tinha percebido o quanto estava esgotada.

— Estou bem, de verdade — ela disse de modo pouco convincente, enquanto se sentava. — Tenho que estar presente durante as buscas? Não me agrada muito.

— Normalmente preferimos assim, de modo que não haja... *equívocos*.

— Bem, não estou pretendendo processar ninguém por vasculhar minhas roupas íntimas, e não há nada de valor aqui.

Ela não queria presenciar uma busca tão particular e ficou aliviada quando Flynn sugeriu que esperasse num bar ao lado até que eles terminassem.

— Não deve demorar muito. O apartamento é pequeno — ele disse. — Quer que alguém lhe faça companhia?

— Não — ela rebateu, meio rápido demais. — Eu, hum... preciso realmente ficar sozinha.

Makedde caminhou direto para a porta, sem se virar para ver os detetives envolvidos com seu trabalho. Ela desceu as escadas com cuidado, reconhecendo que estava atordoada com o choque e que seus sentidos eram menos confiáveis. Quando alcançou a porta da rua e pisou na calçada, o vento invernal a saudou com um gelado bofetão de realidade.

Capítulo 4

O jornal de domingo não se solidarizava com a dor de Makedde. Nada de fugas providenciais em passatempos agradavelmente desafiantes ou leituras casuais sobre a vida de alguma celebridade. Em vez disso, ela deu imediatamente de cara com a chocante manchete de primeira página: MODELO ASSASSINADA. O título vinha acompanhado de uma foto de Catherine, com a mórbida legenda: *Catherine Gerber, terceira vítima de homicídio brutal este mês em Sidney*. Na foto, os traços de Catherine exibiam um glamouroso distanciamento. Ela parecia ignorar alegremente seu destino.

Mak se perguntou se a agência Book teria oferecido a foto à imprensa e se Catherine teria aprovado isso. Ela estava linda e, sem dúvida, todos os leitores seriam tocados por sua imagem pungente naquela desolada manhã de domingo. Mak dobrou o jornal e colocou-o sobre o gaveteiro ao lado da cama com a imagem de Catherine virada para baixo. Não tinha mais ânimo de ler o jornal. Não tinha mais ânimo para nada.

O cheiro persistente da morte tinha ficado entranhado em suas narinas. Ela inspirava o ar aos poucos, e lá estava ele, o autêntico e mórbido fedor de carne em decomposição. Makedde levantou o antebraço descoberto e inalou o cheiro da própria pele.

"Morte."

Morte em seus poros.

Lágrimas indesejáveis ameaçaram escorrer. Ela pulou da cama e correu para o banheiro, com a respiração rápida e pesada. Mak estava se deixando atingir pelos fatos, perdendo o controle. Tinha que lutar contra isso.

"Acalme-se agora."

"Acalme-se."

Ela colocou um pouco de creme dental de menta no dedo indicador.

Enfiou-o em uma narina, depois na outra. Esse truque ela havia aprendido muitos anos atrás com um patologista. O cheiro de um cadáver pode ficar aderido aos pêlos do nariz, fazendo com que tudo cheire ao falecido. Ela lavou com água as narinas, deixando ficar só a fragrância fresca da pasta dental. Respirando a atmosfera perfumada de menta, ela saiu do banheiro e caminhou direto para o pequeno frigobar na cozinha. Tirou dele uma grande barra de chocolate com amêndoas e pegou um pedaço, amassando um pouco a embalagem. Mak interrompeu o gesto, cheia de estresse, desejo e culpa e recolocou o chocolate na geladeirinha, batendo a porta. "Não faça isso." Foi saindo da cozinha, mas deu meia-volta e alcançou novamente o frigobar. Em um instante, a embalagem estava aberta, e seu sangue vibrava num êxtase de glicose.

Mak olhou para o velho televisor diante dela, pedindo para ser ligado. Ela apertou o botão, e seus ouvidos foram imediatamente atacados pelo volume altíssimo. O controle remoto antigo era do tamanho de um tijolo e estava com as pilhas fracas. Só depois de muitas tentativas ela conseguiu abaixar o volume. Um apresentador sorridente lembrava a ela que naquela mesma data, em 1969, antes mesmo de ela nascer, o homem tinha pisado na Lua pela primeira vez. O telejornal cortou a imagem do apresentador e passou a velha gravação de Neil Armstrong, em seu traje espacial todo estufado, tocando triunfante a superfície poeirenta da Lua.

"Um pequeno passo para um homem, um gigantesco salto para a humanidade."

"Humanidade."

A humanidade era desumana.

Abaixando mais o volume da televisão, Mak percebeu que o telefone estava tocando. Ela atendeu com um tom de saudação forçada.

– Alô?

Clique.

Tom de discagem.

Mak ficou parada por alguns instantes com o fone na mão e então desligou. Quanta grosseria. Ela olhou novamente para a televisão silenciosa e levou um susto ao ver o rosto de Catherine diante dela. O pânico brotou dentro dela, e Mak começou a suar frio. Pegou rapidamente o controle remoto e apertou o botão de desligar. Não queria funcionar. O vídeo mostrava uma panorâmica da fachada da agência Book e depois se detinha no cordão de isolamento da cena do crime, em torno do mato alto e machucado. Makedde apertou freneticamente o botão de desligar.

"Droga! Desligue!"

Finalmente, o televisor obedeceu e a imagem foi embora.

Com o coração aos pulos e lágrimas teimosas no canto dos olhos, ela deitou na cama e ficou olhando para a pintura descascada do teto, respirando fundo e tentando relaxar.

"Tente pensar em alguma outra coisa; qualquer coisa, menos em Catherine."

Quando era ainda criança, Mak costumava ficar horas contemplando o teto de gesso do seu quarto, imaginando como seria se o mundo virasse de cabeça para baixo e as pessoas caminhassem nos tetos, pisando em lustres e detectores de incêndio. Elas estenderiam suas mãos para alcançar a torneira do filtro e a água esguicharia diretamente em suas bocas. Mak tentou reviver essa fantasia, mas simplesmente não conseguia.

"Preciso de uma amiga, alguém que me ajude a passar por tudo isso."

Makedde abriu sua carteira e tirou de lá algumas fotografias amarrotadas. Ela as olhou uma por uma com carinho e, quando achou a que procurava, alisou-a com delicadeza, desdobrando cuidadosamente as bordas amassadas. Cat tinha uma cópia daquela foto e tinha escrito alegremente no verso "Eu e Mak fazendo sucesso em Munique!" Mak examinou seu rosto e o de Cat, posando sorridentes em Marienplatz. Cat parecia tão jovem. Com os olhos cheios de água, Mak olhou para seu rosto no espelho diante da cama. A mulher ali refletida parecia muito mais velha que na fotografia.

Houve um tempo em que Mak e Catherine costumavam sentar diante de um espelho e brincar com maquiagem por horas a fio. Makedde tinha um kit de modelo transbordando de sombras coloridas e vários tipos de rouge e pó-de-arroz. Ela ensinou Cat a se maquiar; um traço com o lápis de olho aqui, um toque de gloss para os lábios ali. Cat gostava de delineadores escuros e batons bem vermelhos. Olhos como os de Brigitte Bardot, boca igual à da Madonna. Tudo ficava lindo em Cat aos 13 anos de idade. Tudo. Ela tinha um rosto belíssimo, com traços delicados e perfeitos. O mesmo rosto que seis anos mais tarde Makedde veria na maca de um necrotério, torturado e destruído.

No dia seguinte, Mak iria empacotar as coisas de Catherine e arrancar da parede a colagem de fotos de revistas. Mas ela conservaria um retrato de sua amiga em algum cantinho especial do quarto; talvez a foto das duas em Munique. Era o mais racional a ser feito. Uma bela foto de dias mais alegres, para homenagear a amiga. Mak teria que transformar o apartamento em seu lar, pois ficaria mais um tempo em Sidney – o tempo que fosse necessário para a polícia encontrar o assassino de Catherine.

Ela se lembrou de ter colocado na bagagem cartas e cartões-postais recentes de Cat. Uma das cartas tinha o endereço de Bondi. Talvez Cat a tivesse escrito sentada exatamente onde Mak estava agora. Cedendo a seus impulsos, Mak foi até a menor de suas duas malas, abriu o zíper do bolso da frente e tirou de lá a correspondência. Sentiu uma pontada por dentro ao ver a caligrafia alegre e familiar.

Querida Mak!

Saudações do Hemisfério Sul! Julho já está chegando. Logo você estará passeando aqui comigo, em companhia dos passarinhos e dos rapazes australianos. Até o inverno aqui é ensolarado, como a primavera no Canadá, juro! Fantástico! Mal consigo esperar para estarmos juntas.

Estou feliz por estar mais perto do amor da minha vida. Ele é muito ocupado e, por enquanto, nosso amor ainda é mantido em segredo, mas pelo menos não estamos mais distantes, em continentes diferentes. Ele é um cara maravilhoso e de muita classe. Você vai gostar muito dele. Nosso relacionamento não continuará secreto por muito tempo; você vai conhecê-lo em breve, e iremos rir muito de todo esse mistério!

Ela se inquietou ao pensar no amante clandestino. Por que esse homem não podia se revelar? Mak tinha imaginado que ele fosse casado e que no fim Catherine acabaria caindo na real e terminando o namoro, mas isso nunca aconteceu. Cat tinha passado o último ano loucamente apaixonada por seu incerto Romeu.

Com uma raiva crescente, Makedde imaginou as palavras que ele deveria ter usado para manter Cat envolvida. "Vou pedir o divórcio e casar com você, eu prometo. Mas minha mulher não pode passar por isso agora. Não ainda. Amo você, e logo estaremos juntos para sempre. Espere só mais um pouquinho." Quantas vezes essas palavras tinham sido proferidas durante toda a história das relações extraconjugais?

Uma curiosidade urgente e o senso do dever mandaram para longe a tristeza de Makedde. Ela pegou em sua carteira o cartão do detetive Flynn e ligou para o celular dele. Ela tinha se esquecido de contar à polícia sobre o caso amoroso de Catherine. E se fosse importante? Ela contaria a Flynn o pouco que soubesse sobre o amante anônimo. Não... Ela iria pessoalmente até ele e lhe mostraria as cartas. Isso o convenceria a seguir a pista.

Ele atendeu após alguns toques.

— Detetive Flynn, aqui é Makedde Vanderwall.

— Olá, senhorita Vanderwall. Em que posso ajudá-la?

— Você me disse para ligar se tivesse alguma outra informação. Sei que é domingo, mas imaginei que talvez pudesse dar um pulinho aí. Tenho algo que pode lhe interessar.

— Tudo bem. De qualquer modo, estarei na delegacia mais tarde. Às quatro na seção de Homicídios, pode ser?

— Às quatro está ótimo.

— Até mais tarde, então.

Saber que ele trabalhava no caso de Catherine num dia de domingo tranquilizou um pouco Makedde. Ela estava contente por poder conversar com ele pessoalmente sobre o assunto. Olhando a janela, percebeu pela primeira vez o dia claro e sem nuvens. Decidiu sair para uma caminhada pela praia; assim poderia comparar sua vidinha e suas tragédias com a imensidão da natureza. Isso sempre fazia seus problemas parecerem insignificantes.

Makedde vestiu uma calça de brim desbotada, sua camiseta favorita com a estampa da Betty Page, um casaco bem quentinho e sapatos confortáveis. Com a mente fazendo força para recordar qualquer detalhe que Catherine tivesse mencionado sobre o relacionamento, ela saiu para a caminhada.

Capítulo 5

A luz do sol atravessava fracamente as cortinas fechadas, dando ao quarto um tom avermelhado. Em meio aos lençóis amarfanhados, sua pele banhada de suor brilhava sob aquela claridade surreal. Um gemido fraco e incompreensível escapou de sua garganta quando a ponta de seu dedo tocou o couro preto e envernizado. De olhos fechados, ele acariciava o sapato delicadamente, alisando o salto longo e fino, com sua ponta bem gasta. Ele tocou de leve a sola de couro, com a respiração acelerada.

"Seus pés."

Deliberadamente deslizou os dedos pela fina tirinha do sapato, detendo-se na pequena fivela de metal. Então pressionou o indicador contra a ponta aguda.

"Seus tornozelos."

Ele observou com estranho prazer a pele sendo furada e a pequena gota de sangue que lhe escorreu pelo dedo.

"Puta."

Virou-se de bruços para afundar no colchão o membro ereto e trouxe o sapato até o rosto, aspirando profundamente seu cheiro marcante. As nádegas expostas se contorciam em movimentos espasmódicos.

O desejo cresceu dentro dele. Frustração, raiva, violência e prazer perpassavam suas veias.

"Carne amarrada."

"Sangue."

Reviu mentalmente as cenas; cada golpe, cada corte. Mas cada vez menos satisfatoriamente, com menos vividez. Ele precisava de mais, muito mais. Empurrou o sapato até a fonte de seu prazer e encheu-o com um jato de irritação leitosa.

"Mais."

Capítulo 6

Horas depois, Makedde esperava pacientemente do lado de fora do escritório da Central de Homicídios, vagamente consciente dos olhares sugestivos de vários detetives jovens e entediados. Não estava no clima. Sabendo que o estilo "estudante universitária" não contribuía muito para que fosse levada a sério, Mak tinha trocado seus jeans por algo um pouco menos casual. Ela usava uma elegante calça preta feita sob medida para ela em um alfaiate; para combinar, uma camisa social branca de mangas compridas que havia comprado em Londres, na King's Road, e um casaco de lã comprado em Nova York, um clássico do conforto e da versatilidade.

O tempo passava. Ela olhou o relógio. 16h15. Quinze minutos após o horário combinado, ainda estava esperando. Flynn estava evidentemente ocupado.

Uma briga acontecendo na sala ao lado desviou sua atenção. Vozes alteradas ressoavam nas paredes, cada vez mais altas, altas demais para serem ignoradas. Era difícil distinguir as palavras, mas o tom era definitivamente passional. Tinha toda a pinta daquelas brigas feias entre amantes, e Mak se sentiu constrangida por estar ali, escutando involuntariamente.

Num dado momento, uma voz feminina atravessou claramente as paredes. "A vida pessoal está sempre em segundo plano para você. Para mim, já chega!" O desabafo veio acompanhado de um barulho forte no interior da sala. Alguns detetives levantaram os olhos, alarmados. Outro barulho. Era como se alguma coisa grande estivesse sendo repetidamente jogada contra a parede. Um rapaz novinho saltou da cadeira e correu para a porta; quase teve o rosto atingido em cheio quando a abriram subitamente. Surgiu uma mulher bonita, pequena, de cabelos negros, com as faces afogueadas. Ela se virou em direção à sala e exclamou amargamente:

— Você é patético!

Depois, saiu pisando duro, orgulhosa, por entre as escrivaninhas.

Levava a cabeça erguida, ignorando os olhares mudos dos detetives. Metida num terninho moderno, ela foi direto para o elevador, bem carrancuda e com os braços cruzados sobre o peito. Enquanto as portas se fechavam, lançou aos homens um último olhar superior de desdém. Ela parecia totalmente intacta; com certeza não havia sido ela que tinham arremessado contra a parede.

Assim que ela se foi, risos nervosos ecoaram pela sala. O detetive Flynn apareceu com os punhos cerrados e o rosto contorcido numa expressão violenta. Ele parecia pronto para matar.

Um detetive gritou brincando:

— Sabe o que quer dizer "Cassandra", em grego?

— Não, Jimmy, não sei. — respondeu Flynn com irritação.

— Significa "aquela que confunde os homens".

— Ah, fantástico. Obrigado. Onde você estava quatro anos atrás, quando eu precisava saber disso? Mulheres de merda.

As gargalhadas encheram a sala, e o detetive Flynn deu um sorrisinho amargo.

— Você certamente sabe escolhê-las. — disse outro detetive, mais jovem, ainda rindo.

Mas Flynn não estava mais com humor para brincadeiras.

— Não provoque, estúpido — grunhiu Flynn, olhando para o detetive de modo hostil.

O que a mulher teria feito para despertar tamanha reação? E o que tinha sido aquele barulho?

Flynn se virou e viu Makedde esperando; instantaneamente, seu rosto ficou vermelho.

— Ah, senhorita... senhorita Vanderwall... — ele balbuciou sem jeito.

Makedde sorriu, constrangida no lugar dele.

— Desculpe-me por tê-la feito esperar — ele continuou, recompondo-se rapidamente.

Sua voz recobrou o tom polido e objetivo do dia anterior.

— Poderia esperar só mais um instante?

Ela fez que sim com a cabeça, e ele tornou a desaparecer na sala misteriosa. Um minuto depois, Flynn surgiu novamente, mais calmo.

– Você tem alguma informação para mim?

Com um braço estendido, ele a acompanhou até a sala privada que ela sabia ser normalmente usada para interrogatórios. A sala era sóbria, com uma velha mesa de fórmica no centro. Ela reparou que as pernas da mesa estavam aparafusadas ao chão e ficou pensando em quantos policiais já tinha sido agredidos com aquela mesa antes de tomarem aquela precaução. Alguns dos detetives ainda riam baixinho quando Flynn fechou a porta entre eles. Mak decidiu não fazer nenhuma alusão à briga. Não era da conta dela.

Flynn fez sinal para que ela se sentasse, mas quando Mak puxou uma cadeira ele disse:

– Desculpe, esta não.

Ela percebeu que uma das pernas de metal da cadeira estava completamente amassada. Mak pegou então outra cadeira, não mutilada. Flynn sentou-se à sua frente, do lado oposto da mesa.

Makedde se lembrou de alguns interrogatórios a que tinha podido assistir secretamente através de um falso espelho, em nada diferente daquele que ela tinha agora diante de si. Seu pai era um hábil inquisidor. Ele adquiria empatia com os suspeitos, deixava-os à vontade e então os encurralava com as palavras deles. Uma abordagem bem diversa da de arremessar cadeiras. Se bem que, fazendo justiça, aquela mulher obviamente não era um suspeito.

Mak se perguntou se o detetive Flynn seria um bom inquisidor. Ela esperava que sim. Ela tinha certeza de que alguns detetives tinham ido para trás da sala assim que a porta se fechou atrás deles. Se tinham olhado tanto para ela na sala de espera, sem dúvida estariam observando também agora. Era uma tarde de domingo, e eles estariam obviamente exaustos e entediados. Ela podia sentir os olhares. Será que deveria dar a entender que sabia que eles estavam observando? Não. Para que estragar a diversão deles?

O detetive Flynn se acomodava melhor na cadeira, ainda se recuperando de sua briga. A sós naquela sala tranqüila, sem nada para distraí-los, Makedde percebeu que ele era de fato muito atraente. Seus cabelos escuros eram bastos e cortados bem rente, o que acentuava os contornos distintos do maxilar quadrado. Ele tinha lábios regulares e dentes uniformes, de um feitio curiosamente sensual. Não que Flynn fosse exatamente bonito. Seu nariz era ligeiramente torto, e as orelhas um pouco grandes demais. Seus olhos verdes, emoldurados pelas sobrancelhas escuras, pareciam céticos e entediados do mundo. Ainda assim, por alguma razão, quando se juntavam todos esses traços, somados à sua altura impressionante, o resultado era bem atraente. Principalmente para Makedde.

"Admita que quis vê-lo pessoalmente porque o acha interessante."

O rosto dele ainda estava um pouco rosado, e o calor do seu corpo se dissipava devagar. Makedde continuou a prestar atenção em detalhes minúsculos da aparência de Andy Flynn – como a pequena cicatriz no queixo que ela tinha o impulso de querer tocar. De repente, pensou nas algemas policiais que ele usaria no cinto e sentiu uma pontadinha travessa de excitação. Isso a fez se sentir tão desconfortável que ela começou a suspeitar de seus hormônios ou então da Lua.

– Antes de mais nada, queria pedir desculpas por não ter tido condições de fazer uma identificação mais categórica na sexta-feira – começou Makedde. – Obviamente, eu não estava muito bem para isso. Mas, apesar de Catherine parecer tão... *diferente* no necrotério ontem, eu...

Ele a cortou, num tom meio paternal.

– A autópsia foi feita antes do reconhecimento. É o procedimento-padrão em caso de morte suspeita. Os corpos têm uma aparência diferente depois da morte, senhorita Vanderwall, eles...

Flynn interrompeu a frase, fazendo um gesto com as mãos para indicar os efeitos desagradáveis da morte sobre as funções orgânicas.

Os cabelinhos da nuca de Makedde se eriçaram. Será que ele estava fazendo cena para os detetives que olhavam escondidos, tentando exibir sua superioridade masculina sobre uma mulher?

– Eu não sou completamente leiga, detetive – ela respondeu calmamente, pois já estava acostumada a ser subestimada. – Tenho muita familiaridade com autópsias, rigidez cadavérica e esse inchaço póstumo desagradável que você acabou de ter tanto prazer em descrever para mim. Meu pai era um inspetor-detetive e...

– Sério?

Ela percebeu um lampejo de interesse nos olhos de Flynn.

– Ele está aposentado agora?

– Sim, mas não é essa a questão. Não estou pedindo a você lições de metodologia para autópsias. Estou apenas dizendo que de fato reconheci o corpo. Agora, sendo objetiva, acho que tenho algumas informações que podem ser extremamente úteis para a investigação.

Andy inclinou-se para a frente. Ela parecia finalmente ter conseguido a atenção dele. O que ela deveria dizer? Quem disse que havia algo de mais sinistro naquele relacionamento que uma simples esposa traída?

– Catherine Gerber estava tendo um caso – ela começou. – Um relacionamento que ela jurou manter em segredo.

Andy inclinou-se ainda mais. Havia uma intensidade nele que a assustava um pouco, principalmente quando ela o imaginava atirando aquela cadeira contra a parede. Makedde puxou instintivamente sua cadeira um pouco mais para trás, aumentando em alguns centímetros a distância entre eles.

Ela engoliu em seco.

– Catherine passou aproximadamente os últimos doze meses falando comigo sobre essa relação. Ela não entrava em detalhes, só me contou que o homem era rico, poderoso e mais velho. Como ela só tinha 19 anos, suponho que o tal sujeito seja bem mais velho que ela. Tive a impressão de que ele era casado. O relacionamento entre os dois era totalmente confidencial.

Flynn tinha se movido um pouco para trás. Sua linguagem corporal deixava claro o desapontamento em relação à informação.

– Bem, vamos averiguar.

Ele deu um sorrisinho condescendente e perguntou:

– Mais alguma coisa?

Makedde mal podia acreditar que ele tinha acabado de dispensá-la. Ela estudou-o por um momento, analisando a atitude dele.

"Deveria ter esperado até que eu tivesse mais elementos para vir aqui;

um nome, datas, lugares..."

Ela percebeu que precisava quebrar o silêncio desconfortável.

– Não sei por que imaginei que você fosse dar importância a isso. Mas você me disse para vir se eu tivesse...

– Eu dou importância. Acho que qualquer informação é importante, e até os detalhes mais insignificantes podem ajudar a compor o quadro geral.

– Insignificante? – Makedde perguntou estarrecida.

Ela sabia que deveria simplesmente ir embora, pois não estava chegando a lugar nenhum, mas não conseguiu se conter.

– Deixe-me esboçar um possível cenário, e aí você pode ter uma idéia melhor da *insignificância* disso. Digamos que o sujeito seja casado. Digamos que ele tenha ainda mais em jogo... Pode ser um político, alguém importante, enfim... Tenho aqui umas cartas onde Catherine diz que o "relacionamento não continuará secreto por muito tempo". E se ela estivesse dizendo isso *para ele*? E se ela estivesse ameaçando expô-lo? Motivo para assassinato, talvez.

O detetive levantou-se com o rosto impassível, e Makedde ficou ainda mais irritada por ele não ter sequer respondido. Ela o viu caminhar em direção ao grande espelho, de costas voltadas para ela. Com um misto de fúria e humilhação, ela suspeitou que ele estivesse fazendo caras e bocas para diversão dos colegas. Ela obviamente tinha perdido seu tempo indo até lá.

– Senhorita Vanderwall, não imaginamos que se trate de um assassinato isolado motivado por vingança. Acredite você ou não, achamos que esse sujeito faz esse tipo de coisa por puro prazer. Obrigado novamente pela informação e agora, por favor, deixe que profissionais cuidem disso.

– Vocês *têm* um suspeito. É isso? – disse ela, com uma calma surpreendente. – Alguém que vocês estão mesmo julgando culpado?

"O que significa excluir de cara todos os outros? Ah... Mil desculpas por ameaçar complicar sua investigação com uma nova pista, seu Detetive Cabeça-Quente..."

Ela segurou sua língua.

— Podemos ficar com essas cartas?

— Prefiro que tirem cópias. E gostaria de ter os originais de volta o mais breve possível — ela disse firmemente.

— Vamos providenciar isso.

Ele a acompanhou com exagerada cortesia até o elevador.

— Obrigada por sua colaboração, senhorita Vanderwall.

Ela deixou o prédio espumando de raiva. Sentia-se ridícula e subestimada. Mais do que qualquer outra coisa no mundo, ela *odiava* ser subestimada. Só de olhar para seus cabelos loiros e sua aparência de modelo, as pessoas já paravam de escutar. Ela podia discorrer sobre mecânica quântica, e as pessoas continuariam olhando para seus seios, suas palavras entrando por um ouvido e saindo pelo outro. Será que os detetives também riram quando ela foi embora? Certamente. "Mulheres de merda", ele tinha dito. "Para ele, devo ser só mais uma delas." Não tinha sido uma maravilhosa impressão do homem encarregado do caso de Catherine.

* * *

O táxi serpenteava devagar pelas ruas da cidade. Em alguns momentos, Makedde podia distinguir prédios vagamente familiares pelas silhuetas recortadas contra o Sol, já bem baixo no céu. Bem diante dela, uma enorme Lua cheia se elevava tranqüilamente. O motorista lançava rápidos olhares para ela pelo retrovisor. Irritada, ela o mandou acelerar e logo eles estavam diante do mar aberto de Bondi Beach.

Ela entrou no apartamento solitário. Atirando as chaves sobre a mesa, imitou a própria voz.

— Acho que tenho algumas informações... blábláblá. Idiota.

O quarto vazio respondeu com silêncio.

Capítulo 7

Na manhã de segunda-feira o despertador tocou com autoridade militar. Em sua face digital, o número 4:45 brilhou num neon vermelho berrante. Uma hora cruel para se estar acordada, porém um horário mais barato para chamadas internacionais. Além disso, daria para Makedde encontrar seu pai em casa antes que ele saísse para o almoço semanal de domingo com seus colegas policiais aposentados.

Ela se instalou ao lado do telefone e discou toda a infinidade de dígitos que a poria em contato com o Canadá. Depois de muitos cliques e pausas, o telefone enfim tocou. Houve uma pequena demora e ouviram-se alguns chiados.

– Makedde?

– Oi, pai.

– Sua voz parece a milhões de quilômetros de distância. Como foi o vôo?

– Tudo bem. O serviço era ótimo. Adorei o chá verde. O problema é que são muitas horas.

– Nem por todo o dinheiro do mundo pegaria um vôo desses – ele disse.

Provavelmente, falava sério. O pai de Mak preferia a atmosfera familiar da cidade em que vivia desde que nascera. Mesmo durante as férias, não se afastava muito de lá. Mak ligava para ele a cada dois domingos, sem falta, não importa onde estivesse. Ela dava especial atenção a isso desde que sua mãe morrera.

– Como vai, minha filha?

– Estou bem. Bom... mais menos. Vou falar disso mais tarde. De qualquer forma, cheguei sã e salva. E você, como está? – ela perguntou, consciente de estar adiando o momento da revelação.

Mak odiava dar más notícias a seu pai.

– Comigo tudo bem – ele disse. – Vou sair com os rapazes daqui a pouco.

– Sim, imaginei.

Ele continuou:

– Theresa está ficando enorme. Já está quase no sétimo mês de gravidez.

– Sei disso; nos vimos na semana passada.

Um vago sentimento de culpa e inferioridade atingia Makedde sempre que alguém mencionava sua irmã. A vida certinha e bem casada de Theresa parecia tão louvável. Era uma vida digna, boa e previsível, enquanto a de Makedde era tão... bem, nada disso. O bebezinho robusto e alegre que estava para chegar só iria aumentar esse abismo.

– Você deveria ligar de vez em quando para sua irmã.

Mak revirou os olhos.

– Claro, pai. Vou ligar para ela, prometo.

– Eles decidiram não ficar sabendo se é menino ou menina – ele disse, fazendo uma pausa antes de continuar. – É um pecado que Jane nunca tenha chegado a ver suas filhas tendo bebês.

Makedde ficou noiva de um garoto da cidade quando tinha 20 anos, pouco depois de sua mãe ser diagnosticada com câncer. Mas Mak logo percebeu que seu desejo de casar com ele era só um esforço desesperado para fazer sua família feliz. Não durou muito. Ela terminou com George na fila do caixa de um supermercado, jogando o anel de noivado dentro de uma sacola cheia de caixas de leite e latas de conserva.

Mak não achou o cara certo a tempo de sua mãe conhecê-lo, muito menos teve filhos a tempo de sua mãe se tornar avó. Sua irmã foi quem fez seus pais vibrarem com o casamento na igreja e a notícia da gravidez. Sua irmã perfeita.

– Pai, tenho algumas notícias trágicas...

Ela contou a ele sobre Catherine. Como era de se esperar, ele ficou chocado e extremamente triste. Também a tinha visto crescer.

– Espero que você pegue o próximo avião para casa. Não deve querer estar por perto quando um psicopata desses resolve encasquetar com modelos.

– Pai, eu estarei bem. Posso me proteger sozinha. Você sabe tão bem quanto eu que Catherine não tem mais ninguém. Não posso ir embora até que esteja tudo resolvido.

– Você tem que cuidar de si agora, Makedde. Nossa, é tudo tão horrível! Entraram em contato com os pais adotivos dela?

– Sim.

Pensar nos Unwins fez Makedde enraivecer. Eles tinham sido tutores negligentes, e Catherine gastou boa parte do seu tempo tentando se livrar deles.

– Tenho certeza de que no fundo estão aliviados por não terem mais que cuidar dela. Não espero um grande funeral.

– Que horror!

– Você sabe que é verdade.

– Gostaria que você viesse para casa, Makedde. Você pode se inscrever em outras matérias ou trabalhar aqui como modelo por um ou dois meses. Vai continuar teimosa em relação às mensalidades da faculdade, depois do que aconteceu? Eu pago para você.

– Não quero ferir seu orgulho, pai, mas sei que você não tem como pagar.

A morte de sua mãe tinha sido longa e dolorosa, e as despesas médicas ainda demorariam um bom tempo para serem quitadas. O mieloma múltiplo era uma doença rara, quase sempre encontrada em homens idosos e fragilizados, e por isso pouco tratada. Mas Jane era ainda jovem, o que fez com que se tentassem todas as formas imagináveis de quimioterapia e terapias alternativas ao longo dos anos. Quando esses métodos se exauriram, o transplante de medula óssea ficou sendo a única opção. No fim, Jane acabou morrendo de pneumonia, quando viver numa bolha asséptica não foi mais suficiente para proteger seu sistema imunológico excessivamente debilitado.

Makedde procurou tirar da cabeça a imagem da mãe toda careca e conectada aos aparelhos que a mantinham viva.

– Além disso – continuou –, acabei de chegar aqui. Não agüento tão cedo outro vôo daqueles. E, mesmo que você pudesse pagar, eu não permitiria. Enfim, já não se trata mais de arrumar dinheiro. Não posso ir embora antes que peguem o assassino de Catherine.

Ela o ouviu murmurar "teimosa" bem baixinho. Depois, ele perguntou, agora mais claramente:

— Há algo que eu possa fazer daqui?

— Nada. Por favor, não faça nada. Detesto quando você tenta interferir.

Ele ignorou o comentário.

— Por que não vai trabalhar como modelo em outro lugar? A Nova Zelândia é bem perto.

— Ótima tentativa. Você sabe que tenho que ficar aqui. Catherine sempre esteve ao meu lado, e não há mais ninguém ao lado dela agora.

Um suspiro quase imperceptível mostrou a Mak que ela tinha vencido o debate, pelo menos até então. Ela sempre havia sido muito cabeça-dura, e ele nunca tinha podido controlá-la. O conflito de idéias remontava há muito tempo. Apesar de ele gostar da atenção desmedida que ela sempre dava a suas histórias policiais, o grande interesse dela por assuntos criminais preocupava-o (assim como ao resto da família) desde que Makedde tinha 8 anos. Por isso ficou aliviado quando, aos 14 anos, ela decidiu começar sua carreira de modelo. Agora, estava confuso com esse desejo dela de cursar Psicologia Forense. Em sua geração, as mulheres costumavam ser donas-de-casa e supermães, não profissionais de carreira com diversos títulos acadêmicos e um vivo interesse em mentes criminosas.

— Por favor tome cuidado, Makedde. Prometa para mim que não vai correr riscos.

— Ficarei bem, prometo — ela assegurou a ele. — De qualquer forma, sou uma guerreira. Qualquer psicopata seria louco se mexesse comigo.

— Eles *são* loucos, Makedde. Esse é o problema.

— Não do ponto de vista legal. Os psicopatas podem ter predisposições para a violência e a manipulação, mas não são legalmente considerados insanos.

— Basta.

Ela riu.

— Só estou provocando você. Ligarei em breve e o manterei a par de tudo. Amo você, pai.

— Eu também.

Ela desligou o telefone e mergulhou de volta num sono intranqüilo.

Mak sonhou que estava de pé em meio à grama alta, olhando para o corpo nu e ensangüentado de uma mulher jovem. Os cabelos cobriam o rosto do cadáver; quando ela os afastou, deparou com a própria face sem vida.

"Makedde", sussurrou o vento, "estou vindo buscar você."

* * *

Makedde subiu o lance de escadas em direção às imensas portas duplas de vidro da agência Book, parando um segundo para se admirar nas paredes espelhadas que ladeavam as escadas. Ela contemplou seu rosto maquiado, reparando nos olhos cansados e no aspecto pálido e estressado. Ensaiou um sorriso, e ficou aliviada com o efeito. Instantaneamente, parecia saudável, alegre e confiante. As aparências enganavam.

Mak ficou ali fora um instante, pensando se seria capaz de encarnar a imagem da modelo de sucesso não abalada por uma tragédia pessoal. Não fazia sentido mostrar a eles o quanto ela estava devastada por dentro; provavelmente insistiriam para que tirasse um tempo de folga, e isso não ajudaria a pagar suas contas. Ajeitando a postura, encolhendo a barriga e pregando um sorriso indestrutível nos lábios, ela entrou enfim na agência. A recepcionista, que nunca a tinha visto mais gorda, apenas levantou as sobrancelhas, pouco interessada. Mak nem sequer podia se ofender; ela também não sabia o nome da recepcionista.

— Charles Swinton está aí? – perguntou.

— Sim, lá atrás – respondeu a recepcionista sem nome, que continuou a ler seu exemplar da Vogue.

Mak apertou sua bolsa e foi andando a passos largos até a área em que dez agentes de modelos estavam sentados ao redor de uma longa mesa oval, dando vários telefonemas e lidando com adolescentes cheias de esperanças. Cada agente tinha uma tela de computador e um teclado diante de si, além de uma modelo espiando ansiosa às suas costas enquanto eles apertavam teclas decidindo quem estava dentro e quem ficava de fora dos trabalhos.

Uma porção de álbuns fixados em suportes estavam alinhados em cada parede. Rostos absurdamente imaculados reluziam na capa de cada álbum, com as palavras "Agência de Modelos Book" estampadas em negrito no alto e o nome da modelo impresso no pé da capa. Os álbuns pareciam organizados em seções. As modelos do naipe de Linda Evangelista, Christy Turlington e Claudia Schiffer ficavam de um lado, e as Makeddes da vida noutra parede. As categorias poderiam representar quem estava na cidade e quem não estava, mas Makedde suspeitava que elas de fato indicavam quem se levantaria e quem não se levantaria da cama por menos de dez mil dólares.

Ela tentou em vão atrair a atenção de Charles, mas pelos quinze minutos seguintes ele se dedicou integralmente a um fluxo constante de telefonemas. Ele era um ótimo empresário; tinha a fala cortês e tranqüila, mas era firme nas negociações. Charles era conhecido por ser capaz de construir ou destruir a carreira de uma modelo. Sua reputação era tão boa que, quando ele largou uma grande agência para começar a Book com um sócio misterioso, muitas modelos de alto nível migraram junto com ele. Mak não sabia ao certo se estar na Book seria mesmo bom para ela, mas sua agência de origem, em sua cidade natal, ficou bastante empolgada com o novo esquema. Seria fabuloso fazer negócios com Charles, pois ele só trabalhava com um time de garotas de primeira linha. As velhas capas de Vogue e Elle que Mak tinha feito deviam ser as responsáveis pela proeza.

Finalmente, Charles se virou para ela, com o fone ainda colado numa das orelhas.

— Ah, Makedde, como foi na sexta-feira?

Não era exatamente o tipo de pergunta que ela esperava.

— Tudo certo. A não ser pela minha amiga morta estendida na grama. Fora isso, foi tranqüilo.

Ele pareceu embaraçado.

– Oh, é mesmo. Coitada da Catherine... Foi uma coisa horrível, ela tinha um belo futuro pela frente. A propósito, querem entrevistar você na Sixty Minutes. Aqui está o número.

– Obrigada – respondeu Mak secamente.

Ela pegou o pedaço de papel e atirou-o na lixeira assim que Charles desviou os olhos.

– O cliente não está muito satisfeito – ele continuou. – Estão dizendo que vão precisar refazer o trabalho agora e não querem liberar o dinheiro.

Ela sentiu a raiva crescendo por dentro. "Catherine morta, e eles irritadinhos porque não fizeram sua preciosa foto!"

Charles atendeu outra ligação.

Uma agente se dirigiu a Mak:

– Não consegui acreditar quando soube o que houve. Que horror! Era uma garota tão meiga.

Mak estendeu sua mão.

– Prazer, Makedde.

– Skye.

– Eu já ia apresentar vocês duas – disse Charles e retomou seu telefonema.

Mak lançou para ele um sorriso forçado e se voltou para Skye.

– Ouvi um recado seu na secretária eletrônica dela. Você era a agente de Catherine?

– Sim.

– Sobre o que era o recado?

– Ela tinha faltado à última seleção no estúdio de Peter Lowe, e eu queria reagendar o compromisso.

– Alguém viu Catherine saindo para a seleção? – perguntou Makedde. – Ela pegou carona com alguém?

– Os policiais me perguntaram a mesma coisa. Algumas pessoas a viram sair de uma agência de publicidade. Ela provavelmente pegou um ônibus.

— Vocês se viam com freqüência?

— Não muito. Ela falava comigo quando eu telefonava para agendar os compromissos, e nos víamos a cada duas semanas, quando ela vinha buscar o cheque. Ela era bem falante, mas nunca me contou coisas muito pessoais.

— Alguma vez chegou mencionar algum namorado?

— Não, mas imaginamos que ela tivesse um.

Mak se endireitou na cadeira.

— Como assim?

— Ah, ela não saía muito com as outras garotas. Também usava belas jóias. Sei lá, era só uma impressão — Skye disse, parecendo um pouco incomodada com aquilo tudo. — Está sabendo que Tony Thomas está sendo acusado pelos policiais? Provavelmente por causa da mostra.

— Que mostra?

— Sua exposição de fotos sadomasoquistas. Eu fui à abertura. Não faz meu estilo, mas há quem pense que é arte.

"Sério?"

— Ainda está em cartaz?

— Sim, vai ficar ainda por algumas semanas no The Space, na Kings Cross.

Makedde decidiu conferir a exposição mais tarde.

Mais dez minutos se passaram até que Charles desse atenção a Makedde por tempo suficiente para que checassem juntos a programação do dia seguinte. Não havia nenhum trabalho agendado, mas Charles se lembrou de ter recebido um fax da agência de origem de Mak, a Snap Models, lá no Canadá. Ele indicou uma bandeja cheia de papéis ao lado da máquina.

Ela foi até lá e retirou o papel da pilha. Seu nome estava rabiscado em letras enormes no topo da página. Bárbara, a dona da agência, dava seus pêsames a Mak pela perda da amiga. Era um gesto simpático, mas como ela poderia saber?

— Alguém contou a eles o que aconteceu com Catherine? – perguntou

Makedde, confusa.

– Imagino que não – disse Skye. – Catherine nem estava com eles, estava?

– Não, não estava.

Então, como Bárbara sabia?

"Meu pai."

Ela imaginou que ele já estivesse espalhando a notícia para as pessoas certas. Ele estava cuidando das coisas; protegendo sua filha, arregimentando recursos. Provavelmente, também conferia de longe se estava tudo bem com ela.

Makedde pegou o fax e saiu. Com a exceção de algumas agências muito especiais, ela sabia que, sem um trabalho de pelo menos dez mil dólares ou uma capa recente da Vogue, uma modelo se tornava invisível. Assim, depois de cumprimentar a mesa de agentes, a mulher invisível foi embora sem alarde.

CAPÍTULO 8

O amante de Catherine Gerber sentiu-se aliviado quando, ao meio-dia, fechou a porta e tirou o telefone do gancho. Ele precisava de tempo para pensar. O almoço que tinha pedido pelo telefone continuava sobre a mesa, sem ter sido tocado. Ele não conseguia comer nada; não por tristeza, mas por irritação. Não tinham mandado exatamente o que ele havia pedido – um sanduíche de salmão defumado com alcaparras, rabanete e alface no pão de centeio. Não no pão australiano, no pão *de centeio*. Simples assim. Num outro dia qualquer, ele teria reclamado do pão australiano. Hoje, porém, seu apetite tinha ido embora depois de ter visto o jornal da manhã. Não conseguia pensar em comida. Seu pensamento estava naquela fotografia.

"Catherine Gerber."

Desde que o corpo de Catherine tinha sido descoberto na sexta-feira por aquela outra garota, todos os dias saía alguma coisa nos jornais sobre o assunto. Até aí tudo bem, era de se esperar. Não era a matéria em si o que o incomodava. Era a foto.

"Vagabundinha estúpida!"

Ele tinha sido sempre tão cuidadoso, tão detalhista. Tinha tomado todas as precauções para que ninguém pudesse ligar Catherine a ele, e estava certo de que nenhuma pessoa minimamente importante os tinha visto juntos. Era inconcebível que uma sem-vergonha daquelas acabasse representando uma ameaça tão grande.

Ele abriu o jornal, foi até a página 3 e observou a grande foto que ilustrava a matéria com o título "Modelo canadense – a terceira vítima do assassino do salto alto". Ali estava ela, fotografada durante algum evento social, sorrindo inocentemente num vestidinho curto, com um cordão fino em torno do pescoço: um cordão delicado, no qual estava pendurado um anel masculino de diamantes.

O anel dele.

"Putinha mentirosa!"

Ele pensou que havia perdido o anel, mas evidentemente não foi isso o que aconteceu. Provavelmente tinha sido quando os dois se encontraram em Fiji, na época do congresso médico de outono. Ele tinha sido extremamente cuidadoso, como sempre. Deu a ela dinheiro para a passagem, hospedaram-se em hotéis diferentes e ia escondido encontrá-la durante a noite. Quando foi embora, deve ter esquecido o anel perto da pia do banheiro dela, mas só muitos dias após o fim do congresso deu pela falta da jóia. Perguntou a Catherine sobre ele, mas ela jurou não ter visto nada.

"Vagabunda pérfida e traiçoeira."

Era um anel importante, que seu pai tinha dado a ele e a mais duas ou três pessoas muito importantes na empresa. Significava que ele provara o seu valor. Ao contrário dos parasitas dos seus irmãos, tinha um futuro pela frente. Um dia, tudo seria dele, e o anel confirmava isso.

"O anel..."

Ele chegou a ligar para o hotel para pedir que procurassem por toda parte. Quando seus colegas deram pela falta do anel, teve que inventar uma desculpa. "Perdi fazendo mergulho em Fiji", disse, na ocasião, "mas não contem para o meu pai."

"Não. A verdade é que tirei o anel para lavar as mãos num quarto de hotel, e a putinha aproveitou para roubá-lo."

Uma gota de suor desceu escorregando por sua têmpora latejante. Seu pulso estava acelerado. Todos iriam ver a matéria. Se olhassem perto o bastante, reconheceriam o anel. E se ligassem os fatos? E a polícia? O que aconteceria se achassem o anel entre as coisas dela?

"Com a droga das minhas iniciais gravadas nele!"

Ele limpou o suor, cada vez mais tenso.

Alguma coisa tinha de ser feita. Ele precisava pegar aquele anel de volta.

Capítulo 9

Makedee concluiu que busca "não intrusiva" era algo que definitivamente não existia. O apartamento ainda tinha o aspecto de cena de crime. Qualquer tentativa da polícia de recolocar as coisas em seus devidos lugares tinha evidentemente fracassado. Todos os objetos do quarto estavam a preciosos centímetros de sua posição original. A mesinha escura estava toda suja de lanconida branca, e os armários claros da cozinha completamente enegrecidos de pó de carbono. Makedde estava satisfeita por aquele apartamento não pertencer a ela; de outra forma, limpá-lo seria uma tarefa ainda mais traumática.

Mak começou a arrumar o local e a empacotar as coisas de Catherine. Começou pelas paredes, arrancando todas as fotos de revistas, uma por uma. As fitas adesivas se rasgavam com ruído, deixando para trás um rastro pegajoso, e as faces maquiadas e cheias de desejo das modelos se desfaziam em inexpressivas tirinhas coloridas.

Catherine tinha ingenuamente aspirado a ser uma "supermodelo". Das muitas meninas que tentavam chegar lá, poucas duravam algum tempo no cenário internacional, e menos ainda chegavam a se firmar ali. Mak tinha sido a sensação do mês numa edição italiana da Vogue e desfrutou de alguns fugazes momentos de fama emprestando seu rosto a diversas campanhas publicitárias de moda e de cosméticos, mas nunca chegou a fazer jus completamente ao título de "super".

Com uma ou duas exceções de mulheres que continuavam a fazer trabalhos ocasionais décadas após entrarem no mercado, a carreira de uma modelo era extremamente breve. Passar do frescor dos 14 anos para o pouco brilho dos 25 era o mesmo que ir do berço à sepultura, para grande parte da indústria. Makedde tinha visto inúmeras garotas chegarem e partirem. Em seu tempo fugaz, algumas se sacrificavam mais que outras, e algumas tinham também mais êxito que outras, mas para a grande maioria a jornada era efêmera, e o rolo compressor da inconstante indústria da moda seguia adiante. O truque era juntar o máximo de dinheiro possível e mudar de ramo, mas poucas modelos jovens compreendiam isso.

Makedde estendeu o braço e arrancou outro rosto da parede.

Quando Catherine, aos 15 anos, atingiu 1,80m de altura, decidiu tentar uma carreira internacional. Mak tinha sentimentos contraditórios em relação às aspirações da amiga. Esse seria sempre um estilo de vida mal compreendido, com uma falsa imagem reforçada por filmes que retratavam a indústria da moda tão realisticamente quanto *Uma linda mulher*, por exemplo, mostrava o mundo da prostituição. O ambiente da moda internacional podia ser muito confuso e agressivo para uma adolescente, e a combinação entre uma carreira mal administrada e um espírito pouco centrado era normalmente desastrosa. Todos tinham uma história de horror conhecida para contar: garotas de 16 anos deslizando pela passarela alucinadas de heroína; anoréxicas que se nutriam apenas de café e cigarros; bulímicas; garotas viciadas em todo tipo de pílulas crônicas – remédios para emagrecer, laxantes, diuréticos, anfetaminas, tranqüilizantes. O sofá da sala de seleção podia se tornar um obstáculo mortal para crianças desacompanhadas com baixa auto-estima ou pouco autocontrole.

Por outro lado, muitas modelos passavam por experiências fantásticas – viagens, cultura, novos ares, novos idiomas, novas pessoas e, ocasionalmente, montanhas de dinheiro.

Sabendo disso tudo, o que se deve fazer quando alguém que conhecemos quer tentar entrar nessa vida?

Para Makedde, a resposta era tentar ajudar no que fosse possível e procurar guiar a pessoa para longe das armadilhas. Com seis anos a mais de idade e experiência em relação a Catherine, Mak ensinou a Cat como proceder naquele meio, orientando-a através do bizarro labirinto do ambiente internacional da moda. Ela tirou Cat de encrencas em diversas ocasiões, mas não conseguiu ajudá-la quando ela mais precisava.

"Tarde demais, por um dia."

Mak amassou as fotos de revistas com força e atirou-as dentro de um grande saco de lixo; depois, foi até a bem organizada pilha de roupas de Catherine. Os Unwins, pais adotivos de Cat, tinham deixado claro que não queriam suas roupas. Elas também não teriam nenhuma serventia para a polícia. Mak iria levá-las para alguma entidade beneficente e enviar os outros pertences de Cat para o Canadá por navio.

Mak não conhecera os pais biológicos de Catherine, mas achava bom que eles não tivessem vivido para ver sua única filha retalhada daquela maneira, fria e sem vida sobre a mesa de um necrotério. Com os olhos fechados, Makedde colocou a pilha de roupas dentro de um grande saco. Ela não queria olhar para nada familiar. A simples visão de um casaco verde-musgo teria inundado sua mente de lembranças de Catherine sorrindo e gargalhando em Munique, presenteando a si mesma com um exagero de compras pelo seu primeiro grande comercial de produtos para cabelos.

Com as roupas já guardadas para caridade, Mak voltou sua atenção para o porta-jóias antigo e todo decorado que ficava ao lado do espelho. O adorado porta-jóias de Catherine. Ele era todo de madeira, cheio de entalhes, enfeitado com desenhos de espirais e lindas pedras semipreciosas incrustadas. Era uma lembrança sentimental, uma das poucas coisas materiais que tinham restado da mãe biológica de Catherine. Cat o levava em todas as suas viagens, para onde quer que fosse. Alison Gerber havia presenteado sua filha com aquele porta-jóias apenas alguns meses antes de atravessar o Malahat com o pai de Catherine para visitar um amigo. A região do Malahat é cortada por muitos quilômetros, entre as montanhas da ilha de Vancouver, por uma estrada sinuosa e escorregadia. Durante a noite, quando os pais de Cat voltavam para casa, o carro passou por uma fina camada de gelo sobre o asfalto e deslizou para fora da estrada, rolando pelas encostas de uma montanha por mais de cento e cinqüenta metros até parar entre dois pinheiros. Os dois morreram antes que o acidente fosse descoberto. Catherine havia ficado em casa com uma babá. Ela tinha 5 anos.

Makedde sentou-se de pernas cruzadas no assoalho de madeira, colocou no colo o porta-jóias e o abriu. Ele era pequeno e havia poucas coisas ali dentro. Alguns cordões finos, de ouro e de prata, se emaranhavam uns nos outros. Um delicado par de brincos de brilhantes e um anel de prata e turquesa jaziam sob o novelo. Mas foi o grande anel de diamantes que imediatamente atraiu a atenção de Mak.

Ela pescou o anel. Era pesado, de estilo masculino, com diamantes formando um desenho quadrado. O ouro era liso e sem marcas. Não podia ter pertencido ao pai de Catherine; era novo demais para isso. Onde mais Cat poderia ter conseguido um anel como aquele?

"O amante."

O anel do amante. Uma lembrança. Ela girou o anel e olhou dentro do aro. Não podia acreditar em sua sorte.

JT

As iniciais estavam gravadas na parte interna do anel. Ela logo se lembrou da mensagem que tinha visto rabiscada num pedaço de papel assim que chegara.

JT Terrigal
Beach res
16
14

Makedde fez o anel escorregar em seu polegar. Era uma sólida prova do relacionamento, mas ela já não estava certa de querer compartilhar isso com o detetive Flynn. Colocou o porta-jóias na mesinha de cabeceira e apoiou nele sua foto favorita. Nela, Makedde sorria ao lado de uma Catherine viva e feliz.

Capítulo 10

Ele passou a língua pelos lábios distraído, com uma mão se fechando devagar enquanto a outra segurava a fotografia.

Makedde Vanderwall.

Makedde.

Mak.

Ela era a loira da foto. Bonita. Especial. Era ela quem havia escrito a carta e quem havia encontrado sua obra de arte na beira da praia. Seus olhos eram claros, embora na foto não desse para distinguir bem se verdes ou azuis. Tinha o nariz fino e delicado, o corpo cheio de curvas, e ela todinha era *muito* familiar.

Havia ainda a pele. A pele parecia tão... perfeita.

"Absolutamente perfeita."

Não poder ver como eram os pés dela deixava-o aborrecido. A foto só mostrava dos quadris para cima. Mas ela parecia tão alta ao lado de Catherine que ele a imaginou usando sapatos vermelhos de salto alto. Sabia que seus pés seriam tão perfeitos quanto todo o resto.

A familiaridade dela o envolveu; ela era fascinante, mais importante e especial que todas as outras garotas.

Makedde era única.

Ele deslizou seu dedo devagar pela superfície da foto. O destino tinha trazido até ele a vadia de cabelos escuros. Junto com ela, o destino tinha trazido Makedde.

Capítulo 11

Makedde segurou uma saia preta à frente dos quadris e se olhou no espelho, tentando decidir o que vestir para ir ao The Space, a casa noturna onde Tony Thomas estava expondo suas fotos. Ela inclinou a cabeça e examinou a barra da saia.

"Muito curta?"

Se pusesse também uma meia-calça opaca, ficaria bom. Com uma minissaia e seu top azul cintilante, ela se misturaria bem ao ambiente da discoteca. Mak colocou a meia-calça, com cuidado para não desfiá-la com as unhas, e puxou a minissaia até os quadris. Para completar o visual, escolheu um par de botas confortáveis de meio-salto e cano longo. Depois, vestiu um casaco, conferiu o dinheiro nos bolsos, apagou as luzes e saiu. Aventurar-se sozinha pela noite deixou-a um pouco tensa. Ela adoraria ter consigo um daqueles sprays de pimenta que se usavam contra ursos no Canadá, mas na Austrália eles eram proibidos. Ela teria que confiar somente na rapidez de pensamento ou num chute certeiro.

A um quarteirão de distância, já se ouvia a música ribombante que saía do The Space. Era quase meia-noite, e o local estava apenas começando a esquentar.

Os moderninhos e os freqüentadores habituais da noite apareceram de repente, fazendo barulho e dispostos a se divertir. Couro, vinil, microssaias e meias arrastão pareciam ser o uniforme do momento. Mak se sentiu um tanto sem graça no seu figurino cuidadosamente escolhido.

Umas trinta pessoas aguardavam para entrar na casa. Assim que Makedde foi para o fim da fila, um orangotango de testosterona com a cabeça raspada chamou-a lá na frente. Depois de olhar em torno para conferir se era realmente para ela que ele acenava, Mak caminhou direto para a porta, colocando nos lábios um sorrisinho sedutor. Não fazia sentido ficar esperando na fila se não fosse necessário.

— Você é modelo? – ele grunhiu.

O sujeito fedia a cigarro e perfume barato.

— Sou.

Ele a olhou de cima a baixo com ar de aprovação, o que fez o rosto de Mak formigar, mas seu sorriso não esmoreceu.

— Qual agência?

— Book – respondeu ela.

Depois de ouvir a palavrinha mágica, ele abriu a porta. Mak entrou devagar no ambiente todo esfumaçado da discoteca, e o leão-de-chácara murmurou qualquer coisa inaudível antes de fechar a porta atrás dela. Os sentidos de Mak foram imediatamente assaltados pela música estrondosa em altos decibéis e pela multidão de corpos suados dançando na cadência das batidas. Atrás de uma longa bancada de bar, iluminada com neon, quatro funcionários com os músculos inchados de esteróides preparavam coquetéis para o público, vestidos com roupas vagabundas de couro preto. Ela se perguntou por um instante se não teria ido parar numa festa sadomasoquista de verdade, mas depois de observar melhor a multidão dançando, chegou à conclusão de que era só um modismo, ninguém ali iria arrastá-la para uma sessão de pancadas.

Forçando o olhar através da fumaça, Mak encontrou o que procurava – as fotos. Uma área de painéis no fundo exibia grandes figuras em preto-e-branco. Ela atravessou o turbilhão de gente e se dirigiu para o local. Quando parou para puxar a saia um pouco mais para baixo, acabou levando uma cotovelada bem no maxilar. Poderia ter sido qualquer um ali, naquela confusão de pessoas espremidas e membros voadores. Protegendo o rosto com os punhos, como uma boxeadora, ela continuou abrindo caminho até a área da mostra. Quando finalmente conseguiu chegar ao outro lado da massa dançante, viu diversas pessoas sentadas a uma série de mesinhas, tentando conversar, mais com mímica que com palavras. Era um alívio não ser obrigada a se mover, e ela ficou ali por um instante, parada, simplesmente, mas logo se arrependeu disso.

Alguém pôs a mão em seu ombro.

Makedde estremeceu com a surpresa e se virou para ver quem era.

Seu punho estava cerrado, pronto para o que fosse preciso, e a tensão se espalhou por todo o corpo. Levou alguns segundos para ela perceber de quem se tratava.

– Oh, Tony. Tudo bem com você? – Mak torceu para ele não notar o quanto ela se assustara com a súbita aparição.

– Tudo certo. E com você? – perguntou ele bem alto, por causa do barulho, inundando as narinas de Mak com seu bafo rançoso de cerveja.

– Tudo bem. Me falaram da exposição. O pessoal da agência está vibrando com ela.

– Sério? – o rosto de Tony se iluminou. – Você já viu as fotos?

– Ainda não, acabei de chegar.

– Então eu acompanho você.

Ela ensaiou um sorriso, e ele a conduziu pela mão até a primeira foto da série. Makedde se sentiu completamente desconfortável. Mak queria descobrir por que a mostra de Tony havia despertado tantas suspeitas, mas não estava esperando uma visita guiada.

Ela começou a pensar rápido numa série de desculpas possíveis. "Tem uns amigos meus me esperando? Tenho uma sessão de fotos amanhã bem cedinho? Sou alérgica a cigarro?"

Então por que ela teria ido até lá?

"Boa pergunta."

A primeira foto respondeu de cara às suas dúvidas sobre a mostra. Nela havia uma mulher nua toda amarrada com uma corda grossa. Seus longos cabelos castanhos estavam jogados para a frente, cobrindo o rosto, e mais cordas circundavam sua cabeça. O corpo sem feições estava tão fortemente atado que a corda se entranhava dolorosamente nas carnes da mulher.

Makedde estava sem palavras.

– Essa é Josephine. Ela é dançarina profissional – explicou Tony.

Mak respondeu ao olhar inquisidor dele com um sorriso neutro. Ele a levou até a foto seguinte.

– É a Josephine de novo.

Ele examinou a expressão de Makedde enquanto ela olhava o retrato. Nele aparecia a mesma mulher sem rosto, com as mãos amarradas atrás das costas, enfiada num corpete bem justo de couro e usando sapatos de saltos altíssimos. Seus pés estavam tão arqueados pela fôrma dos sapatos que os tornozelos quase se curvavam sobre os dedos. Os seios da mulher pareciam querer pular para fora do couro, e os quadris nus sofriam também a pressão do corpete apertado. Todo o corpo estava contorcido numa luta cruel e silenciosa com as amarras. Em vez de excitante, o efeito era repulsivo. Uma brincadeirinha de submissão não incomodava Makedde, mas aquela representação clara de uma dor intencional era de fato perturbadora.

"Fantasias sádicas. Até onde ele leva isso na vida real?"

– Adorei o seu método de revelação das fotos – ela comentou vagamente. – Os tons em sépia complementam bem o clima...

– Obrigado! – ele exclamou com orgulho. – Senti que os tons ressaltavam a textura do couro nessa foto.

A polícia tinha mesmo boas razões para se meter com Tony. Ele havia escolhido a locação das fotos em La Perouse e talvez soubesse da ligação entre Makedde e Catherine. Além disso, tinha também uma clara simpatia por perversões sexuais. Mak precisava descobrir mais coisas.

Depois de percorrer as imagens de submissão e sexo sadomasoquista que compunham o resto da mostra, Mak se sentou com Tony a uma das mesinhas. Com uma nova lata de cerveja nas mãos, ele começou a reclamar em voz alta da ignorância dos policiais, que "não saberiam o que é arte nem se ela entrasse pelas calças deles e mordesse onde dói mais".

– Tony, me lembro de você discutindo com um detetive depois que Catherine foi encontrada. Ele estava segurando a sua câmera. O que houve? – ela perguntou, em tom casual.

– Que babaca. Detetive Wynn...

– Flynn?

– Isso aí. O bastardo levou todo o filme embora como prova policial. O cliente surtou.

– Sério? Por que ele queria o filme?

– Como eu vou saber?

Seu rosto se contraía enquanto ele falava.

– Um babacão de merda.

"O que você está escondendo, Tony?"
– Eles ainda estão interrogando você?
– Estão – ele mudou de assunto. – Então, quer dizer que você é canadense?
– Pois é. Mas me diga, você viu Catherine muitas vezes antes de ela... morrer?
– Não mesmo. Você está aqui acompanhada?
Makedde teve um mau pressentimento.
– Não – ela disse, com franqueza.
– Hummm – murmurou ele.
Mak podia ver a mente alcoolizada de Tony trabalhando.
– Quer fazer um teste comigo algum dia? Podemos fazer as fotos onde você quiser; fotos de rosto, de corpo, de qualquer jeito.
– Não. Já tenho fotos suficientes no meu álbum pessoal. De qualquer forma, obrigada – Makedde arrastou sua cadeira para trás. – Tenho que ir... Uh... Sessão de fotos bem cedinho, amanhã...
– Quer sair comigo um dia desses? Talvez...
Ela o interrompeu rapidamente.
– Estou envolvida com uma pessoa.
"Eu mesma."
– Poderíamos sair apenas para tomar um café, algo assim – ele insistiu.
– Não, obrigada – repetiu ela, levantando-se e afastando-se.
Mak ainda ouviu Tony dizendo atrás dela:
– Caramba, eu não matei a droga da vagabunda!
Ela olhou duro para ele por cima do ombro e fuzilou:
– Estou indo embora.
Mak forçou caminho por entre a multidão. Atrás de si, podia ouvir Tony gritando:
– Desculpe, Maquelle! Não quis dizer isso! Desculpe!
– É *Makedde*, seu idiota – ela murmurou, deixando para trás a massa de corpos saltitantes. – Ma-ke-dde.
Ela empurrou com força as portas da discoteca e ganhou a rua,

respirando o ar fresco da noite. O ventinho gelado que passava era um alívio bem-vindo. Mak balançou a cabeça e fez sinal para o táxi mais próximo. Em menos de uma hora, Tony tinha conseguido garantir um lugar no topo de sua crescente "lista de babacas".

* * *

Pouco depois das 2 horas, o táxi deixou Makedde diante da quadra de apartamentos da Rua Campbell. Ela deu uma gorjeta ao motorista e se arrastou para fora do carro, ainda com o pensamento no comentário ultrajante de Tony. Estava cansada demais para raciocinar. Fosse pela diferença de fusos ou pela hora em si, o fato é que sua energia estava se esgotando como as pilhas de um brinquedo velho.

Ela percebeu o cheiro asqueroso de cigarro grudado em seu cabelo quando abriu o portão da rua e entrou no prédio. Exausta, foi subindo as escadas, já sonhando com sua cama quentinha.

"Peraí... eu não deixei a luz acesa."

Makedde buscou um apoio, quase tropeçando nos próprios pés, e então se encostou, imóvel, à parede. Havia alguém no seu apartamento. Dava para ouvir os movimentos. Ela tapou a boca, como se isso pudesse silenciar sua respiração, e ficou escutando.

Havia alguém lá dentro.

"O assassino."

Quem? Não demorou muito para ela concluir que não gostaria de estar sozinha cara a cara com o intruso e foi descendo na ponta dos pés a escada velhíssima, tão silenciosamente quanto possível. E se o invasor tivesse ouvido o ranger dos degraus? O que ele faria com ela? Será que ele esperava que ela estivesse fora nesse horário ou queria realmente encontrá-la em casa dormindo?

Ela começou a correr.

Makedde saiu numa carreira desabalada em direção à cabine telefônica. Quando chegou lá, achou que estava ainda muito perto do prédio e continuou a correr.

No fim do setor norte de Bondi Beach, Mak discou nervosamente o número do celular do detetive Flynn. Mas ela não queria explicar toda a história da sua vida para um desses operadores de serviços públicos de emergência ou então tinha achado uma boa desculpa para acordar Flynn no meio da madrugada. Independente da razão, ela ligou e, após dois toques, ele atendeu o telefone, com a voz rouca de sono.

– Flynn.

– Detetive Flynn, me desculpe por acordá-lo. – "Ou não." – Mas é uma emergência. Hum, os detetives não voltaram para procurar qualquer outra coisa, voltaram?

– O quê? Não – ele parou um momento. – É Makedde quem está falando?

– Isso. Não pensei mesmo que eles fossem vir num horário desses – ela disse, um pouco estupidamente. – Alguém entrou no meu apartamento, e está lá agora.

Ele de repente pareceu bem mais acordado.

– Onde você está? Está tudo bem com você?

– Sim, não cheguei a entrar lá. As luzes estavam acesas quando voltei para casa, alguns minutos atrás. Corri para um telefone na rua.

– Você fez a coisa certa. Diga onde está que vou mandar alguém para aí imediatamente.

Mak explicou onde estava e desligou. Ela deslizou pela parede da cabine telefônica e sentou-se no chão de concreto frio. Suas meias escuras estavam desfiadas na altura da coxa. A poeira parecia incrustada em suas unhas, entranhada em sua pele.

Alguns minutos mais tarde, apareceu uma viatura da polícia. Quem a dirigia era uma agente loira de cabelos curtos, lábios finos e olhar penetrante. Seu companheiro era um policial jovem e musculoso, que parecia bastante alto, o que fez Makedde se sentir mais segura. Ela foi para o banco de trás do carro, e eles perguntaram o que havia acontecido. Em poucas palavras, ela explicou a situação, mencionando ainda seu envolvimento no caso do assassinato de Catherine Gerber.

Makedde examinou o caminho. As ruas estavam desertas, como seria de se esperar numa madrugada de segunda-feira em pleno inverno. Ela se encolheu no banco do carro enquanto eles dirigiam até o seu prédio; quando chegaram mais perto, ela percebeu que as luzes ainda estavam acesas.

– Qual é o seu apartamento?
– O único com as luzes acesas. Número 6.
– Pode nos dar as chaves, senhorita?

Os agentes trancaram o carro e atravessaram a rua, enquanto Makedde se encolhia ainda mais no banco. Ela encostou seu nariz à janela e ficou olhando para fora, vendo os dois agentes uniformizados entrarem no edifício. A janela acesa não mostrava nenhum vulto, e ela não ouviu nenhum som de luta. Depois de algum tempo, a porta do prédio se abriu e a policial saiu de lá, indo ao encontro de Makedde, que nesse momento deixava o carro.

– Não há ninguém no apartamento, senhorita. No entanto, é possível que tenha sido revirado. Difícil dizer.

Makedde estava quase aborrecida por eles não terem achado ninguém. Ela se sentiu constrangida, como se o seu cansaço pudesse tê-la feito esquecer se havia deixado as luzes acesas ou apagadas. Mas ela tinha certeza de que ouvira movimentos. "Não tinha?"

Exausta, ela subiu as escadas, percebendo que o rasgo da meia tinha aumentado mais alguns centímetros. A porta número 6 estava aberta e, quando ela estava começando a se censurar por todo aquele estardalhaço, bateu os olhos no apartamento.

O lugar estava de cabeça para baixo.

Todas as sacolas de roupa que ela havia empacotado tinham sido esvaziadas sobre o chão. As camas tinham sido separadas, e cada armário e cada gaveta tinham sido abertos. O porta-jóias de Catherine estava caído e parecia quebrado. Roupas íntimas, jeans e suéteres estavam espalhados por toda parte, misturados a jóias e papéis.

– Vocês não tinham certeza de que alguém entrou aqui? – perguntou Makedde, mal podendo acreditar.

A agente loira virou-se para ela e disse:

– Não tínhamos como afirmar. Você ficaria surpresa se visse como vivem algumas pessoas.

Capítulo 12

Quando o detetive Flynn chegou, Makedde Vanderwall estava sentada no chão do apartamento, de minissaia, com as pernas levemente abertas numa posição inconsciente. Ela estava recostada na parede, com os olhos fechados e um pequeno porta-jóias nas mãos.

— Senhorita Vanderwall? — ele experimentou perguntar.

Os olhos dela se abriram num impulso, exibindo a maquiagem toda borrada. Ela não parecia mais tão inatingível como naquele domingo, na delegacia. Sentada naquele apartamento todo revirado, Mak parecia solitária e vulnerável. Ele se arrependeu por tê-la tratado de modo tão insolente. Talvez Jimmy estivesse certo; a esposa de Andy estava fazendo dele um babaca perto de outras mulheres.

— Oi — ela disse, com voz rouca. — Desculpe por ter tirado você da cama, mas eu não estava esperando toda essa confusão quando cheguei em casa. Acho que entrei em pânico.

— Não, não, imagine! Você fez bem em me ligar. Conte o que aconteceu.

Ela relatou toda a seqüência de eventos da noite, num misto de desânimo e resignação.

— Você deu falta de alguma coisa?

— Não tenho como dizer ainda.

— Bom, acho que você sabe, não podemos partir do pressuposto de que isso esteja relacionado à morte da sua amiga...

— Assassinato.

— O quê?

— Ela não morreu simplesmente, foi assassinada.

— Certo. De qualquer forma, não podemos afirmar que os dois fatos estejam relacionados. Há muitos casos de invasão de domicílio por aqui, principalmente nesses prédios mais antigos.

Ele não queria que ela se assustasse ainda mais. Era pouco provável que o assassino fosse atrás dela.

— Bem, não levaram a televisão nem nada do tipo. Se bem que eu, no lugar deles, também teria deixado esse monte de tranqueiras por aqui mesmo – disse Mak, com um meio sorriso; depois olhou para a caixinha decorada em seu colo.

Ele notou que ela usava no polegar um grande anel de diamantes, que não se lembrava de ter visto na delegacia.

— Belo anel – disse. – Foi um presente?

Ela o olhou de modo suspeito, e ele teve a estranha sensação de estar sendo avaliado por Mak, como se ela estivesse decidindo se deveria contar algo.

Ela acabou não falando nada, e ele mudou de assunto:

— Queria me desculpar por ter sido um pouco indelicado com você no domingo.

— Sim, você foi indelicado.

Ela disse isso de uma forma tão direta que ele ficou por um instante sem reação.

— Você parece cansada. Tem algum lugar para passar a noite?

— Não. Vou ficar aqui mesmo. Eles não vão voltar, com os tiras rondando por aí. De qualquer forma, já devem ter conseguido o que queriam – disse ela, fazendo com que ele levantasse uma sobrancelha.

— O que imaginava que eles queriam?

— Ou eram ladrões, ou estavam atrás de algum objeto de Catherine.

Flynn ficou um pouco surpreso. Ela provavelmente tinha razão, mas ele não esperava que ela entendesse isso.

— Podemos ajudar você...

— Não, não quero ajuda de vocês. Vou ficar aqui esta noite – ela disse num impulso, olhando depois o relógio. – Ou melhor, o resto desta madrugada. De qualquer forma, tenho que acordar dentro de umas quatro horas.

— Bem, vamos mandar alguém para falar com você amanhã. Talvez seja preciso passar de novo o pó revelador.

— Duvido que tenham deixado impressões digitais.

Andy olhou-a com curiosidade. Ela estava tendo reações estranhas. Será que saberia de alguma coisa mais?

— Por que diz isso, senhorita Vanderwall?

— Este lugar já está coberto de pó. Qualquer pessoa com um mínimo de cérebro usaria luvas. Não é preciso ser um detetive para chegar a essa conclusão.

— Você está supondo que essa pessoa tenha um cérebro – disse ele, caminhando para a porta. – Bom, nos vemos de manhã então.

— Durma bem – disse ela, surpreendendo-o.

— Você também – ele respondeu com sinceridade.

Sentia-se um pouco inquieto com a coragem dela. Ou estaria apenas sendo teimosa porque ele a tratara mal?

Fosse o que fosse, passava de 3h30 e era hora de deixá-la descansar.

* * *

Quando o detetive Flynn chegou ao escritório, na manhã seguinte, deu de cara com uma grande foto de Makedde Vanderwall pregada no quadro de avisos. Ela usava um biquíni azul-piscina, e alguém havia desenhado dois círculos com mamilos em caneta vermelha na altura dos seios. Andy, cheio de olheiras, parou e examinou a foto. Algumas gargalhadas explodiram atrás dele.

— Bem, isso... – ele não encontrava palavras – ... é o que se pode chamar de arte.

Ele contemplou por mais alguns instantes aquela prova escancarada de imaturidade, depois começou a remover as tachinhas que prendiam a foto ao mural.

— Nada disso – disse Jimmy, levantando-se e indo até Andy. – Ela fica.

Jimmy Cassimatis trabalhava com Andy havia quatro anos. Tinha virado também um amigo. Os "crimes do salto alto", como haviam apelidado o caso, representavam um grande desafio na carreira de ambos. Com três assassinatos até o momento, o senso de humor ultrajante de Jimmy acabava sendo um alívio bem-vindo para toda aquela pressão. Ele era conhecido por ser capaz de fazer as coisas mais inacreditáveis em um necrotério, perto das quais rabiscar fotografias era fichinha.

Andy Flynn era mais sério em relação à sua carreira na polícia. Ele era mais ambicioso. Flynn tinha sido criado na tranqüila cidade vizinha de Parkes, cujos moradores só podiam ter um conceito abstrato do que fosse um crime. O máximo que acontecia ali era uma criança levar uma bicicleta deixada diante de alguma casa. Ninguém pensava em assassinos morando no apartamento vizinho ou em pedófilos lecionando na escola primária.

Os policiais do lugar provavelmente nunca sentiram a pressão de lidar com problemas criminais, mas, assim mesmo, dava para perceber que eles desfrutavam de prestígio na cidadezinha. Andy reparava na linda funcionária da padaria dando sempre seu melhor sorriso para o sargento Morris. Todas as crianças queriam olhar a arma dele, e o uniforme do sargento impunha respeito. Isso já atraía bastante o pequeno Andy, mas o sonho de ingressar na carreira policial só foi mesmo tomar forma em 1974. Três homens foram assassinados, e o escocês Archie McCafferty, também chamado de "Cachorro Louco", foi levado aos tribunais. Ele alegou ter ouvido a voz de seu filho, que havia morrido com apenas seis semanas, dizendo que poderia ressuscitar se Archie matasse sete homens. O povo sentiu-se ao mesmo tempo chocado e alvoroçado com o caso, e todo esse interesse não passou despercebido a Andy, que tinha então 11 anos de idade. Ele tinha a impressão de existir um eterno duelo entre policiais e bandidos. Havia muita coisa em jogo, e as atitudes de cada um eram carregadas de importância. Ele queria fazer parte daquilo. Entrou para a polícia assim que terminou o colégio e no fim acabou sendo transferido para a cidade grande, onde as coisas realmente aconteciam.

— Espero que não estejam planejando se divertir com isso por muito mais tempo – advertiu Flynn, com o dedo apontado para o umbigo de Makedde. – Mais cedo ou mais tarde, a pessoa estampada nessa foto vai dar as caras por aqui, e tenho certeza de que ela me castraria se visse isso.

– Mas é uma bichinha mesmo! Não gosta de mulher? – riu Jimmy, barrando Andy e suas frouxas tentativas de tirar a foto do quadro.

– Ela teve uma noite daquelas, com a história da invasão.

– Diga a ela para da próxima vez ligar *para mim* no meio da noite – disse ele, piscando o olho. – Na verdade, Angie iria ficar furiosa. Principalmente se soubesse que era essa modelo.

Com certeza, ficaria mesmo. Angie Cassimatis era meio sensível para esse tipo de coisa, mas ela tinha suas razões. Jimmy estava longe de ser um Brad Pitt, porém mesmo assim tinha conseguido levar para a cama uma agente novinha num passado bem recente. A história foi parar nos ouvidos errados, e Angie acabou descobrindo pela amiga de uma amiga, que por acaso era prima da garota com quem Jimmy estava tendo um caso. Bela encrenca. Eles haviam quebrado pratos na cerimônia de casamento, conforme a tradição grega, mas Andy podia apostar que muitos mais foram quebrados quando Angie descobriu o adultério. Depois disso, alguém deu um jeito de transferir a agente para Melbourne, e Jimmy apareceu no escritório com a bochecha marcada por um misterioso hematoma do tamanho da mão de Angie.

Jimmy leu os pensamentos de Andy.

– Merda! Foi só uma vez, tá? Só uma vez! Você está querendo bancar o santinho? Eu sei que você não é!

– Não sou mesmo. Assunto encerrado. Só quero que me prometa que vai tirar a foto do mural antes que a pessoa errada a veja.

Jimmy respondeu com um sorrisinho malicioso.

– A propósito, onde arranjaram isso?

– O filme confiscado da sessão de fotos.

Andy balançou a cabeça.

– Acabei de ir lá no departamento de perícia – disse Jimmy, voltando ao trabalho. – Concluíram que o assassino é de fato o mesmo nos três casos. Nada de imitações. Ou seja, pode ser que finalmente consigamos alguma coisa com o Kelley.

O detetive-inspetor Kelley havia rejeitado o pedido deles de mais apoio, mesmo depois de Catherine, a terceira vítima, ser descoberta. Por sorte, os três crimes caíram na mesma jurisdição, o que fez com que a conexão entre eles fosse feita com rapidez. Com um padrão estabelecido, os recursos adicionais podiam ser mais bem planejados. Eles estavam investigando ainda a possível ocorrência de crimes semelhantes em outros estados, mas até então nada havia sido provado.

— O mesmo tipo de marreta. Como você disse, a mesma assinatura. Pelo menos extra-oficialmente, acho que todos nós concordamos que estamos lidando com um psicopata seqüencial — disse Jimmy.

Andy assentiu com a cabeça. "Um psicopata seqüencial." Todas as provas de DNA do mundo não ajudariam em nada se o criminoso fosse aleatório, como normalmente costumava acontecer nesses casos. Ele precisava encontrar algum tipo de relação entre as garotas, algum traço comum.

— Roxanne Sherman, 18 anos, prostituta. Cristelle Crawford, 21, prostituta e dançarina.

Andy olhava para as fotos das vítimas enquanto falava, mas elas lhe devolviam o olhar, num silencioso e indecifrável enigma.

— Como era o temperamento delas? — perguntou ele para ninguém em particular. — Eram agressivas? Passivas? O que atraía esse assassino?

Andy tinha o costume de falar sozinho de vez em quando, o que virou motivo de piadas na Central de Homicídios. Talvez isso tivesse começado por um excesso de imaginação quando criança, mas ele logo percebeu que em situações como essa, em que crimes importantes tinham que ser resolvidos, verbalizar sua ginástica mental ajudava bastante a enxergar tudo com mais clareza. Às vezes, alguém o criticava por teorias que ele nem se lembrava de ter dito em voz alta.

— Atraentes — murmurou ele, ainda examinando as fotos.

As fotografias belas e sorridentes de cada uma das garotas contrastavam com as terríveis imagens dos corpos quando descobertos: cenas de sangue e mutilação. Decomposição. Carne devastada. Vidas desperdiçadas.

— Algumas pessoas teriam vontade de proteger essas meninas, mas esse sujeito preferiu violentá-las.

Ele ficou pensando nisso. As vítimas eram quase crianças. Crianças com maquiagem pesada. Andy continuou raciocinando em voz alta, para si próprio e para seu companheiro.

– As idades e profissões eram semelhantes. As duas por volta dos 20 anos. Aí ele vai atrás de uma modelo estrangeira. Isso não enterra a sua teoria do ódio às prostitutas?

– Não achamos as roupas, só os sapatos – replicou Jimmy. – A modelo poderia estar vestida exageradamente sexy, e ele pensou que ela estivesse oferecendo seu corpo. Ela o rejeita e... tcha-ram! O *malaka* a agarra – disse Jimmy, estalando as mãos para ilustrar uma de suas palavras favoritas, o termo grego para "pervertido".

Andy avaliou o cenário.

– Ele a agarra sozinho, sem que ninguém veja nada suspeito. As outras duas poderiam ter ido a algum lugar com ele de livre e espontânea vontade, pensando que ele fosse um cliente comum, mas não essa modelo. Além disso, ela era jovem e saudável. Se tivesse lutado, alguém teria visto ou ouvido alguma coisa. Seu corpo não apresentava sinais de defesa, apenas as marcas de cordas nos pulsos e tornozelos. Parece que ela foi amarrada sem grandes problemas. Talvez se trate de alguém numa posição de confiança. Ou então de um criminoso muito charmoso e atraente. O Colin observou algo de estranho no local onde desovaram o corpo?

– Ah, só uns moradores, gente passeando com cachorros, nada fora do comum.

Ele ficou desapontado. Eles tinham imaginado que o assassino voltaria ao lugar para relembrar o crime.

– Digamos que as vítimas e o assassino não se conhecessem – sugeriu Jimmy. – O que o faria escolher exatamente *elas*, dentre todas as garotas zanzando por aí?

– Os sapatos?

– Um monte de garotas usam saltos – atalhou Jimmy.

– Então contate a agência de modelos e descubra se Catherine freqüentava boates, bares, algo do gênero. Talvez ele tenha reparado nas garotas num mesmo lugar, seguido cada uma até sua casa e esperado o momento certo. É possível que ele tenha uma área específica de caça e pode ter calhado de Catherine caminhar pela rua errada.

– Meu palpite é o Cross. É onde fica o The Space.

– Sim, pode ser.

Jimmy rabiscou algo em seu bloco de notas e então olhou para Andy, com o rosto anormalmente sério.

– Você acha que pode haver mais?

– A violência aumentou, a mutilação aumentou, e as datas das mortes não parecem seguir um padrão. Eu não ficaria surpreso se ele tivesse matado antes, mas escondido bem os outros corpos. Há uma porção de pessoas desaparecidas que se encaixam no perfil das vítimas.

– Ele não vai parar.

Andy balançou a cabeça, concordando tristemente.

– A não ser que nós o peguemos antes.

Capítulo 13

Makedde se mexeu sobre a cama. Não na cama, mas *sobre* a cama. Ela não se cobriu com a colcha, nem pregou o olho o resto da noite. Desde que os policiais tinham ido embora, horas antes, Mak estava sentada sobre os lençóis, praticamente imóvel, completamente vestida e sem condições – ou vontade – de descansar.

"Ela está morta."

Por um instante, pareceu não existir um único lugar seguro no mundo. Nenhuma fortaleza, nenhum recinto, nenhum cantinho, nem mesmo um simples centímetro quadrado de segurança.

"Se não é um assassino, é uma doença. O próprio corpo se matando. Devorando a si próprio."

Talvez tenha sido por isso que ela não quis voltar imediatamente para casa, nem mesmo mudar de apartamento. Que diferença faria? O mundo continuaria o mesmo, onde quer que ela estivesse. Ela tinha decidido não contar a seu pai sobre a invasão de sua casa. Ele já estava preocupado o bastante. Como os próprios policiais disseram, os dois fatos não estavam relacionados. Uma coincidência infeliz, apenas isso – mais uma tentativa do mundo de arrancá-la da sua sanidade tão cuidadosamente cultivada.

"Não vou me permitir isso. Não vou entrar em pânico."

Ela percebeu que havia um pouco de autocomiseração em estar sentada por horas sobre a cama, olhando para o quarto escuro. Assim, levantou-se de um salto. Era de manhã, o sol já tinha nascido, e ela deveria correr um pouco. Seu coração bateria mais forte, bombeando o sangue, e ela teria que lidar com isso. Lidaria com isso como com tudo o mais. Não havia escolha.

A manhã estava bela e tranqüila em Bondi Beach, e Makedde pegou pesado na corrida, tentando fazer o corpo suar em troca de um pouco de serenidade para o espírito. Suas pernas castigavam o asfalto cada vez mais rápido, como se assim ela pudesse escapar da tragédia que a circundava. Parecia que tinha perdido todo mundo, com exceção do seu pai. Sua privacidade tinha sido invadida. Ela não tinha certeza do que fazer ou pensar, mas sabia que não queria fugir.

"Nenhum sinal claro de entrada forçada."

Esse detalhe tinha intrigado Makedde. Parecia estranho, ainda que os policiais tivessem afirmado que não seria difícil entrar sem arrebentar a fechadura. Eram trincos vagabundos. Mas por que alguém invadiria o apartamento e sairia sem levar nada? Não fazia sentido, a menos que se tratasse de alguém procurando um objeto específico. Algum tipo estranho estava disposto a grandes riscos para obter algo que pertencia a Catherine. O ar fresco encheu seus pulmões enquanto ela corria o último trecho do seu circuito de Bondi até Bronte, e uma vista estonteante recompensou seus esforços na altura do Parque Mark. Apesar da falta de sono, seu corpo respondia bem aos comandos. Correr era como meditar; uma oportunidade de pensar e de tentar concatenar os pequenos mistérios da vida.

Ela tivera certeza que o alcoólatra do Tony Thomas, o fotógrafo, estava escondendo algo quando conversou com ele no The Space. Mak ficou pensando se o tipo de homem que matava e mutilava garotas era também o tipo de sujeito que exibia seus fetiches em público escancaradamente. Num livro de ficção, Tony não seria o primeiro suspeito de um leitor habituado ao gênero; ele era muito óbvio. Na vida real, porém, os criminosos não eram sempre tão espertos. Fosse por falta de inteligência ou de disciplina, eles deixavam com freqüência o proverbial rastro de sangue até a porta da própria casa. Tony poderia ser uma pessoa perigosa.

E o detetive Flynn? No domingo, ela tinha tido vontade de torcer o pescoço dele, mas agora ele não parecia mais tão babaca. Quanto ele estaria disposto a revelar sobre o andamento das investigações?

Makedde deixou rapidamente para trás o clube de natação de Bondi e dobrou à esquerda na Rua Campbell. Naquela manhã de terça-feira, o tráfego estava lento, e o dia gelado de inverno havia atraído só um punhado de surfistas valentes para a praia. Ela diminuiu o ritmo, passando para uma caminhada acelerada e fazendo círculos no ar com os braços estendidos. O exercício tinha sido uma boa forma de varrer um pouco toda a frustração e, sobretudo, o medo. Mak entrou no prédio e subiu os degraus de dois em dois até a porta do apartamento. Assim que entrou, viu a luzinha piscante da secretária eletrônica.

– Ahhhhh – suspirou – alguém me ama.

Ela limpou o suor em torno dos olhos e apertou o botão do aparelho, depois ficou andando devagar em círculos para refrescar o corpo aos poucos. A primeira mensagem era só uma sucessão de barulhos estranhos com o som final do fone sendo recolocado no gancho. Após um bipe da secretária eletrônica, a mensagem número dois se mostrou idêntica. O mesmo aconteceu ainda muitas outras vezes até que ela finalmente encontrou um recado de verdade.

"Makedde, aqui é Charles. A Weekly News tentou falar com você para uma entrevista exclusiva. Se tiver interesse, ligue para a Rebecca no celular dela..."

"A coitada da Catherine ainda ajuda a vender revistas", pensou Makedde, com tristeza.

Outro bipe e mais uma mensagem:

"Makedde Vanderwall? Aqui é Tony Thomas."

"Ah, não!"

"Ei", continuava a mensagem, "queria me desculpar por ontem à noite. Fico meio alterado depois de alguns drinques..."

"Como ele conseguiu o número daqui?"

Ele parecia ser igualmente cretino quando sóbrio.

"Poderíamos almoçar juntos hoje? Por favor. Sei que você não vai trabalhar."

– Obrigada, Charles – grunhiu Makedde, espumando de raiva.

"Nós temos que conversar, eu insisto. Passarei aí por volta de 13h30."

"Como é que é?!"

Para o cúmulo da irritação, a mensagem terminava sem que ele sequer deixasse um número de telefone para que ela pudesse recusar o encontro. Makedde estava furiosa. Como a sua agência ousara divulgar seu número e deixar Tony saber onde estava hospedada! Ela arrancou os tênis de corrida e atirou-os pelo quarto. O telefone começou a tocar e, quando ela atendeu, estava praticamente soltando faíscas pela boca.

– Quem você pensa que é para ir se convidando assim para... – ela estacou por um momento, com uma pontinha de dúvida surgindo na cabeça.

A outra pessoa permanecia calada do outro lado da linha.

– Hum... com quem estou falando? – perguntou ela, ficando antecipadamente encabulada.

– Aqui é o detetive Flynn.

Agora ela estava realmente constrangida.

– Achei que fosse outra pessoa.

– Espero mesmo que seja assim – disse ele rindo. – Estou ligando para agradecer a informação sobre o relacionamento de Catherine. Também queria saber se está bem, depois da noite passada.

"A que devo essa mudança de atitude?"

– Sim, estou bem... cansada, mas bem. Alguma novidade?

– Não, nenhuma novidade.

A voz dele transpirava simpatia, e ele não era o tipo do sujeito muito social. Ela teve um palpite.

– Você está querendo me dizer algo de que eu não vou gostar – disse ela.

– Bom, não vamos passar pó de novo no seu apartamento. Achamos que tenha sido uma invasão de domicílio comum. Tem havido muitas delas ultimamente.

– Aham.

– Mas gostaríamos que você viesse até aqui para tirar suas impressões digitais para exclusão.

– Nenhuma surpresa. Então você está me dizendo que as prioridades mudaram e que qualquer possibilidade de que a invasão esteja relacionada com a morte de Catherine será solenemente ignorada. Fantástico. Minha confiança cresce a cada dia que passa.

– É muito pouco provável que a invasão do seu apartamento tenha alguma ligação com Catherine. Não há muito que possamos fazer e considerando que você não perdeu nada de valor...

Ele mudou de assunto.

– Você poderia vir aqui hoje para tirar as digitais? Ficarei na delegacia até de noite.

– Tudo bem, posso passar aí no fim da tarde.

– Ótimo. Eu estarei aqui. Obrigado, de novo, por...

– Mas me diga... – atalhou ela rapidamente. – Vocês confiscaram o filme da câmera de Tony Thomas?

– Sim – respondeu ele com cautela.

– E encontraram algo de estranho?

– Não posso entrar em detalhes sobre a investigação, senhorita Vanderwall.

Makedde revirou os olhos.

– Escute, eu sou uma modelo. Tenho que trabalhar com esse cara. Se ele for um psicopata, preciso saber disso. Além do mais, você me deve uma, detetive.

Houve uma longa pausa e então ele disse:

– Vejo que é fã de Thomas Harris. Só que eu estou longe de ser Hannibal Lecter. Só posso passar adiante o que tenho permissão para contar e não peço seus segredos mais íntimos em troca. Existe um protocolo.

– Obrigada – ela respondeu sarcasticamente. – Bom, de qualquer forma, estou de saída agora. Vou fazer uma sessão de fotos de lingerie com Tony Thomas...

Ela ficou esperando uma resposta.

A linha permaneceu muda até que ele resolveu falar, quase sussurrando:

– Ele tirou fotografias do corpo de Catherine antes que a polícia chegasse.

Makedde ficou boquiaberta.

– Meu Deus!

– Estamos fazendo todo o possível – continuou Andy, deixando claro que se censurava por ter falado demais. – É tudo o que eu posso dizer.

Parecia uma fala decorada. Ela percebeu que estava conseguindo dobrá-lo de leve, só um pouquinho, e não estava disposta a deixar passar a oportunidade.

— Só quero ter certeza de que esse cara vai ser pego. Se ele já tinha matado duas meninas antes com esses requintes de crueldade, vai fazer isso novamente.

Ela ouviu um leve suspiro.

— Não acredite em tudo o que você lê. No ponto em que estamos, ainda não temos certeza de nada.

— Conversa mole. Você *sabe* que ele já fez isso – desafiou ela, com irritação. – Provavelmente mais do que duas vezes. São necessários muitos anos para chegar a esse nível de mutilação. É um caso claro de crime com assinatura. Caras assim não param simplesmente. Eles aperfeiçoam o método operacional e arrumam novas formas de escapar.

— É possível – disse ele, fazendo uma pausa. – A propósito, que tipo de livros você costuma ler no seu tempo livre?

Ela ignorou a pergunta.

— Catherine era uma amiga querida. Eu vi o que fizeram com ela. Não vou me sentir segura enquanto *você* não pegar esse sujeito.

Silêncio na linha. Mak tinha sido certeira.

A voz de Andy veio lenta e resoluta.

— Faremos tudo o que pudermos.

Ela queria acreditar nele.

Capítulo 14

Havia uma série de elementos peculiares nos "crimes do salto alto" e, com o passar dos dias, o detetive estava ficando cada vez mais obcecado em repassar e reinterpretar as evidências. Ele sabia que, no caso de assassinos com um padrão definido, cada detalhe perverso e violento da cena do crime ou do corpo da vítima oferecia dicas potencialmente valiosas sobre a personalidade do assassino. O assassinato de Catherine Gerber, porém, envolvia mais perguntas sem resposta do que pistas.

Ele passou a manhã inteira novamente concentrado sobre os fatos, tentando sem sucesso encontrar alguma ligação pessoal ou profissional entre as três vítimas conhecidas. Parecia que se tratava de um criminoso que fazia escolhas aleatórias: o tipo mais difícil de se capturar.

— Alguma idéia sobre a questão do preservativo? — perguntou Andy de repente, quando Jimmy passou por trás da escrivaninha com seu almoço cheirando a cebola e alho.

— Acho que esse *malaka* decide matá-las no momento em que põe os olhos nelas — respondeu Jimmy. — Ou seja, talvez ele use preservativos para se proteger mesmo.

Jimmy parou e se inclinou sobre a mesa de Andy, dando uma bela mordida em seu sanduíche. O molho pulou para fora do pão árabe, escorrendo por seus dedos até os pulsos. Ele nem se importou.

— Se minha teoria do ódio às prostitutas estiver correta, meu caro — disse Jimmy com a boca cheia —, talvez o sujeito tenha medo de AIDS. Pode ser também outra razão para preferir mulheres mais novas.

— Ele espalha sangue por toda parte — Andy observou. — Se se preocupasse com HIV ou outras doenças sexualmente transmissíveis, também tomaria outras precauções. Bem, é possível que de fato tome. Mas tenho a impressão de que não quer deixar traços de esperma por ter algum conhecimento de medicina legal. Metade desses caras estudam isso e legislação penal na prisão.

— É uma forma sábia de usar o tempo deles.

— E o nosso dinheiro.

— Bom, isso quer dizer que você acha que ele já tem alguma passagem pela polícia.

— É possível.

Os dois detetives permaneceram calados por algum tempo.

— Onde será que ele executa os seus crimes? Ele deve ficar parecendo o funcionário de um abatedouro quando termina. Acho que ele não tem como ser casado, por exemplo.

Andy ficou olhando para o quadro de avisos, examinando os rostos desaparecidos de Roxanne, Cristelle e Catherine. O físico impressionante de Makedde, porém, ameaçou distraí-lo. Por um instante, a caneta vermelha com que tinham riscado o corpo dela parecia sangue. Ele desviou os olhos.

— Ele não se dá ao trabalho de ficar com jóias e bijuterias, uma lembrança comum, e pega sempre apenas um sapato, não o par. Quer dizer, ele não dá esses sapatos para a sua esposa como um presente mórbido ou coisa do tipo. Você tem razão, ele provavelmente vive sozinho. Mas não podemos dizer com certeza. As outras roupas estão desaparecidas. O que ele faz com elas?

Jimmy não soube responder.

— Parece que podemos traçar um paralelo com o caso de Jerome Brudos — disse Andy.

— Brudos?

— Jerome Henry Brudos. Quando ele era ainda um pré-adolescente lá no Oregon, nos Estados Unidos, raptava garotas na base da faca, depois as arrastava até o depósito da fazenda da família e tirava algumas fotos delas nuas. Aí, trancava-as em algum barracão e voltava minutos mais tarde fingindo ser seu irmão gêmeo, Ed. Ele trocava de roupa, penteado, enfim, mudava tudo para isso e então fingia estar horrorizado com o que o seu "irmão demente" tinha feito. Chegava a fazer uma pequena encenação, como se estivesse destruindo o filme que estava na câmera, e fazia com que a garota prometesse não contar a ninguém.

Andy parou por um instante, depois continuou:

— Tem que ter existido alguma transgressão, ainda que leve, durante a juventude do nosso assassino, algo que sinalize suas tendências depravadas. Fiquei surpreso por não ter encontrado nada do tipo no passado de Tony.

— O maior precursor da violência é a própria violência passada – disse Jimmy. – A maioria das pessoas, porém, não sabe exatamente o que procurar. Envolver-se em brigas na porta da escola costuma atrair mais atenção do que dissecar tranqüilamente um animalzinho doméstico.

Andy ouviu o estômago de Jimmy roncando.

— Termine de comer seu sanduíche.

Jimmy deu uma mordida gigante e mais molho escorreu pelo seu queixo. Mastigando com vontade, ele perguntou:

— E o que esse tal de Brudos fez quando ficou mais velho?

— Ele virou o criminoso dos saltos altos – respondeu Andy rindo.

Jimmy deu uma gargalhada.

— Na verdade, ele colocou anúncios convocando modelos para fazer fotos de sapatos e meias-calças. Elas acabavam mortas, penduradas na garagem dele. Ele então as fotografava, nuas ou com peças de renda e sapatos de salto alto. Sempre sapatos de salto.

— Paralelos? Nosso fotógrafo deve estar cheio de abelhinhas voando em torno, loucas para posarem para ele.

— Exato. Acredite, eu também sou fotógrafo.

Quando Jimmy tomou o rumo de sua escrivaninha, Andy disse:

— A coisa estranha em Brudos, quer dizer, além do óbvio, é que ele *tinha* uma esposa. Só que ela nunca ia até a garagem.

— Isso me lembra a Angie.

— Ele guardava lembrancinhas... partes dos corpos. Aposto que nosso homem faz a mesma coisa, mas com que finalidade?

Jimmy abanou a cabeça.

— Para você ver... Você nunca conhece de verdade a pessoa com quem vive.

Jimmy voltou para sua mesa, deixando Andy concentrado em suas notas no computador:

Roxanne. Cristelle. Catherine.
26 de junho. 9 de julho. 16 de julho.
Mais tortura. Mais mutilação.

"O sujeito está acelerando o ritmo."

* * *

Por volta de 13h30, Makedde estava diante da janela vestida com uma calça preta e um lindo suéter de tricô. Seus dedos brincavam distraidamente com o anel de diamantes em seu polegar.

"JT?"

O quebra-cabeça de duas letras tinha ocupado sua mente por horas. Ela não conseguia lembrar de nenhum JT conhecido. Talvez fosse um apelido ou uma abreviação de outra coisa. Mas do quê? Especular não levava a nada. Ela tinha coisas mais urgentes para se ocupar. Logo, Tony Thomas iria aparecer, e ela teria que se esforçar para decifrar sua culpa e seu grau de periculosidade. Seus estudos de psicologia poderiam auxiliá-la se ela observasse com atenção, mas, se Tony fosse realmente um psicopata, seria impossível detectar os sinais costumeiros de adulteração da verdade.

Ela jogou uma faca de ponta dentro da bolsa.

— Deseje-me boa sorte, Jaqui — murmurou ela, com uma intensidade quase supersticiosa.

Jaqui Reeves era uma canadense amiga de Makedde e sua instrutora de defesa pessoal. Jaqui era hábil nas artes marciais, lutas de rua e no uso de armas, e era uma professora dedicada. Ela nutria um notório desprezo por alguns detalhes da lei canadense, mais especificamente no que dizia respeito a armas ocultas. Entre outras coisas, ela carregava sempre dentro do sutiã uma pequena faca dobrável, que chamava afetuosamente de sua "armadilha peituda". Sabendo da obsessão de Makedde com a forma física, Jaqui havia dado a ela o contato de Hanna, que ensinava autodefesa nas tardes de sexta-feira em Sidney. Parecia que Makedde tinha que estar mais alerta do que nunca, e ela estava ansiosa para recomeçar suas lições.

Ela tinha pensado em levar Tony para uma cafeteria, onde haveria uma porção de outras pessoas ao redor. Ela o encostaria na parede e analisaria cada resposta. Caso algo saísse horrivelmente errado, haveria a faca. Makedde não temia usá-la. Era melhor que nada.

Ela cruzou os dedos.

Lá por 13h50, Mak começou a torcer para que Tony tivesse mudado de idéia ou, melhor ainda, tivesse sido atropelado no caminho. Quatro minutos mais tarde, porém, batiam à sua porta.

"Será que ninguém aqui usa a campainha do interfone lá embaixo?"

Pelo olho mágico, ela viu o rosto redondo de Tony com um nariz estranhamente grande, deformado pela curvatura do vidro. Ele trazia um buquê de flores. Com uma das mãos agarrada à faca na bolsa, Makedde abriu a porta.

Tony foi logo entrando.

– Você tem um vaso para essas flores? – ele perguntou, encaminhando-se diretamente para a cozinha.

– Tony...

– Desculpe por ontem à noite – ele falou em voz alta, já do outro lado do quarto. – Nossa, esse apartamento é um ovo. Uma garota como você deveria estar em algum lugar mais valorizado – prosseguiu ele, enquanto continuava andando por ali, metendo a mão em tudo. – Imagino que seja legal morar aqui em Bondi. Mesmo assim...

– Eu vou me mudar – disse Makedde asperamente.

Ele ainda examinava a cozinha.

– Seus armários estão muito encardidos, você deveria chamar uma faxineira.

– É carbono.

— O quê?

— Deixe pra lá.

— Eu tenho um apartamento – insistiu ele. – De vez em quando, alugo para algumas modelos. Sarah Jackson chegou a se hospedar um tempo lá, antes de ficar realmente famosa.

Sarah Jackson era a capa da última edição da Vogue britânica.

— Não, obrigada.

— Você deveria pelo menos dar uma olhada.

Mak lançou-lhe um olhar gelado.

— Sabe, você poderia chegar a ser uma modelo de primeira linha se colocasse um pouco de silicone nos lábios. Seu rosto é lindo.

— Obrigada pelo conselho. Podemos ir agora? Estou morrendo de fome.

— Calma, espere um pouco. Precisamos conversar.

— Podemos conversar enquanto eu como – ela insistiu.

Não funcionou. Tony se sentou na poltrona e começou a reclamar dos policiais, de como eles o haviam tratado como um criminoso.

— Eles estão fuçando todos os meus arquivos para ver o que há nos negativos. Você tem que acreditar em mim.

— No que eu tenho que acreditar, Tony?

— Eu não matei ninguém, juro.

— O que tinha então naquele filme?

— Que filme? – ele disse com um ar estúpido.

Ela olhou duro para ele e falou devagar, enfatizando cada palavra:

— O filme que os policiais confiscaram.

Tony ficou com o rosto vermelho.

— Eu...

— Por que você tirou fotos do corpo daquela pobre menina? – Makedde perguntou, encarando Tony corajosamente, enquanto ele afundava cada vez mais na poltrona, como uma ostra na areia.

— Você sabia que nós éramos amigas? Sabia que eu iria encontrá-la? – ela provocou, enquanto Tony balbuciava sílabas incompletas. – Por que escolheu aquele lugar para as fotos? De todas as praias que existem em Sidney, por que você escolheu exatamente *aquele* lugar, *naquele* dia? – desafiou Makedde.

– Eu sempre faço fotos naquela droga de praia! Devo ter trabalhado lá umas vinte vezes só neste ano. Não tem ninguém tomando conta ali, então dá para ir embora sem pagar pela permissão de uso. Eles cobram uma nota para deixar fazer fotos nas praias hoje em dia! Estou dizendo a verdade!

Ele era patético. Mak chegou a ter pena dele, ao menos por um momento.

– Então me dê ao menos uma boa razão para eu acreditar em você.

Ficou claro que Tony não podia dar nem uma razão sequer para isso. Com sua patética fachada de Don Juan desmontada, ele se sentiu tão perturbado que logo bateu em retirada, implorando a ela para não contar a ninguém do mundo da moda sobre as fotos do cadáver de Catherine. Era uma cena ridícula. Nenhum álibi poderia ser tão contundente como seus pedidos de perdão débeis e desconexos.

* * *

Horas depois, naquela mesma tarde, Makedde sentou-se sozinha no Raw Bar, um ótimo restaurante japonês em Bondi Beach. Ficou contemplando os grandes conjuntos de ondas que vinham rolando, salpicadas de surfistas com roupas de borracha, e então explodiam umas nas outras, arremessando corpos e pranchas para o alto. Mak sorriu quando colocaram um prato de sushi todo bem-arrumado diante dela. O salmão derretia em sua boca... e os rolinhos califórnia estavam frescos e deliciosos, com um leve toque de raiz-forte. Ela deu um incontido suspiro de satisfação.

Nunca tente impedir um Vanderwall de comer.

Mak não conseguia imaginar Tony Thomas esmigalhando o crânio de alguém, a menos que estivesse bêbado. Abrir uma pessoa, então, nem pensar. Arrancar as vísceras? Não, ela podia jurar que ele não teria estômago para isso. Tony tinha acesso a várias garotas jovens e lindíssimas e, com certeza, tirava tanto proveito disso quanto possível. Mas assassinar? Mak eliminou-o da sua listinha mental de suspeitos, mas advertiu a si própria para não ter tanta certeza assim. Um psicopata esperto poderia fazer qualquer teatro para provar sua inocência. Ela tinha que manter a mente alerta e descobrir a identidade do misterioso JT.

Capítulo 15

O detetive Flynn analisava, concentrado, os dados na tela do computador. De repente, um de seus colegas tossiu bem alto, de propósito, fazendo com que Flynn erguesse os olhos. Cassandra, sua quase ex-mulher, irrompia decidida escritório adentro, com uma maleta e um maço de papéis sob o braço. Jimmy vinha atrás dela, agitando as mãos e fazendo mímica com os lábios como se pronunciasse as palavras "o retrato, tire o retrato do mural!"

Tarde demais.

Cassandra parou por um instante diante do quadro de avisos e franziu as sobrancelhas diante do pôster de Makedde. Flynn engoliu em seco ao ver Cassandra fitar os seios riscados em vermelho.

— Deu para perceber que você amadureceu muito, Andy — ela rosnou, jogando para trás os cabelos escuros.

A raiva era uma emoção pouco atraente, que ele cada vez mais via nela nos últimos anos. Flynn nem sequer tentou se explicar.

— O que você quer, Cassandra? — perguntou, debruçando-se na mesa com os braços cruzados.

Ela o encarou com repulsa e jogou os papéis sobre a escrivaninha.

— Assine esses documentos.

Jimmy olhava em silêncio.

— Vamos discutir isso com um pouco mais de privacidade — disse Andy, apontando para a salinha de entrevistas. — Pode ser?

Cassandra tomou a dianteira, evitando passar perto da foto de Makedde, e Andy foi atrás dela. Antes de fechar a porta, ele parou e fez um gesto para Jimmy com os punhos cerrados, articulando uma praga sem som com os lábios.

Flynn e Cassandra sentaram-se à mesa, e ele começou a ler todo o blablablá jurídico dos papéis.

— Apenas assine – insistiu ela.

— O carro? – assustou-se ele, olhando fixamente para Cassandra.

Ela não o encarou.

— Preciso do carro – ela disse.

Andy sentia o sangue começando a ferver.

— *Você* precisa do carro? Eu preciso da droga do carro. O que está comigo é uma porcaria. Toda hora tenho que pedir carona ao Jimmy. Você já tem um carro, ou melhor, tem dois! O que há de errado com o Mazda?

— O Mazda é uma lata velha. Quero o Honda. *Você* pode ficar com o Mazda.

Ele começou a tamborilar devagar com os dedos sobre o tampo da mesa de fórmica.

— Você sabe que sou louco por aquele carro.

Ela permaneceu calada.

— Cassandra, você vai ficar com a nossa casa e com quase tudo o que tem dentro dela. Por favor, eu só quero o carro – implorou Andy.

Ela se levantou.

— E quando foi que você fez alguma coisa por mim? Durante todo o nosso casamento, era sempre você, você, só você! Sua carreira! Sua vida! Não está contente agora, que é um detetive sênior, com um distintivo enorme, uma bela arma e uma porção de idiotas fracassados para rir das suas piadas infantis?

— Você já conhecia meu estilo de vida antes de nos casarmos – respondeu Andy devagar.

Ela estava novamente provocando-o, como se quisesse mesmo que ele perdesse a cabeça. Mas ele decidiu se conter e continuou olhando para a frente, enfiando as unhas nas pernas da mesa para descarregar a tensão.

— O que eu não conhecia era *você*! Seu merdinha!

Com isso, ela arreganhou a porta e saiu como se fosse uma diva, pisando duro diante dos detetives em silêncio.

— Meu advogado vai lhe telefonar! – gritou Cassandra, antes de desaparecer no hall do elevador.

Ele largou a mesa e deu um soco forte na parede. Uma. Duas. Três pancadas.

"Que se dane, essa vagabunda de merda!"

Um corte se abriu em seus dedos.

Ela o tinha deixado nervoso. Por que tinha que ser tão gananciosa? Nada a deixava satisfeita. Nunca. Nada. Nem quando estavam casados, muito menos agora. Andy voltou para sua mesa de trabalho, consciente do olhar silencioso de pena dos outros detetives. Dessa vez, eles não estavam rindo, provavelmente porque a maioria ali já tinha estado numa situação semelhante em algum momento da vida. Era uma espécie de acidente de trabalho.

Andy achava que eles poderiam ter tentado reconstruir o relacionamento, mas ela não queria. Cassandra tinha se tornado cada vez pior durante os quatro anos de casamento. Agora que ela estava tendo sucesso e ganhando dinheiro como agente imobiliária, queria Andy fora da sua vida. Era verdade que ele trabalhava demais; também era verdade que se envolvia muito com sua profissão. Mas, quando um sujeito está às voltas com psicopatas que fatiam mulheres da cabeça aos pés, fica difícil pensar em voltar para casa antes da hora do jantar. Andy girou sua mão, e um fio de sangue desceu dos nós dos dedos até o punho.

Um agente júnior, de quem Andy não gostava muito, notou o ferimento.

– Ei, sargento, o que houve aí? – perguntou Hoosier, apontando para a mão de Andy.

– Se mande – disparou Flynn. – Vá procurar algum pedestre atravessando fora do sinal para multar.

Hoosier se encolheu e foi embora de fininho. Andy girou, arrancou a foto de Makedde do mural e jogou-a fora. Suas veias latejavam tanto que um pouquinho de sangue esguichou sobre a lixeira. Tinha acabado a palhaçada. Ele não queria mais se meter em encrenca por causa das brincadeirinhas de Jimmy.

* * *

Makedde chegou à Central de Homicídios de noite, como combinado. Ela já tinha arregaçado as mangas da camisa e estava pronta para tirarem suas impressões digitais pela primeira vez na vida. O sargento encarregado da recepção estava esperando por ela e lhe lançou um olhar de simpatia.

– Pode subir, senhorita Vanderwall.

Ela entrou no elevador, que a levou ruidosamente até o quarto andar. Quando as portas se abriram, espantou-se com o silêncio ao redor. A maioria dos detetives havia ido para casa ou estava de folga, mas Flynn continuava vidrado no computador à sua frente, rodeado por arquivos, papéis e mapas com alfinetes e etiquetas. Ele estava sem paletó, com a gravata afrouxada e as mangas da camisa azul-clara arregaçadas como as de Makedde. Ela notou um curativo na sua mão direita.

– Boa-noite – disse Mak simplesmente.

Ele levantou rapidamente a cabeça ao ouvi-la. Ela o tinha assustado.

– Senhorita Vanderwall, fico contente que tenha vindo. Não vai demorar muito – disse ele, erguendo-se da cadeira com um ar estritamente profissional.

– Novidades sobre o caso? – perguntou ela.

– Não.

– Deve haver *alguma coisa* que você possa me dizer. Você não estaria debruçado com tanta concentração sobre um computador se não tivesse algo em mente.

– Avisarei quando fizermos algum progresso.

Makedde não acreditou nem um pouco.

Ela o seguiu até o elevador e foi para o canto da cabine, de braços cruzados. Enquanto desciam, Andy girou e sorriu de leve para ela, balançando a cabeça para o barulho que invadia o prédio antes silencioso. Ela deu um risinho de volta. Quando as portas se abriram, ele a conduziu até uma área de detenção com celas vazias. Lá no fundo, ficava o posto de coleta de impressões digitais, com uma grande almofada de tinta preta e grampos para manter os papéis no lugar. A superfície da mesa de madeira estava toda lascada, provavelmente por criminosos pouco colaborativos;

ao lado, uma grande pia, que um dia sem dúvida tinha sido branca, exibia sua coloração cinza-escura.

– Quantas impressões digitais distintas foram encontradas no apartamento? – ela perguntou, jogando seu casaco sobre uma mesa limpa.

– Muitas.

– Muitas, quantas? Três? Quatro? Dezesseis?

– Encontramos pelo menos quatro conjuntos distintos de impressões digitais. Satisfeita?

– Um pouco. Mas ficaria ainda mais se você pudesse me contar mais sobre o andamento das investigações.

"E parasse de me tratar como uma cabeça-de-vento."

– Você fez bem em arregaçar as mangas – disse ele, ignorando o comentário e pegando-a pelo pulso.

Esse gesto surpreendeu Makedde, mas ela não se esquivou e deixou que ele a guiasse até o carimbo de tinta. O formulário de papel já estava pronto, preso aos grampos, esperando apenas as suas digitais.

Andy pegou o pulso dela com a mão esquerda e segurou o polegar de Makedde com a direita. Então, pressionou o polegar dela sobre o carimbo, girando-o dos dois lados para que a tinta cobrisse a maior parte da superfície do dedo.

– Não é preciso... – começou Makedde.

– Sim, tenho que fazer isso para obter impressões digitais claras e completas.

– Não estou parecendo uma criminosa muito cooperativa?

Ela se sentiu ligeiramente embaraçada.

– Não tem nada a ver com cooperação – disse ele. – Já tive que refazer uma porção de impressões digitais, quando não ficaram boas.

Andy levantou o polegar dela e o apertou de leve contra o papel, girando-o devagar até obter a impressão completa. Depois voltaram à almofada de tinta, e ele repetiu o procedimento com o dedo indicador.

"Acho que eu poderia passar a tinta sozinha nos meus dedos."

– Como você faz isso com criminosos de verdade?

– Normalmente são necessários uns três ou quatro de nós.

– E um pouquinho de capacidade de persuasão também, suponho.

Ele parecia ser bastante persuasivo quando desejava. Mak olhou para as mãos de Andy, enquanto ele segurava seus dedos. Ela não tinha percebido antes, mas os dedos da mão esquerda dele exibiam também cicatrizes no mesmo lugar dos curativos da mão direita. Um boxeador ambidestro?

– É assim que você corta as suas mãos? Persuadindo alguém? – ela perguntou.

Andy se empertigou, rígido.

– Não é nada disso.

– Sei.

Mak não estava convencida.

Os dois permaneceram em silêncio enquanto ele terminava de tirar as impressões dos dedos médio, anular e mínimo. Quando o detetive Flynn precisou passar a tinta na palma da mão de Makedde, chegou mais perto, encostando seu peito nos ombros dela. O rosto dele estava inclinado diante do de Mak, e ela teve tempo suficiente para olhar a gola da camisa amassada e a pele suave do pescoço, lembrando como ele a tinha impressionado no outro dia, na salinha de entrevistas.

"E como me dispensou."

– Então, você é filha de um inspetor-detetive?

– Pois é.

– E desde quando trabalha como modelo?

– Desde os 14, e há dois anos comecei a estudar Psicologia Forense.

– Está brincando.

– Não, mas meu braço está doendo.

Ele a soltou.

– Continuo trabalhando como modelo, entre os semestres, para pagar a faculdade. Além do mais, eu gosto de viajar.

Ele engoliu em seco, depois sorriu.

– Uma espremedora de cérebros, hein?

– Não acho que seja um termo adequado. De qualquer forma, ainda não sou psicóloga.

Ele ficou olhando com ar pensativo enquanto ela passava tinta no próprio polegar direito e o colocava sobre o papel. Depois se ofereceu para ajudar com o indicador.

Inclinado para ela, Andy retomou a conversa:

– Quer dizer então que você estuda para encontrar maneiras mais interessantes de enquadrar os criminosos que eu capturo dizendo baboseiras desconexas?

– Você está vendo muita televisão. Sabe tão bem quanto eu que poucos alegam insanidade, e menos ainda são considerados inimputáveis. Na verdade, estou mais interessada em Psicologia do Trabalho, da Área Criminal. Assim posso impedir pessoas como você de pular de um prédio depois de um homicídio terrível.

– Muito simpático.

Ela sorriu.

Depois de estampar toda a mão direita, Makedde foi até a pia e pegou o sabonete especial, todo manchado de tinta preta.

– Isso deve tirar a maior parte das manchas – disse Andy.

– Sei, imagino – disse ela, meio cética, começando a esfregar as mãos. – Flynn é um sobrenome irlandês, não?

– Exato. Minha família está aqui na Austrália há algumas gerações, mas ainda tenho algo de irlandês. De escocês também.

– Sério? Sabe imitar o Sean Connery?

– Bem, senhorita... – começou ele, num sotaque escocês suave.

Ela sentiu as pernas fraquejarem. Ele precisava parar ou ela se derreteria completamente.

– A Escócia e a Irlanda são lugares lindos – Mak tentou dizer, satisfeita por estar de costas para ele. – Já esteve lá?

– Nunca.

– Imagino que na sua profissão seja difícil tirar férias.

Ele não respondeu.

Makedde esfregou as mãos até deixá-las quase em carne viva, depois desistiu de tentar limpar. Sua pele estava vermelha em alguns pontos, e encardida em outros. As unhas estavam todas pretas da metade para cima.

— Já que colaborei tão bem, talvez você possa se esforçar ainda mais para achar aquele carniceiro — ela disse. — Sei que não possui muitos elementos para ir em frente, mas...

— Garanto a você que estamos no caminho.

— Alguma pista nova sobre a identidade do assassino?

"O anel?"

— Não.

— Certo.

Ela deixou o assunto morrer, por ora.

— Mas me avise sobre qualquer novidade.

Ela sabia que não fazia sentido mencionar o anel antes de ter qualquer informação adicional. Devem tê-lo visto durante as buscas no apartamento, e não deram grande importância a ele. Makedde pegou seu casaco, que por sorte era preto, e foi até a porta. Mas a fala do detetive a pegou de surpresa.

— Gostaria de sair algum dia desses?

Ela ficou alguns instantes olhando sua mão na maçaneta.

— Você faz esse convite para todas as testemunhas, detetive, ou só para as modelos? — ela perguntou.

— Na verdade, essa é a primeira vez. Imaginei que você provavelmente não tivesse muitos amigos por aqui.

— Tenho uma porção de amigos, obrigada — ela mentiu. — E você também, ao que parece.

Ele sorriu.

— É, tem razão. Desculpe.

O detetive Flynn a acompanhou educadamente até o elevador.

— Obrigado por sua ajuda, senhorita Vanderwall — disse ele friamente, quando ela pegou o elevador.

Makedde quis se desculpar por ter sido tão indelicada, mas Flynn já tinha ido embora.

Ele a tinha pego desprevenida. O que havia com Andy, afinal? Num minuto ela queria torcer o seu pescoço e, no minuto seguinte, queria beijá-lo.

Mak vestiu o casaco e saiu caminhando pela rua.

– Você faz esse convite para todas as testemunhas ou só para as modelos? – murmurou ela, imitando a si própria com uma vozinha irritante. – Blablablá. Idiota.

Capítulo 16

O detetive Flynn foi se preparando para o pior. Ele tinha visto os jornais daquela quarta-feira e sabia, por instinto, que seu chefe não estaria nada contente. Andy esfregou os olhos vermelhos e entrou no escritório carregando sob um braço os arquivos que tinha estudado durante a noite e sob o outro o terrível jornal da manhã. Jimmy foi até a sua mesa, imitando com humor perverso uma típica secretária ansiosa.

– O detetive-inspetor Roderick Kelley quer vê-lo em seu escritório, senhor – recitou Jimmy, em voz de falsete.

– Você já falou com ele?

– Sim, já. Na verdade, surpreendentemente, são boas notícias.

Andy apertou inconscientemente a gravata e ajeitou o cabelo enquanto se dirigia para o escritório de Kelley.

A porta estava aberta. Kelley estava esperando.

– Flynn – chamou ele, inclinando-se para trás na cadeira. – Entre.

O detetive-inspetor Kelley era um homem magro, de cabelos grisalhos, por volta dos 50 anos. Ele tinha olhos cinza-azulados, lábios finos e um rosto anguloso e bem barbeado. Kelley era bastante rígido e econômico em tudo o que dizia ou fazia. Ele era muito inteligente, e Andy o respeitava muito. O jornal do dia estava aberto sobre a mesa de Kelley, virado de cabeça para baixo em relação a Andy; mesmo assim, era fácil ler a enorme manchete em negrito.

ASSASSINO EM SÉRIE DE SIDNEY: POLÍCIA SEM PISTAS

– O que você tem a dizer sobre isso? – desafiou Kelley, enquanto Andy se sentava.

Ele ficou sem reação por um instante, escolhendo os termos apropriados.

– Bem, tentamos evitar que vazasse, mas alguém ficou sabendo e saiu espalhando por aí, o que já era de se esperar. Temos recebido uma porção de telefonemas, porém até agora nenhum muito útil.

– E realmente se trata de um assassino em série?

– Acredito que sim.

– Fale mais sobre isso.

– Esses assassinatos contêm assinaturas claras, quase como nos livros, com padrões específicos de mutilação. Infelizmente, porém, não achamos até agora nenhuma conexão entre as vítimas. Apenas faixa etária, aspecto físico, esse tipo de coisa. Ele não está deixando muitas pistas, só os sapatos.

– Ele está deixando pistas, Flynn. Eles sempre fazem isso. É só uma questão de achar e saber interpretar.

Quando Kelley o chamava de "Flynn", era porque estava descontente com ele, e Andy sabia disso. Limitou-se a concordar.

– E o sapato sempre pertence às vítimas?

– Cristelle foi vista deixando o Red Fox com sapatos semelhantes ao que encontramos nela. De Roxanne e Catherine, não sabemos.

– O que mais vocês descobriram?

– Ferimentos na cabeça feitos sempre com um instrumento contundente bem pesado, provavelmente uma variação qualquer de um martelo comum de jardim. Compram disso aos milhares em Sidney.

– E...

– Os outros ferimentos foram mais meticulosos. Um médico ou cirurgião poderia cortar daquela forma, mas um psicopata qualquer também. Sabemos disso desde os tempos de Jack, o Estripador.

– Estou ouvindo – pressionou Kelley.

– Nenhum movimento suspeito no local onde desovaram o corpo de Catherine Gerber – Andy continuou sua exposição. – Parece que o assassino não voltou lá. Eu ainda estou suspeitando do fotógrafo. Ele parecia mais nervoso porque tentamos pegar o filme da câmera do que por ter acabado de deparar com uma garota mutilada. Ele já tinha trabalhado antes com Makedde Vanderwall e pode ter armado de propósito para que ela descobrisse o corpo da amiga. A cereja do bolo.

– Ele tem um álibi?

– Não.

– E o homem misterioso com quem a última vítima estava envolvida?

Andy odiava ser acuado com perguntas para as quais não tinha resposta.

– Pode ser qualquer pessoa, por enquanto. Eles mantiveram o caso em segredo total, e ninguém apareceu para falar sobre o assunto. Duvido que tenha alguma relação com o crime.

– Evidências físicas?

– Nada que aponte algum suspeito específico, até agora. O assassino usa preservativos. Não foi encontrado nenhum traço de esperma, o que é bem raro em casos com uso de violência extrema. Pode ser que ele estivesse preocupado com a sua saúde ou, o que é mais provável, em não deixar seu DNA no corpo da vítima. Os vestígios de desinfetante encontrados nos cadáveres apóiam essa tese.

– Então pode ser que ele tenha alguma familiaridade com procedimentos de medicina legal. Alguém que já tenha passado algum tempo na cadeia. Ou talvez seja só um desses obcecados por higiene. O que mais?

– Em todas as vítimas, encontramos fibras escuras que parecem oriundas de um material espesso, como um cobertor, não como fibras de carpete.

Kelley olhou pela janela.

– Um material usado para transportar ou esconder os corpos? – ele perguntou.

– É o que imagino. Alguns pêlos foram achados nas feridas também – disse Andy.

– Pêlos do assassino?

– O corpo da senhorita Gerber foi encontrado pelo menos trinta e seis horas depois de sua morte, e estava ventando, ou seja, uma porção de fibras e pêlos podem ter ido parar ali vindo de qualquer outro lugar. Encontramos alguns pêlos e fios de cabelo, todos bem diferentes entre si. Loiros e longos, longos e castanhos, castanhos e curtos, ruivos, crespos e por aí vai. Já estão trabalhando nos testes de DNA. Há quem ache que alguns dos pêlos e cabelos podem ser das vítimas anteriores.

O inspetor Kelley permaneceu em silêncio; virou-se de costas para Andy e olhou novamente a janela. As cutículas ao redor das unhas estavam em carne viva, como resultado de um cacoete nervoso. Um pequeno relógio fazia tique-taque sobre a mesa.

Finalmente, Kelley se pronunciou.

– Agora que podemos afirmar que se trata de um assassino em série, vou lhe dar maior apoio. Você vai liderar uma pequena força-tarefa. Vou destacar para você Hunt, Reed, Mahoney, Sampson, Hoosier e, além disso, vai ficar também com Bradford em tempo integral. Você tem carta branca. A mídia está deixando assustada toda a população de Sidney. Se há um assassino em série lá fora, quero ele preso.

Andy estava impressionado. Kelley normalmente regulava muito os recursos disponíveis.

– Obrigado, senhor. Mas... hum... sobre Hoosier...

O inspetor Kelley o interrompeu.

– Você fica com quem eu designo para você.

Assunto encerrado. Kelley se levantou e caminhou até sua estimada janela. Ele havia trabalhado muito até ganhar direito àquela vista fabulosa. Sem se virar, ele disse:

– Agora, ao trabalho. Ah, e tire aquela modelo do mural. Distrai os agentes.

– Sim, senhor... – Andy disse e parou um instante. – Peraí, puseram a foto lá de novo?

* * *

Andy reuniu sua equipe. Era ótima a sensação de ter liberdade para conduzir a investigação como ele bem entendesse. Os cortes no orçamento tinham tornado o trabalho de todos cada vez mais difícil nos últimos anos. De qualquer forma, por mais injusto que parecesse, a verdade é que, se as vítimas tivessem sido as filhas de algum político, em vez de duas prostitutas e uma estrangeira, o dinheiro já estaria caindo dos céus desde o primeiro dia.

Andy manteve o grupo de sempre nas suas tarefas de pesquisa e acrescentou:

– Agentes Hunt, Mahoney, Reed e Sampson, vocês vão vigiar cada passo daquele fotógrafo. Duas duplas se revezando em turnos de doze horas. Não temos elementos suficientes para pedir um mandado de busca, mas podem ter certeza de que não vamos sair da cola desse sujeito. Não quero Tony Thomas fora da nossa mira.

Andy se virou para Jimmy.

– Mantenha Colin Bradford no lugar onde desovaram o corpo da modelo. Nunca se sabe quem pode pintar por lá.

– Vou falar com os nossos homens perto da Cross – ofereceu Jimmy, quando os outros se dispersaram. – Se esse *malaka* estiver rondando a área, provavelmente alguém terá visto ou ouvido algo.

– Boa idéia. E diga para checarem anúncios procurando garotas para fotografar sapatos.

Jimmy ficou quieto por um instante.

– A modelo não me parece o tipo de pessoa que iria atrás de um anúncio desses.

– Eu sei. Mas ela pode ser a exceção. Talvez o assassino tenha o seu sisteminha particular, e ela seja uma vítima do mero acaso. Não existem regras escritas.

Andy se surpreendeu ao ouvir uma vozinha vinda do fundo da sala:

– Senhor, e eu?

Era Hoosier de novo.

– Pergunte a Colin se há algo de útil que você possa fazer – disse Andy sem qualquer cerimônia, espantando o oficial júnior como uma mosquinha incômoda.

Capítulo 17

— Como assim, você não achou o anel?! — exclamou JT, com um pânico mal disfarçado.

A expressão de Luther não se alterou. Na sua voz monótona de sempre, ele simplesmente disse:

— É, nada de anel.

O corpo de Luther era como o tronco nodoso de uma árvore bicentenária. Seu peito ficava acima da altura dos olhos de JT, e sua cabeça se elevava sobre qualquer outra, plantada sobre ombros largos e um pescoço musculoso. Ele usava franja, mas tinha o resto da cabeça raspada das têmporas até a nuca. Sua pele, sulcada de pústulas como um mapa rodoviário, tinha uma textura de couro seco, e seus olhos pequenos mal se moviam nas órbitas. Felizmente para JT, ele havia encontrado Luther pessoalmente apenas uma vez. Luther era provavelmente o melhor de todos, mas JT preferia tratar de negócios com ele a distância.

— Você me faz vir até esse bar asqueroso para me dar uma notícia dessas? — continuou JT, tentando ser o mais assertivo possível. — Não quero saber de negativas. Não é para isso que eu pago você.

Luther não respondeu.

O bar mal iluminado era uma espelunca anônima, um refúgio alcoólico com um carpete vermelho desbotado que fedia a miséria e cigarros. JT examinou discretamente o lugar, com o nariz contraído por causa do cheiro desagradável. Uma propaganda de cerveja em neon brilhava na parede do fundo. Definitivamente, não era o tipo de lugar que ele costumava freqüentar — era totalmente o oposto do seu clube da Rua Macquarie.

O atendente do bar serviu alguns amendoins, mas, apesar de estar morrendo de fome, JT não podia pensar em comer de uma tigela já tocada por fregueses daquele tipo de estabelecimento. Ele ficou imaginando uma porção de micróbios decompondo cada amendoinzinho daqueles e esfregou novamente as palmas das mãos no tecido das calças, torcendo para não pegar nenhuma doença repugnante do banco em que estava sentado ou da maçaneta da porta.

– Olhe aqui, Luther – disse JT com determinação. – Quero esse anel comigo. E quero também essa garota fora de circulação. Preciso pagar mais?

– Quer que eu moa essa menina de pancada? – perguntou Luther, olhando ansioso para JT enquanto esfregava um de seus enormes dedos calosos contra a palma da outra mão.

JT percebeu que Luther teria um prazer especial em executar aquela tarefa específica.

– Não precisa chegar a tanto. É só colocar uma pressão para que ela vá embora da cidade.

Luther fez sinal de ter entendido.

– Bom, não gosto desses encontros pessoais. Mantenha-me informado como você já estava fazendo. Mas só ligue de telefones públicos, o.k.?

– Claro – Luther olhou para JT do alto, em sua perspectiva privilegiada. – Cadê o dinheiro?

JT fuçou os bolsos. Ele estava relutante em relação a investir tanto para ter um retorno tão pequeno. Afinal, acabou entregando algumas notas, dizendo com aspereza:

– Vai ter mais, quando o serviço estiver pronto.

Luther pegou o envelope, enfiou-o no bolso de trás da calça de brim, engoliu o resto da cerveja e foi embora sem dizer nada.

Capítulo 18

Makedde saiu do chuveiro na ponta dos pés, ainda pingando, e começou a cantarolar uma música conhecida junto com o rádio. Ela tentava não reparar nos vestígios de pó escuro sobre quase todos os móveis do apartamento. Sua corridinha vespertina havia sido boa, deixando-a revigorada; sentiu que estava finalmente ficando livre do pesado fardo da tristeza. Seus pés úmidos e limpos chapinharam no pavimento enquanto ela ensaiava espontaneamente alguns passinhos de dança. Mak não iria deixar o medo e os contratempos acabarem com a sua alegria interior. Ela precisava aumentar o volume e relaxar.

Makedde arrancou a toalha e fez uma pose exagerada de estrela de rock. Depois de alguns instantes rindo e fazendo caretas completamente nua, ela se sentiu um pouco acanhada e correu para o guarda-roupa, ainda cantarolando. A música era animada; no fim, quando cantaram o último refrão, o locutor lembrou que estavam ouvindo a estação JayJayJay. "Agora, as notícias do dia: com um assassino em série à solta em Sidney, a população entra em pânico..."

Ela se virou e caminhou rapidamente pelo quarto até o rádio. O chão estava molhado, e ela escorregou; acabou aterrissando com um ruído surdo nas tábuas do assoalho, de pernas abertas, uma mecha de cabelos úmidos sobre o rosto.

O DJ foi em frente: "A última vítima, Catherine Gerber, uma modelo canadense de 19 anos..."

Makedde ficou ali no chão, dolorida, e seu sorriso se apagou do rosto. "Catherine." Não havia como fugir das lembranças constantes. Rádio. Televisão. Manchetes de jornal. Ela tirou o cabelo dos olhos e olhou para o seu corpo nu. O sangue fresco havia desenhado linhas finas e vermelhas por suas pernas, além de pequenas manchas nas nádegas.

"Igual a Catherine."

O alto-falante continuava: "...terceira mulher brutalmente assassinada..."

Makedde tentou não ouvir. Seu rosto estava pálido. Manchinhas de sangue salpicavam o chão. O telefone começou a tocar, meio abafado pelo som do rádio, mas ela continuou sentada, petrificada pela visão das nódoas vermelhas no pavimento. Elas cobriam seu corpo e se espalhavam por toda parte ao redor, exalando um cheiro forte de metal e carne em decomposição. Era um vermelho assustador, assim como o do sangue que cobria o cadáver de Catherine. Ela olhava para o seu corpo como se ele estivesse mergulhado na cor de suas vísceras, mas então piscou novamente os olhos e quase todo o sangue desapareceu; ficaram apenas uns risquinhos inofensivos. O rastro das gotículas de sangue conduzia diretamente ao chuveiro. "Droga de gilete!", ela praguejou, assim que se deu conta de sua origem.

Lá pelo quinto toque, ela conseguiu se levantar. Atravessou o quarto. Não estava dando a mínima para o telefonema; queria mesmo era calar a boca daquele locutor desgraçado.

"...a polícia afirma que..."

Ela girou o botão, e o rádio parou. Quando o telefone tocou outra vez, Makedde atendeu.

– Alô?

Clique.

Ela arremessou para longe o aparelho enervante, que foi bater ruidosamente na parede. Respirando pausadamente para se acalmar, Makedde pegou a toalha e secou seus pés, tomando cuidado para não manchar o tecido com o sangue do corte no tornozelo. Quando seu coração já estava voltando ao ritmo normal, Makedde foi surpreendida por uma campainha alta e inesperada. Levou alguns momentos para ela entender do que se tratava – era a primeira vez que alguém usava o interfone.

– Alô?

– Aqui é o detetive Flynn. Posso dar uma palavrinha com você?

"Detetive Flynn?"

– Eu... bom, não é o melhor momento para isso.

De repente, ela se sentiu completamente nua.

– Tem alguém aí com você?

– Não. Acabei de sair do banho – disse ela, olhando para o relógio. Eram quase 21 horas.

– Não está um pouquinho tarde?

Ele parou por um momento, depois disse:

– Posso esperar até você se vestir.

– É muito importante?

– É, sim.

"Oh, pare de agir como uma megera com o homem, Makedde!"

– O.k. Vou vestir alguma coisa rápido. Espere um pouco.

Makedde desligou o interfone e correu para tirar o telefone do chão. Ela o colocou no lugar de sempre, depois disparou para o banheiro, molhou um pedaço de pano e limpou as listrinhas de sangue das pernas. Tirou do gaveteiro uma calça Levi's e um suéter, e foi vestindo tudo no caminho de volta para o interfone.

– Você ainda está aí?

– Estou – respondeu a voz de Flynn.

– Pode subir.

Foi só então que ela se lembrou de dar uma conferida na aparência no espelho da parede. Seus cabelos, amarrados num coque prático, estavam ainda molhados, e havia resíduos de maquiagem no rosto. Era óbvio que ela tinha chorado. De qualquer modo, não parecia tão mal quanto se sentia.

Quando abriu a porta, Andy sorriu para ela. Ele usava um paletó azul-marinho bastante atraente, ainda que um pouco amarrotado.

– Desculpe incomodar. Eu estava passando por aqui e... hum...

– Entre, por favor – ela disse, dando um passo para trás e virando de costas em seguida, para que ele não pudesse ter tempo de perceber seus olhos inchados.

Ela não queria que ele soubesse que tinha chorado.

– Desculpe se respondi mal naquela noite – disse ela, por cima dos ombros, enquanto caminhava para a cozinha.

– Foi só um convite estúpido que saiu, assim, sem pensar. Sei que foi inconveniente. Desculpe – disse Flynn.

– Ótimo. Bom, fico contente que... estejamos nos entendendo.

Ela foi até a bancada da cozinha e fingiu arrumar os pratos.

– Então, no que eu posso ajudar?

Andy deu alguns passos até a porta da cozinha e se encostou na parede.

– Bom, como eu disse, estava passando por aqui e tenho algumas perguntas para você. Tony Thomas andou rondando o seu prédio. Queria saber se ele tem incomodado.

– Não exatamente – disse ela, de costas para Flynn.

– "Não exatamente"? Como assim?

Ela ficou em silêncio.

– Ei, tudo bem com você?

Mak apoiou as mãos na bancada e se virou para ele.

– Não exatamente – disse com simplicidade.

A expressão facial bem estudada de Andy perdeu toda a dureza do profissionalismo quando seus olhos encontraram os de Makedde. Ele foi para perto dela e pôs a mão delicadamente em seu ombro.

– Ei, tudo bem. Você está lidando muito bem com tudo isso.

– Acho que não tanto – disse ela, incomodada por seus lábios estarem começando a tremer incontrolavelmente.

– Acredite em mim, está sim. Já vi bons policiais ficarem arrasados em situações como essa. Você é muito forte.

Mak estava confusa, e seu corpo lhe pedia que fizesse coisas inadequadas: como abraçar Flynn, por exemplo. Ela queria levantar o rosto e beijá-lo.

– Eu... hum...

Mak escapou da tentação, afastando-se da mão reconfortante de Flynn.

– Estou bem, de verdade. O que mais você queria perguntar?

Andy reagiu do mesmo modo, dando um passo para trás e colocando as mãos nos bolsos do paletó.

– Makedde, o que Tony veio fazer aqui?

– Bom...

A rosto de Flynn se tornou sério.

– Makedde.

– O.k. – disse ela. – Se quer mesmo saber, ele se convidou para o almoço, apareceu com umas flores baratas, confirmou sua imagem de debilóide imundo e saiu chorando.

– Chorando? – Andy parecia chocado. – Por Deus, Makedde! Ele é um suspeito. Seja lá o que você estiver aprontando, pare por aqui. Não quero você envolvida nisso.

– Eu ouvi bem? Como eu *não* estaria envolvida nisso? – Makedde perguntou.

– Só não se meta em encrenca.

Mak ajeitou a postura, ficando na mesma altura de Andy. Aproximou seu rosto do dele e disse, com confiança redobrada:

– Posso cuidar bem de mim mesma, detetive.

Ele a olhou demoradamente, e ela o encarou de volta sem vacilar.

– Então, descobriu alguma coisa? – perguntou ele enfim.

– Tony parecia muito nervoso por estar sendo investigado pela polícia. Admitiu ter escolhido o lugar das fotos, mas disse que a razão da escolha foi evitar outros lugares com taxas absurdas de permissão de uso.

– Só isso? Nenhuma confissão?

Ela ficou um pouco constrangida.

– Se você estiver pensando em virar detetive... – disse ele casualmente. – ... bom, não faça isso. Não é muito glamoroso.

– Você veio aqui só para me subestimar ou tinha realmente algo importante para dizer? – disparou ela.

– Só fique de fora da investigação e mantenha distância dos suspeitos.

– Obrigada pelo conselho. Tenha uma boa noite – ela disse bruscamente. – Quer dizer, se não tiver mais nenhuma pergunta para mim...

– Não. Mais nada – disse ele, mas seus olhos o contradiziam. – Tony pode ser muito perigoso. Se ele tentar falar de novo com você, me avise imediatamente.

O detetive Flynn estava recolocando a máscara da objetividade profissional.

– Obrigado pela atenção, senhorita Vanderwall.

Ele se virou para ir embora, mas seus olhos depararam com algo no cômodo principal e se arregalaram um pouco. Ele foi até lá.

– Tem sangue aqui no chão.

Ela se sentiu corar enquanto o seguia fora da cozinha.

– Ah, não é nada... coisa de mulher.

Assim que as palavras saíram de sua boca, ela se deu conta do que iria parecer.

Ele fez uma careta e deu um passo para trás.

– Não, não! Não é *aquela* coisa de mulher – afirmou ela. – Cortei meu tornozelo depilando as pernas.

– Ah! – ele exclamou, rindo. – Mas está tudo bem?

– Sim, tudo bem. Só sangrou um pouco por causa do chuveiro quente. O corte é pequeno, uma coisinha de nada. Como vai a sua mão?

– Tudo certo – disse ele, olhando para os curativos em seus dedos. – Bem... Vou indo, então.

Um silêncio desconfortável pairou no ar, mas em poucos instantes aquele fragmento de embaraçosa intimidade se quebrou, e Andy caminhou até a porta. Ela se despediu e ficou olhando enquanto ele desaparecia pelas escadas em direção à rua.

Capítulo 19

Ele não precisava consultar a agenda telefônica. Os números, assim como o nome dela, estavam gravados em sua memória. Ele discou devagar, saboreando os cliques e tons como um amante se deliciando com as preliminares. Com um simples telefonema, ele poderia alcançá-la, e ela pararia o que quer que estivesse fazendo só por causa dele.

– Alô?

Pela voz, parecia bem cansada. Ela ainda estava sozinha em seu apartamento.

– Alô? Tem alguém na linha? – perguntou ela.

Ele ouviu a respiração dela passando para dentro e para fora dos pulmões, pela garganta, pela boca, atravessando seus lábios e indo parar no ouvido dele.

– Vou desligar... – disse ela com irritação.

Será que isso tinha sido desapontamento? Será que desejava que ele fosse até ela? Ou ele deveria esperar?

Quando ela desligou, ele pôs seu fone no gancho e foi até o outro lado da cama, onde uma lâmina fina brilhava sob a luz do abajur.

"Esta noite?"

Não. Ela era muito especial. Não podia ter pressa.

"Melhor amanhã."

Ele queria ouvi-la suspirando por ele mais uma vez. Pegou nas mãos a faca fria e discou novamente o número com a ponta afiada da lâmina.

Capítulo 20

Uma porção de executivos apressados passou por Makedde enquanto ela se dirigia à imponente loja de departamentos da Rua Elizabeth. Ela examinou com os olhos pesados aquela multidão ativa, não desejando nada além de voltar para a sua caminha e mergulhar de novo nela. Um debilóide qualquer tinha telefonado várias vezes no meio da noite, roubando seu precioso sono. No fim, Mak acabou desconectando o fio do aparelho, para conseguir descansar um pouco.

Várias janelas da loja de departamentos exibiam anúncios do evento de Becky Ross – pôsteres gigantes da atriz de 21 anos com informações sobre o lançamento. Qualquer coisa sobre a imagem cuidadosamente construída de Becky servia como alimento para revistas de fofocas britânicas e australianas: o que ela usava, que cirurgia plástica supostamente tinha feito e, claro, com quem estava dormindo no momento. A mídia andou enlouquecida por uns tempos, quando ela estava saindo com um conhecido jogador de futebol, mas perdeu o interesse assim que apareceu uma nova celebridade no pedaço. Logo em seguida, o jogador de futebol levou um fora sem a menor cerimônia.

Becky tinha uma predileção especial por tinturas de cabelo berrantes e de gosto duvidoso – primeiro loiro platinado, depois ruivo intenso, depois loiro platinado de novo. Outra de suas paixões eram os grandes decotes, que deixavam à mostra a fenda entre os seios e faziam dela a queridinha dos *paparazzi* e das revistas de fofoca. Desde que Makedde tinha chegado à Austrália, já vira Becky inúmeras vezes em capas de revistas e em anúncios de cadeias de lanchonetes na televisão. De alguma forma, ela havia convencido o público conservador das lojas de departamento de que estava na moda.

Cheia de cansaço, Makedde abriu a elegante porta, carregando sua bolsa preta e pesada a tiracolo. Era seu primeiro trabalho desde a horrenda descoberta da última sexta-feira, e ela não se sentia ainda completamente preparada. Alguns clientes se viraram e observaram Makedde caminhando rapidamente pela loja. Ela foi até a escada rolante, passando por estantes reluzentes de vidro com detalhes em dourado e prateado, onde estavam expostas fileiras e fileiras de sombras e batons coloridos. Uma fragrância floral inebriante e ligeiramente enjoativa – uma mistura de diversas marcas de cosméticos e perfumes caríssimos – podia ser sentida em todo o andar térreo.

Depois de pegar sete escadas rolantes, que a fizeram se arrepender de não ter procurado o elevador, Mak finalmente localizou o salão do desfile. No fundo de uma passarela longa e fina, em forma de T, havia uma imensa faixa com o nome de Becky, além de muitos pôsteres enormes com seu rosto de lábios carnudos coberto por várias camadas de base. Ao redor da passarela, umas duzentas cadeiras vazias esperavam os *paparazzi* e as pessoas do mundo da moda que logo iriam chegar. A bem da verdade, os colunistas de fofocas andavam especulando sobre as duvidosas credenciais de Becky em termos de estilo, mas Makedde tentou não alimentar preconceitos.

A porta do vestiário ficava do lado direito do palco; quando Mak entrou, foi intensamente examinada dos pés à cabeça. Lá dentro, estavam sete modelos desconhecidas de rostos lindos e olhares carregados. "Isso vai ser divertido", pensou Makedde. Ela sorriu educadamente e olhou para as roupas penduradas nas inúmeras araras espalhadas pela salinha.

– Com licença – ela disse para uma mulher de aparência comum, que ostentava um crachá com o nome "Sarah". – Sou a Makedde. Sabe onde estão minhas roupas?

A garota, provavelmente uma assistente de figurino, acompanhou Mak até uma arara com um pedaço de papel onde se lia "Maquelle". Mesmo com o cartão de visitas de Makedde pregado na arara, eles tinham conseguido errar o seu nome.

Mak imediatamente começou a olhar as etiquetas dentro de cada roupa. O tamanho-padrão era normalmente o 38, mas alguns estilistas confeccionavam suas amostras no 36. Ela não alimentava ilusões sobre o seu tamanho; não entraria numa roupa 36 nem que sua vida dependesse disso. Mak mordeu os lábios ao topar com o temido número na etiqueta de uma saia de rendas. O tecido não cedia, a renda não parecia forte o suficiente para segurar, e ela não conseguia fazer a saia passar da metade da coxa.

— Essa saia é muito pequena para mim – admitiu Makedde, constrangida, para a figurinista.

Numa sala cheia de sílfides, aquilo equivalia à confissão de um crime.

— Tivemos problemas com alguns tamanhos – disse a moça. – Vamos trocar então o seu primeiro figurino com o de outra garota.

Ela olhou para as modelos ao redor e apontou para uma particularmente magra.

— Aquele vestido está sobrando nela. No seu corpo vai ficar bem melhor. Por que vocês duas não trocam?

Foi um alívio. Uma estilista normalmente olharia para ela com ar de reprovação e diria algo como "oh, querida, você *é* grande demais; está menstruada?"

Makedde se deixava intimidar com freqüência pelo tamanho e pela beleza das outras modelos, e roupas que não cabiam só faziam aumentar essa insegurança. Logicamente, sabia que não havia motivo para se sentir assim, mas não tinha como não ser atingida pela visão de cada boca perfeita, cada imenso par de olhos, cada cintura esguia, cada quadril delicado ao seu redor. Mak se sentia quase uma pecadora por ter curvas, seios normais e quadris arredondados, naquele ambiente de corpos com a pele colada aos ossos. Claro, seu tamanho era 38 e ela estava em ótima forma, mas era difícil não se sentir mal quando alguma roupa não servia, principalmente porque ganhava, em uma hora de trabalho, o que muita gente ganha em uma semana. Ela imaginou que aquelas garotas deveriam sentir algo semelhante quando não conseguiam encher um sutiã. Uma loucura.

Quando estava para experimentar o novo vestido, um rosto conhecido entrou no recinto. Loulou, uma maquiadora com quem Makedde havia trabalhado muitas vezes, irrompeu na sala como um furacão. Ela carregava uma enorme caixa de maquiagem coberta por adesivos do mundo inteiro, além de uma porção de sacolas lustrosas transbordando de fivelas e bobes para cabelos. Suas sobrancelhas teatralmente desenhadas pareciam exclamar o tempo todo "uau!", seus cabelos cacheados e descoloridos formavam um coqueiro no alto da cabeça, e suas unhas estavam pintadas de azul cintilante.

— Makedde! — gritou Loulou, assim que a viu, dando-lhe um abraço de tirar o fôlego.

Ela era meio bruta, mas espontânea; nunca levava nada muito a sério e parecia vibrar de entusiasmo o tempo inteiro. Enfim, uma otimista incorrigível: exatamente do que Makedde precisava.

— Loulou, como você está?

— Tudo ótimo! E você? Está divina! Me contaram que você estava aqui em Sidney.

O entusiasmo de Loulou era simplesmente contagiante.

— Há quanto tempo não nos vemos? Dois anos? — perguntou Mak, enquanto colocava o novo vestido.

Loulou refletiu por um momento.

— Tudo isso? Queridinha, você não ficou aqui todo esse tempo, né?

— Nossa, não mesmo! Faz só uma semana que cheguei.

Mak fechou o zíper do vestido até onde conseguia alcançar e perguntou:

— Ficou bom?

— Divino, queridinha. *Divino*.

— Mais do que suficiente, então. Você esteve fora da Austrália?

— Em Paris. Foi *fabuloso*!

— Quando volta para lá?

Nesse momento, a expressão radiante de Loulou esmoreceu.

— Bem, não sei ao certo...

Paris era um mercado extremamente difícil, e Makedde logo imaginou que Loulou se incluía entre as muitas pessoas que não conseguiram ganhar o suficiente para custear a viagem.

— Você trabalhou em outro lugar por ali?

— Alemanha. Foi *maravilhoso*.

Divino. Fabuloso. Maravilhoso. "Bom" simplesmente não fazia parte do vocabulário de Loulou. Mak podia compreender a opinião dela sobre a Alemanha. Os catálogos eram tediosos, mas a pujança da economia alemã compensava tudo. Aquele era um ótimo lugar para dar uma boa incrementada na conta bancária.

Sorridente, Loulou olhou em volta.

— O que você acha dessa roupa? — perguntou, apontando para um vestidinho vermelho de alças fininhas e decote vertiginoso. — Vai ficar lindo no seu corpo.

Makedde riu.

— Parece que com esse não dá para usar sutiã. Já estou prevendo um acidente bem constrangedor.

— Pois deixe cair, queridinha. Os fotógrafos vão adorar!

De repente, Loulou ficou quieta, e sua expressão se tornou mais séria.

— Ah, meus pêsames pela sua amiga. Nunca nos encontramos, mas todo mundo ficou muito chocado... Foi uma coisa horrível.

— É... — Makedde se perguntou se Loulou poderia ajudar a identificar o namorado de Cat. — Hum, você conhece algum cara que atenda por JT?

Loulou inclinou a cabeça para o lado.

— JT? Não... Bom, tem o J.T. Walsh, aquele ator.

— Não é bem no que eu estava pensando...

— Desculpe então por não poder ajudar. Bom, acho melhor eu começar a trabalhar. Falo com você mais tarde, queridinha.

— O.k.!

A coordenadora do desfile, uma ex-modelo alta e magra, conduziu as garotas até a passarela do lado de fora do vestiário. A pista branca e luzidia estava a cerca de um metro do chão; o suficiente para deixar Makedde preocupada com os vestidinhos mais curtos.

— Vamos lá — começou a coordenadora. — Queremos atitude aqui hoje. Nada de sorrisinhos. Serão quatro séries de sete figurinos cada.

Algumas modelos, incluindo Makedde, sacaram seus bloquinhos e começaram a tomar notas enquanto a mulher falava.

– A primeira série começa com quatro modelos entrando ao mesmo tempo, depois continuando sozinhas e saindo em fila.

Makedde anotou a seqüência de instruções coreográficas confusas, rabiscando linhas e setas em seu caderninho. De repente, enquanto escrevia, teve a estranha sensação de estar sendo observada. Os cabelinhos da sua nuca se eriçaram, e ela olhou ao redor, examinando o salão. As portas duplas oscilavam levemente, mas não havia ninguém ali perto. Todas as outras garotas estavam ocupadas prestando atenção ou escrevendo, e o lugar estava vazio, a não ser por duas mulheres de preto discutindo os detalhes do cenário.

– Na última série, cada uma de vocês vem sozinha, faz uma voltinha no centro, circula pela passarela e tira uma pecinha de roupa – continuou a coordenadora.

"Tirar a roupa?"

– Entendido? – a coordenadora perguntou.

As modelos concordaram com meneios de cabeça, e o ensaio começou. Um sistema de som de alta potência encheu o salão com uma batida dançante alternativa, e o primeiro grupo de modelos iniciou sua série. Poucos segundos bastaram para que a confusão se instalasse, com garotas tropeçando umas nas outras e se desequilibrando sobre os saltos-agulha. O próximo grupo tentou executar a série com mais cuidado, evitando nervosamente esbarrões. A coordenadora já estava a ponto de arrancar os cabelos. Depois de uma hora de tentativas inúteis, as séries acabaram sendo encurtadas e simplificadas.

Tudo isso para um desfile de míseros vinte minutos.

Quando o ensaio enfim terminou, as garotas foram reconduzidas ao vestiário. Loulou estava agitadíssima. Elas haviam estourado o tempo, e ela só tinha agora quarenta e cinco minutos até a hora do desfile para maquiar oito modelos e criar oito penteados elegantes de cabelos repuxados para cima. Tudo sozinha.

Exatamente quarenta minutos mais tarde, depois de uma operação muito bem orquestrada, Makedde estava conferindo se não tinha batom nos dentes quando Becky Ross entrou na salinha, toda enfeitada, usando um vestido com uma enorme fenda lateral. Seus cabelos pareciam excessivamente longos e loiros, o que fez Mak suspeitar de apliques. Becky estava realmente maravilhosa, embora um pouco artificial; era evidente que tinha gasto horas com o maquiador e o cabeleireiro.

Becky deu uma volta pelo camarim, examinando as modelos emperiquitadas, e disse, sem mover um cílio:

– Dá para soltar o cabelo delas? Quero ver cabelos *longos*.

A coordenadora ficou lívida, Loulou mais ainda. O desfile iria começar em cinco minutos. Os cabelos foram apressadamente soltos e, em menos de quinze minutos, as modelos estavam novamente prontas. Becky, sobre a passarela, fez sinal para iniciarem o desfile.

Makedde foi a primeira modelo a pisar no palco; conforme caminhava, luzes quentes banhavam a passarela, e ela era minuciosamente examinada pela platéia invisível. Com seu 1,80 m sobre os saltos, Mak sobressaía em meio ao grupo de modelos.

Como sempre, no camarim reinava o caos. Modelos depiladas até a alma, usando só uma calcinha fio-dental cor-de-carne, estavam às voltas com assistentes em pânico tentando vesti-las a tempo com a próxima roupa. Mak tinha trinta segundos para uma das trocas, e três figurinistas trabalhavam em conjunto para colocar nela uma meia-calça preta, fechar seu vestido, penteá-la e fazer os últimos ajustes. No fim do desfile, Makedde e as outras sete modelos apareceram na passarela formando duas filas e puxaram aquele tipo de aplauso característico dos desfiles de moda, em que as palmas permanecem unidas e só os dedos batem uns nos outros. Os fotógrafos sorriam, satisfeitos com o banquete, mas a elite da moda não parecia tão entusiasmada. Apesar do tempo, do esforço e dos custos envolvidos, Makedde suspeitou que aquilo tudo tinha sido mais um espetáculo publicitário que um sucesso em termos de estilo.

Pouco mais tarde, quando o público começou a se dispersar, Becky Ross ficou dando entrevistas sobre sua coleção para um enxame de repórteres de televisão. Ela tinha só 21 anos, mas lidava com a mídia como uma veterana, oferecendo frases lacônicas para as câmeras e poses provocantes para os fotógrafos.

Pensando nos abutres dos tablóides, que estariam rondando por ali avidamente em busca de algum furo sobre o caso de Catherine, Makedde decidiu evitar aquele aglomerado de pessoas, seguindo um garçom até uma porta de serviço nos fundos. Ela passou por bandejas de *wafers*, presuntos e canapés de queijo de cabra prontos para serem servidos e, em menos de cinco minutos, havia atravessado o labirinto de corredores até a rua de trás.

Capítulo 21

"Paciência."

Enquanto esperava que sua garota saísse daquelas portas duplas, ele tentava esconder ao máximo sua excitação crescente. Seus movimentos eram ponderados, lentos e imperceptíveis até o momento do ataque, como os de um grande felino caçador. Imaginou o rosto dela todo maquiado, suas curvas macias e aqueles pés delicados, usando sapatos de salto só para o prazer dele. Iria sozinha para casa, e ele a pegaria quando o momento ideal se apresentasse. Sabia que *haveria* um momento ideal. A foto na carteira de Catherine era puro destino, como também a carta pedindo que mostrasse o corpo de Catherine – seu *trabalhinho manual* – para ela na praia. Agora seu prêmio tinha acabado de desfilar usando roupas sensuais e sapatos de prostituta, *só para ele*, e logo ele a teria. A espera estava perto do fim.

Dali a alguns instantes, as outras modelos saíram das portas duplas, conversando e gargalhando, algumas mordiscando lanchinhos. Makedde não estava com elas. Isso era bom. Ele queria mesmo que saísse sozinha.

Mais vinte minutos se passaram até que os primeiros raios da dúvida atingissem sua mente. Todos os convidados e as outras modelos já tinham saído; onde estaria seu prêmio? Foi espiar pela porta. A atriz ainda estava conversando com alguns repórteres perto do palco, mas não havia mais ninguém ali. Onde estaria Makedde? Como poderia ter escapulido?

Ele sentiu uma aguda frustração, que logo se transformou em fúria violenta. Mais espera? "Não!" Não agüentava mais. Precisava se satisfazer. Afastou-se da porta, escondendo-se entre as araras de roupas importadas e tentou conter sua raiva. Ajoelhou-se no tapete, onde ninguém podia vê-lo, e segurou a cabeça latejante.

Minutos depois, a atriz de novelas apareceu com dois rapazes. Ela balançava a cabeleira platinada enquanto falava:

– Foi um sucesso! Vão adorar em Los Angeles também, tenho

certeza!

Ela foi até o elevador, com seus quadris sedutores e suas pernas bronzeadas oscilando sobre os sapatos de salto alto.

Ele iria se satisfazer.

Concentrados, Becky Ross e sua pequena comitiva entraram no carro, mal notando o homem que fez o mesmo atrás deles.

Capítulo 22

Pouco depois, naquela mesma tarde, Makedde se estendeu no sofá, colocando para o alto os pés doloridos. Ali, começou a pensar como seria se voltasse para o Canadá. Imaginou a família inteira indo visitar o bebê recém-nascido de sua irmã, abraçando Theresa e dando-lhe parabéns. "Que maravilha!", diriam todos, depois olhariam para Makedde e comentariam: "Pobrezinha... Sem filhos, sem marido, sem mãe... e agora até sem uma melhor amiga." Deprimente. Seria odioso, não a deixariam esquecer.

Por isso, ela jamais disse uma palavra sequer sobre Stanley.

Stanley era o sujeito que, com um canivete automático e um membro ameaçador, havia violentado sua vida e sua confiança dezoito meses antes. Não foi tanto pela vergonha, mas principalmente pelos lembretes constantes que se seguiriam, que ela decidiu não contar para ninguém. Só seu pai e a polícia ficaram sabendo, além de Catherine, claro, que tanto a ajudou depois do episódio. Foi ela quem esteve ao lado de Makedde quando foi preciso relatar todos os pormenores do que havia acontecido para a polícia de Vancouver. Será que faziam tantas perguntas também para as vítimas de assalto? Ainda por cima, perguntas tão íntimas? Mak se sentiu como uma ré sendo julgada – e tudo isso para, no final das contas, o caso acabar sendo arquivado por falta de provas. Se as leis fossem mais abrangentes, o fim da história certamente teria sido outro.

De qualquer forma, ela não quis que sua família soubesse. Era melhor guardar segredos do que ser alvo da piedade alheia. Mak odiava a piedade. Quanto a Stanley, tinha ido parar atrás das grades, ainda que não pelo que tinha feito com ela.

Se Makedde voltasse para o Canadá, sua tia Sheila provavelmente tentaria marcar de novo alguma consulta com o dentista ou o contador. Era como se todos quisessem que ela se estabelecesse por lá. "Por que você está sempre viajando pelo mundo sozinha? Para que ser psicóloga? Você é tão linda, por que não encontra um bom rapaz para cuidar de você?" Eles simplesmente não conseguiam entender por que, no casamento de sua irmã, ela correu para o outro lado quando Theresa jogou o buquê.

Felizmente, o telefone tocou, arrancando Makedde de sua melancolia. Ela hesitou um pouco em atender, imaginando que fosse outro daqueles telefonemas estranhos, mas ficou aliviada ao ouvir a voz do detetive Flynn.

— Desculpe incomodá-la, Makedde. Hum... — houve uma pausa, um momento de silêncio, e Mak percebeu que tinha gostado do jeito como ele pronunciara seu nome. — Tenho andado meio preocupado, não quero você envolvida nessa confusão.

Ouvir a voz dele era ridiculamente bom, e Mak sentiu que toda aquela velha formalidade da comunicação entre os dois tinha ido embora. O último encontro tinha mudado as coisas.

— Tony tem incomodado você? — continuou Andy.

— Ultimamente não.

Novo silêncio na linha. Mak podia ouvir telefones tocando ao fundo.

— Sei... — disse ele e ficou calado por um momento. — Bem, tenho que ir. Só queria ter certeza de que você estava bem.

— Estou ótima — respondeu ela, com uma forte desconfiança de que não era bem aquele o motivo do telefonema.

— Ótimo. Tchau.

— Tchau.

Makedde desligou e cruzou os braços, meio confusa com aquela conversa estranha e sem rumo. Quando o telefone tocou de novo, torceu para que fosse Andy. E era.

— Esqueci de perguntar... — disse ele. — Como está o corte?

— Ah, não foi nada. Uma feridinha à toa.

— E o apartamento, já está mais limpo?

Makedde riu.

— Agora sim, bem melhor. A lanconida desapareceu sem deixar vestígios, e o carbono foi clareando aos poucos.

– Lanconida – disse ele. – Você é a primeira pessoa que conheço que diz lanconida em vez de "aquele pozinho branco". Metade dos policiais não sabe o nome da substância.

– Uma das vantagens de ser filha do meu pai.

Ele riu.

– Hum... Queria perguntar a você... – Andy interrompeu a frase indeciso.

Antes que pudesse se conter, Makedde disparou:

– Quer sair sexta-feira à noite?

– Claro! – ele respondeu, parecendo surpreso. – Bem, na verdade... Não. Bem. Não, tudo bem. Sim, está ótimo.

– Você não parece muito certo disso. Sem problemas, não é tão importante.

"Ooooops."

– Não, eu quero sim! Sexta-feira à noite, então?

– Sim. No Fu Manchu? – sugeriu ela.

– Onde?

– Fu Manchu. É um restaurante na Rua Victoria, em Darlinghurst. Ambiente descolado, boa comida. Por volta das 19 horas está bom?

– Ótimo. Pego você aí?

– Sim, seria bom. Nos vemos na sexta, então.

O coração de Makedde esmurrava seu peito quando ela desligou o telefone. Sentia-se ansiosa, tola e empolgada.

"Meu Deus... O que foi que eu fiz?"

Capítulo 23

Becky Ross morava sozinha em um belo apartamento de dois andares diante do lado norte da praia de Bondi, exatamente na ponta oposta à das humildes instalações de Makedde Vanderwall. Ele observou Becky caminhando pelo quarto, dobrando roupas e colocando-as em grandes malas abertas sobre a cama.

"Ela não vai a lugar nenhum."

Ele estava escondido na parte escura da rua, fora do alcance de olhos curiosos. Os vizinhos estavam enfurnados em suas casas. As varandas, que no verão fervilhavam de festas e churrascos, estavam agora desertas.

Becky tinha deixado as cortinas abertas, ficando completamente à vista de quem a quisesse ver.

Ele estava atingindo um novo estágio.

Uma celebridade.

Fama.

Ele a observou por algum tempo, desfrutando aquelas preliminares especiais. Tentaria outros métodos; experimentaria. Tudo para adquirir ainda mais prática para Makedde.

"Vou cuidar muito bem de você."

Ele foi dirigindo devagar até a alameda da casa de Becky. Estacionou o furgão o mais próximo possível da casa dela, apagou os faróis e deixou a porta lateral aberta. Segurando um buquê de rosas vagabundas, cor vermelho sangue, ele tocou a campainha de Becky Ross, dando um passo atrás para observar sua reação através das janelas bem iluminadas. Ela não parecia surpresa, mas correu para um espelho para conferir o cabelo e a maquiagem.

– Só um instante! – disse ela em voz alta, aplicando outra camada de seu batom vermelho cintilante favorito.

Ela enfim abriu a porta da frente, olhando para as rosas com repugnância. Becky usava um perfume forte e caro, e seus pés descalços deixavam à mostra as unhas pintadas num rosa-choque de péssimo gosto. Ele daria um jeito nelas.

Becky não reparou nas luvas de couro, nem no boné sem distintivo. Nem mesmo olhou para o rosto dele.

– Quem mandou essas rosas?

– Departamento de Propaganda MDM. Você tem uma caneta? Preciso que assine este recibo.

– Espere um instante – ela murmurou.

Becky se afastou, desaparecendo em um quarto no fundo do salão. Ele fechou a porta atrás de si, segurando a maçaneta com firmeza para que travasse sem fazer barulho. Colocou o pequeno maço de papéis sobre a mesinha encostada à parede e deu uma olhada pela sala.

Becky Ross havia deixado um par de sapatos de salto alto perto da porta. Para ele.

"Só para mim."

A atriz de novelas voltou segurando uma caneta e pegou os papéis.

– Ei! – disse ela confusa – Os papéis estão em branc...–

Rapidamente, ele puxou o martelo preso às costas pelo cinto e o ergueu sobre a cabeça dela, chocando-o contra seu crânio com um ruído surdo. O rosto de Becky se chocou contra a mesinha de madeira; seus olhos giraram nas órbitas e, com um gemido, ela caiu no chão.

Com Becky inconsciente, ele colocou os sapatos de salto alto nos pés dela, cobrindo aquelas unhas horríveis. Depois, colocou-a sobre os ombros e carregou-a sem dificuldade até a parte traseira do furgão, jogando-a sobre o assoalho. Com frieza e precisão, algemou seus pulsos, puxou o cobertor até a cabeça dela, fechou e trancou a porta do carro. Voltou então para o apartamento para tirar dali as rosas e os papéis e fechou a porta da frente. Ele colocou seus apetrechos sobre o banco do passageiro, tirou as luvas e deu a partida no motor. Estava satisfeito consigo mesmo. Desde o momento em que tocara a campainha, tinham-se passado menos de dois minutos.

Capítulo 24

— Ei, peça dois desse! – gritou Andy Flynn, entrando no salão esfumaçado.

Jimmy girou na cadeira do bar, abrindo um largo sorriso ao ver o parceiro.

— Seu *malaka*! – gritou Jimmy afetuosamente, virando-se em seguida para o rapaz do bar:

— Outra cerveja para o meu amigo, Phil.

Em um instante, a bebida estava sobre a bancada escura de mogno. Andy se acomodou no seu lugar favorito, jogando o paletó sobre a cadeira ao lado.

— E aí, tudo bem? – perguntou Jimmy.

— Tudo certo.

— Imaginei mesmo que você fosse aparecer por aqui.

— Cara, esse negócio está me matando – ele disse.

Levantaram as garrafas e fizeram tintim.

— Saúde!

Alguns policiais da Divisão de Proteção às Testemunhas estavam jogando bilhar em um canto, enquanto os rapazes da Seção Criminal bebiam no fundo do bar. Como sempre, não havia nenhuma mulher ao redor, exatamente como Flynn desejava naquele momento.

Ele observou Jimmy bebendo a cerveja em grandes goles e comentou:

— Sabe, tentei dizer para a Cassandra que a cerveja foi feita para ser bebida diretamente no gargalo da garrafa. Mas ela ouve? Que nada!

— É isso aí! No gargalo!

— Pois é. Tem a ver com a forma do gargalo, a pressão com que ela sai. Beber no copo é uma heresia.

— Sim, uma heresia.

Os dois ficaram pensando por um momento naquele fato científico. Como é que as mulheres não entendiam?

Foi quando Jimmy fez a pergunta errada.

– Tem visto ela? Digo, a Cassandra?

– A última vez foi na terça-feira. E prefiro não falar desse assunto.

– Claro, amigão. Mulheres na parada? Aliás, aquela Makedde é uma gracinha. Já contei para você que ela saiu na Esportes Ilustrados?

– Sério? – Andy perguntou, determinado a encontrar um exemplar da revista.

– Seriíssimo. Cara, que pedaço de mau caminho!

Andy concordou em silêncio. Esteve quase a ponto de contar que iria jantar com ela na noite seguinte, mas se conteve. Seria um desastre se os outros soubessem. Paquerar uma testemunha era definitivamente contra as regras.

Jimmy continuou a falar.

– A propósito, peguei o laudo das impressões digitais. Algumas não tiveram correspondência, serão provavelmente de outras modelos. Mas chegamos a um nome bem interessante.

– Bom, você não vai me deixar curioso esperando, né? – disse Andy, com impaciência.

– Não – respondeu Jimmy, mas o deixou esperando assim mesmo.

Saboreou devagar outro gole de cerveja, passou a língua nos lábios e só então continuou:

– O.k. Um dos conjuntos casou com um registro. Rick Filles. Fotógrafo, preso por violência sexual dois anos atrás.

– O que ele fez?

– Uma garota foi até o apartamento dele para ser fotografada e depois se queixou, veja só você, que ele a amarrou só de calcinha, tirou fotos dela e a apalpou. Ele jurou que foi consentido, e o advogado dele conseguiu suspender a sentença. O sujeito escapou fácil, mas agora suas impressões digitais aparecem no apartamento de uma modelo assassinada. Acho que a cota de sorte dele se esgotou.

– Quero ver esse laudo. Temos que entrar de cabeça nessa pista – disse

Andy. – Quero saber tudo o que esse cara andou fazendo. Cada centavo que ganhou, cada bilhete de estacionamento. Se ele coçar a bunda, quero saber por quê.

– A gente vê isso amanhã de manhã.

Andy ficou olhando para ele.

– Bom – disse Jimmy novamente, com mais ênfase. – *Amanhã a gente vê isso.*

– Onde está esse laudo?

– *Skata.* Posso simplesmente dizer não?

– Onde? – perguntou Andy asperamente.

– No escritório.

Os dois pegaram os casacos. Jimmy balançou a cabeça.

– Sabe, Kelley nos colocou juntos para que você se acalmasse um pouco.

Andy riu.

– Mentira. Ele mesmo me disse que nos colocou juntos num último e desesperado esforço de fazer você se organizar com as suas coisas.

Eles engoliram o resto da cerveja e deram boa-noite a Phil.

* * *

Na manhã seguinte, Andy estava bebericando sua segunda xícara fumegante de café, quando Jimmy entrou se arrastando no escritório.

– Boa-tarde – disse Andy, sem olhar para ele.

Jimmy chegou mais perto e se apoiou na escrivaninha, como se ela fosse uma muleta.

– Seu *malaka*. Alguns de nós precisam dormir um pouco, sabia?

Andy levantou a xícara de café.

– A vida de mulheres inocentes nesta cidade depende dessa bebidinha.

– A cafeína tem seus limites.

– Não me admiro por você nunca ter ido para o Grupo de Proteção do Estado.

— Sou muito inteligente para aquelas bichinhas, meu amigo – disse Jimmy, claramente desdenhoso dos integrantes extremamente preparados daquele grupo especial.

— Mandei a Mahoney dar uma conferida nesse tal de Filles.

— Ótimo – disse Jimmy sonolento. – A Angie ficou acordada, sabe. Ela estava sentada naquela cadeira verde perto da janela, no escuro. Quase tive um troço. Já estava com a arma fora do coldre quando percebi quem era. Ela achou que eu estivesse com alguma outra até as 4 horas. Queria pular no meu pescoço.

— Você deveria ter ligado para ela.

— Deveria ter ido para casa, isso sim. Ela quase deu com uma frigideira na minha cabeça.

— Se você quiser, posso falar com ela, dizer que foi culpa minha – ofereceu Andy, que sabia por experiência própria como aquela profissão podia destruir relacionamentos.

— Nem adiantaria. Ela sabe como são essas coisas entre amigos. Nunca iria acreditar em você.

Capítulo 25

Soca. Chuta. Destrói. Golpe de mão, dedos nos olhos, chute no rosto. Posição, Makedde...

– Preparadas... Um!

– Iááá! – gritaram em uníssono as lutadoras, enquanto cortavam o ar com a mão direita, mantendo as palmas estendidas e os dedos dobrados.

– Dois! – continuou a instrutora, e elas esticaram os dedos como garras felinas, furando os olhos dos inimigos imaginários.

– E três!

Ao mesmo tempo, cada uma das alunas puxou a mão esquerda de encontro à direita, agarrando a cabeça do agressor e empurrando-a para baixo, enquanto o joelho direito se erguia como um raio para acertar o rosto do sujeito.

"É como arrancar um coco da árvore e espatifá-lo no seu joelho."

As veias de Makedde latejavam, e a parte superior de seu lábio estava salpicada de suor. O curso de defesa pessoal das tardes de sexta-feira era tão bom quanto Jaqui havia prometido, principalmente quando usavam os sacos de pancadas, porém Mak tinha que admitir que sua cabeça estava em Andrew Flynn.

– Makedde!

Ela se assustou ao ouvir seu nome e virou-se para a instrutora, Hanna, uma loira robusta e atarracada de cabelos espetados. Ela era faixa-preta de caratê e dava aulas de defesa pessoal havia mais de dez anos.

– Onde você está com a cabeça? Daria no mesmo se tentasse matar seu agressor com uma lambida – censurou Hanna, balançando a cabeça em sinal de desaprovação.

Makedde sentiu seu rosto corar sob a camada de suor.

– Desculpe, tem razão. Estava pensando em outra coisa – "Outra pessoa." – Vou tentar de novo.

Em um instante, ela mentalizou a figura odiada de Stanley. O rosto dele andava sempre à espreita nas profundezas da mente de Makedde, esperando qualquer oportunidade de lembrar que ela estava longe de ser invencível. Stanley cumpria pena por uma série de estupros e saber que estava fora do alcance dele tornava bem mais fácil usá-lo como um saco de pancadas imaginário. Ótima terapia.

– E... Um! – recomeçou a instrutora.

– IÁÁÁÁ! – gritou Makedde, golpeando com a palma da mão a garganta de Stanley.

Em seguida, enfiou suas unhas compridas naqueles olhos cinzentos; depois agarrou a cabeça dele e a empurrou com violência contra o joelho direito. Mak quase podia ver o rosto de Stanley balançando e seu corpo despencando sobre o chão da academia. Agora, ela daria um chute na cabeça dele, depois o pisotearia todo...

Foi quando Makedde percebeu os olhares das garotas voltados para ela.

Hanna estava sorrindo.

– Foi bem melhor. Agora, com o saco.

Ela entregou um saco de pancadas grande e retangular para uma das outras alunas, que o segurou na posição correta.

– Vamos lá, Makedde. Quero dez golpes diferentes em dez segundos, para valer. Pronto... já! Um!

Makedde podia ver Stanley sorrindo enquanto bloqueava a porta, com seu canivete automático acionado, os cabelos castanhos em desalinho e as calças meio abertas.

– UM! – gritou Makedde, dando um chute certeiro nos testículos de Stanley.

– DOIS! – joelhada.

– TRÊS! – golpe na garganta com a palma da mão.

– QUATRO! – dedos nos olhos.

– CINCO! – cabeça agarrada indo direto para o joelho.

– SEIS! – cotovelada de direita na cabeça.

– SETE! – cotovelada de esquerda.

– OITO! – cotovelada para trás.
– NOVE! – soco na virilha.
– DEZ! – TESTÍCULOS ESPREMIDOS!

Quando Mak completou a sucessão de dez golpes, parou de gritar e deu um passo atrás para tomar fôlego. O suor pingava do seu queixo para a camiseta. Desta vez, até Hanna ficou olhando espantada. Houve um momento de silêncio e então alguém perguntou:

– Você já freqüentou antes algum curso de defesa pessoal?

– Não – respondeu Makedde, meio sem jeito. – É que sou uma pessoa realmente nervosa.

* * *

Às 17h30, Makedde voltou para o apartamento e se jogou na cama, ainda molhada e usando a roupa de ginástica. Quando o telefone tocou, ela deixou que a secretária eletrônica atendesse.

– Oi, queridinha, aqui é a Loulou – anunciou a voz depois do bipe. – Foi ótimo ver você ontem. Dá para acreditar nessa história do desaparecimento da Becky Ross? Dizem que ela fugiu com o jogador de futebol, mas a polícia suspeita de algo mais. Aquele cara parece mesmo muito estranho... Bom, me ligue!

Makedde sorriu. Loulou era mesmo uma fofoqueira incorrigível. "Desaparecimento da Becky Ross?" Ela devia ter pego um avião logo depois do lançamento. Cheirava a mais um golpe publicitário. Talvez Mak devesse ter dado uma olhada nos jornais; provavelmente alguém teria escrito alguma nota engraçada sobre o evento e a nova aventura de Becky no mundo da moda. Makedde ligaria na manhã seguinte para Loulou; ela provavelmente estaria louca para saber sobre o encontro secreto.

"Ele vai estar aqui às 19 horas", Mak lembrou a si mesma pela centésima vez. Pensar nisso deu-lhe forças para se levantar, apesar do cansaço, e ir até a banheira rasa e minúscula. Mesmo sem caber direito ali, tomou um banho perfumado com essência de baunilha, jogando água morna no corpo com a ajuda de uma caneca. Estendendo no ar as pernas compridas, Makedde se depilou dos tornozelos até a virilha, com cuidado para não se cortar novamente. Depois, pintou as unhas dos pés, estendendo-os no ar para secar o esmalte até sentir faltar a circulação. Como iria sair de botas, seus pés não ficariam à mostra; mesmo assim, ela gostava de cuidar bem do seu corpo.

Mak saiu do banheiro vaporoso se sentindo outra pessoa. Parecia que uma parte das suas preocupações tinha escorrido pelo ralo junto com a água do banho.

"Um encontro!"

Finalmente ela iria deixar para trás os eventos trágicos dos últimos dias.

Quando ia se sentar, dois arranhões no chão de madeira atraíram sua atenção. O sofá. Será que estava fora do lugar? Ele parecia mais distante da parede que de costume. Será que ela o havia arrastado sem perceber? Mak empurrou o sofá de volta e se espantou com a força que precisou empregar. Estranho. Mas talvez fosse só um pouco de confusão; afinal, iria sair em breve com o malcriado detetive Andrew Flynn. Ela fez o possível para escolher uma roupa que fosse ao mesmo tempo casual e atraente, sem que ficasse óbvio que tinha tentado se produzir para isso. Essa era uma verdadeira ciência e levou algum tempo até chegar ao figurino certo: a calça preta justa com um suéter azul-escuro que combinava com a cor de seus olhos.

Eram ainda 18h30. Mak se obrigou a sentar um pouco e ler os últimos capítulos do seu exemplar da Mindhunter, sua série favorita sobre crimes reais.

Às 18h59, o interfone tocou, anunciando a chegada de Andy.

Makedde pulou da poltrona, jogando o livro para o alto. Esse tipo de leitura a deixava com os nervos à flor da pele e qualquer barulho bastava para assustá-la.

Ela foi até o espelho dar uma conferida na aparência. Puxou o suéter um pouco para baixo, alisou a calça preta e despenteou de leve os cabelos, para obter um aspecto mais casual. Depois, pegou seu sobretudo e um par de botas de salto quadrado e sentou-se no chão, ao lado do armário, para colocá-las. Surpresa, reparou que também ali havia marcas no assoalho. Olhando com mais atenção, percebeu que as pernas do armário estavam a pelo menos cinco centímetros de distância das marcas. Talvez a polícia tivesse arrastado os móveis durante a busca, e ela não tivesse reparado antes.

Mak levantou-se, apagou as luzes e trancou a porta, tentando relaxar enquanto descia as escadas. Andy estava encostado em uma grade do lado de fora do prédio, usando jeans, uma camisa branca de algodão e uma jaqueta de couro meio surrada. Ao vê-la, abriu um lindo sorriso.

– Oi.

Ela fez o possível para parecer tranqüila e descolada, sufocando a ansiedade crescente.

– Você está muito bonita – comentou Andy, quase destruindo assim a máscara de serenidade de Makedde.

Aquilo estava começando a parecer um encontro romântico de verdade.

– Posso dizer isso, né? – perguntou ele, provavelmente imaginando que fosse levar outro fora.

– Claro. Quem não gosta de ser elogiado? Obrigada. Você também. Quero dizer, está muito bem. Fica muito bem sem o paletó.

"Como é que é? Pare de delirar!"

– Não conte isso aos meus colegas ou eles vão pensar besteira. Melhor ainda: não diga absolutamente nada para eles. Nem sei o que aconteceria se soubessem que eu estive aqui. Tudo bem?

– Boca-de-siri.

Um silêncio pesado marcou o trajeto de Bondi até Darlinghurst. Ela começou a se perguntar o que estava fazendo ali, e teve um palpite de que ele estaria se perguntando o mesmo.

– Obrigada por me tirar um pouco de casa – disse ela, quebrando o gelo. – Como você mesmo disse, não conheço muita gente por aqui, então vai ser bom sair com alguém da cidade.

– Sim, é bom sair de vez em quando.

De novo, o silêncio.

Mak reparou que o carro em que eles estavam tinha um sistema de rádio sofisticado no painel dianteiro. Perto dos seus pés, havia uma grande lanterna e, no banco de trás, uma sirene portátil.

– Carro da polícia, né? – perguntou, pegando a lanterna do chão para examinar.

– Não me pergunte o motivo – disse ele num tom sério. – Pode colocar a lanterna lá atrás, se estiver incomodando.

– É legal estar num carro de polícia. Ligue a sirene. Vamos chegar bem mais depressa.

– Sei.

Mak olhou para Andy com uma carinha travessa.

– Por favor...

Um rapaz no carro da frente estava a ponto de fazer um retorno proibido quando Andy ligou a sirene por um instante. O garoto cantou os pneus e desapareceu rua abaixo. Foi divertido e serviu para descontrair um pouco o clima.

A Rua Victoria estava lotada. Depois de dar várias voltas pelos quarteirões, acabaram achando uma vaga para estacionar não muito longe dali. Na porta do Fu Manchu, havia uma fila de clientes querendo comprar comida para levar para casa, e Mak e Andy ficaram aliviados ao ver através do janelão de vidro que ainda havia duas ou três mesas livres lá dentro. Escolheram uma delas e sentaram-se num desconfortável silêncio, em meio aos exóticos aromas da culinária oriental. O clima intimista de incenso e suave música de fundo chinesa era maculado pelo vozerio alto dos clientes conversando.

– Então, o que achou? – perguntou Makedde.

– Ótimo. Como ficou sabendo desse lugar?

– Adoro comer – respondeu ela com um sorriso.

– Não é muito comum numa modelo.

– Pode apostar que não. Quer que eu peça para nós? – ofereceu ela, apontando para o cardápio escrito na parede.

Andy pareceu momentaneamente surpreso com a sugestão e talvez um pouco aliviado.

— Tudo bem.

Uma garçonete de cabeça raspada veio atendê-los. Ela usava sandálias de dedo, que deixavam à mostra uma tatuagem de borboleta no peito do pé.

— Vamos começar com o *sang choi bao* e depois queremos enroladinhos de pato com muito *hoi sin*. Por favor, traga também lulas com sal e pimenta e berinjelas ao vapor.

Makedde virou-se para Andy:

— Está bom para você?

Ele fez que sim.

Assim que a garçonete se foi, Mak tentou novamente:

— E então, posso perguntar como vai a investigação?

— Perguntar você pode. Eu é que não posso responder.

Ela sorriu.

— Pode acreditar, o caso está em boas mãos e, se houver algo importante, você vai ficar sabendo.

— Espero que sim – disse ela, já planejando uma nova tentativa para mais tarde, talvez depois de alguns drinques.

Makedde ficou aliviada ao ver o primeiro prato chegar tão depressa. Ela agradeceu à garçonete e comentou como a comida parecia saborosa.

— É, parece – respondeu Andy, dando uma olhada nervosa naquela mistura de carne e folhas. – Como é que isso se chama mesmo?

— *Sang choi bao*. Adoro este lugar. A cozinha oriental não é maravilhosa? – perguntou ela, saboreando devagar a primeira porção.

Ele a imitou, embrulhando a mistura em uma folha de alface.

— É. Peço mais em casa, normalmente – disse ele, ficando vermelho por ter deixado um pouco de comida cair da trouxinha sobre a mesa de aço inoxidável.

"Primeiro encontro e já consegui deixá-lo sem jeito."

— Então, que tal?

— Hum, é bem gostoso... quando consigo colocar na boca.

— Sim, aqui eles só usam carne de cachorro e miolos de macaco de primeira qualidade. Bem melhor que nesses lugares aí fora.

Andy começou a engasgar.

— É brincadeira, é brincadeira! – disse ela, voltando atrás rapidamente. – Desculpe. Não sei o que deu em mim. É feito com carne de porco, cebola e temperos, eu juro.

— Sei.

— Na verdade, este é o único prato com carne de porco que eu como. A versão vegetariana não é tão boa. Mas normalmente como mais frutas e legumes, um pouco de peixe e frango – continuou ela. – Dizem que isso é ser semivegetariano. Mas dá para entender quem é radical nesse assunto: os legumes não gritam tão alto quando você os colhe.

— Pois é – disse ele vagamente, fazendo uma longa pausa. – Mas e aí, o que você fez hoje? – perguntou finalmente.

Boa pergunta. Makedde se reviu enfiando as unhas nos olhos de Stanley e aplicando golpes devastadores às suas partes baixas.

— Acho que você não vai querer saber – ela disse.

Andy a encarou, curioso e ligeiramente preocupado.

— E se eu quiser saber?

— Bom, digamos que andei jogando tênis com umas bolas invisíveis – murmurou Mak.

Agora, além de curioso e preocupado, Andy parecia também confuso. Ela resolveu explicar:

— Na verdade, comecei um curso de defesa pessoal no centro comunitário de Bondi. As aulas são nas tardes de sexta-feira. Prometo que não vou usar nenhum dos golpes em você, a menos que seja absolutamente necessário.

— Hum... isso é bom. Precaução nunca é demais. Mas então, já conseguiu conhecer uma boa parte de Sidney?

— É a segunda vez que venho aqui, porém não costumo sair muito à noite. Como você sabe, não conheço muita gente.

— Também não saio tanto. O trabalho me ocupa muito.

Makedde lembrou-se da briga que tinha ouvido no escritório dele, e as palavras escapuliram da boca antes que pudesse segurá-las.

— Quem era aquela mulher no seu escritório, aquele dia? Bem

bonita.

Ela julgou ter visto uma centelha de dor passar pelo rosto de Andy antes de ele rir e responder.

– Ah, a Cassandra. É minha ex-mulher. Quer dizer, quase ex-mulher. Estamos nos divorciando.

Makedde sentiu-se mal.

– Ah, me desculpe. Não sabia que...

– Tudo bem, estamos separados há mais de um ano. Naquele dia, ela apareceu só para trazer mais papéis do divórcio. Nada de mais; não temos filhos, só alguns bens e um carro.

– Um carro?

– Deixe pra lá. É uma história meio comprida.

Os enroladinhos de pato chegaram e Andy ficou satisfeito por ter outro assunto além de Cassandra. Mas assim que deu uma olhada na comida – fatias de pato arrumadas em leque num prato grande, pedaços de pepino e pimentão, um molho escuro e uma misteriosa cestinha fumegante de bambu –, sua expressão mudou. Sentindo-se um pouco culpada, Mak se inclinou e ofereceu ajuda.

– Deixe que eu preparo para você.

Ela abriu com cuidado a cestinha de bambu e tirou de lá uma espécie de panqueca fina. Colocou as fatias de pato, os pimentões, os pepinos e o molho sobre a panqueca, enrolando-a em seguida. Quando passou o prato para Andy, tocou sem querer a mão dele. Foi como se tivesse recebido uma descarga elétrica. Ela levantou os olhos e viu que Andy a encarava com a mesma intensidade.

Makedde desviou o olhar, corando.

– Ah, você... não precisa usar os pauzinhos. É melhor comer com as mãos.

"As mãos. Ah, meu Deus, isso é um problema."

Do outro lado da rua, escondido sob um poste de luz apagada, uma figura solitária violentamente enciumada assistia ao jantarzinho dos dois.

Capítulo 26

Quando Andy entrou no escritório no fim da manhã de sábado, com uma xícara de café nas mãos, deu de cara com Jimmy diante de sua escrivaninha, esperando com os braços cruzados sobre a barriga protuberante. Com um sorriso forçado nos lábios, Jimmy lembrava um gato que tivesse acabado de engolir um canarinho. Quando Andy chegou mais perto, ele declarou com evidente satisfação:

— Então, quer dizer que você anda envolvido com a modelo.

Andy cuspiu o café da boca.

— O que você disse?

— Lá estou eu na Cross, conversando com o Robertson para saber se eles conheciam esse *malaka*, Rick Filles, e se tinham visto algo de diferente na área... e adivinhe o que ele me responde?

Jimmy fez uma pausa, arqueando uma sobrancelha.

— Ele me diz que não há nada de novo por lá, a não ser Flynn dando em cima de uma gatinha na Rua Victoria. E lá estava você, bem diante daquele janelão com a tal Makedde, olhando um para o outro como um casalzinho de adolescentes perdidamente apaixonados.

— Você nos viu?

— *Skata*, qualquer um podia ver vocês. Será que você parou para perceber que aquele lugar é quase como um aquário? Você estava em exibição como um peixe.

— Merda.

— Mas e aí, ela é boa de cama?

— Ei! Fui um perfeito cavalheiro...

— Aposto que sim.

— Deixei-a em casa depois do jantar. De qualquer forma, não é da sua conta.

— Você não pode me decepcionar, Andy. Por causa de ontem à noite, você virou uma lenda. Os caras querem que você consiga autógrafos dela; todos vão trazer seus exemplares da Esportes Ilustrados.

– Você está brincando comigo. Não contou para ninguém, né?

– Não precisei contar para ninguém! Eles estavam observando você! É, foi bem arriscado, mas não posso culpá-lo... Se eu pudesse, também pularia dentro. Só não estrague esse caso, Andy. É muito importante para nós dois.

Andy abanou a cabeça.

– Bom, já chega. E aí, o que você descobriu?

– Estamos dando uma olhada na seção pessoal dos jornais, mas surpreendentemente há poucos anúncios buscando modelos. Os que estão na seção de empregos são legítimos. Mas achamos um interessante entre "madame Chantal" e "loira gostosa e peituda, estilo Barbie". Aliás, belo anúncio: simples, mas eficiente. Sabe, dá para se divertir um bocado lendo esses troços. Fico imaginando se chega a ser fisicamente possível fazer metade das coisas que prometem nesses anúnc...

Andy o interrompeu, antes que Jimmy fosse longe demais.

– O que o anúncio dizia?

– Vou lhe mostrar – disse Jimmy, entregando a Andy um recorte de jornal dobrado, em que um dos anúncios tinha sido circulado com a mesma caneta vermelha usada para rabiscar a foto de Makedde. Lá se lia:

MODELOS – *Fotógrafo procura modelos atraentes do sexo feminino, entre 16 e 25 anos. Paga-se bem.*

Quem se interessasse deveria ligar para um tal de Rick.
Andy encarou Jimmy.

– Não pode ser verdade. Estamos falando daquele mesmo Rick?
Jimmy fez que sim, enquanto folheava seu caderno de notas.

– A caixa postal indicada fica na Cross, em nome de Rick Filles.

– Bingo. Vou expor os fatos a Kelley e você diz para a Mahoney ligar para Filles e marcar uma sessão de fotos com ele.

– Ótima idéia. Só não sei se ela vai concordar.

— Ela dá conta.

* * *

Menos de duas horas mais tarde, a agente Karen Mahoney apresentou-se diante da mesa de Andy, com seu uniforme justo, os cabelos presos num coque e nenhuma maquiagem.

— Temos uma missão para você, agente.

— Ótimo! — exclamou ela.

Kelley tinha dado carta branca com surpreendente rapidez, provavelmente porque seria uma operação pequena. As únicas condições seriam manter Mahoney o tempo todo sob vigilância e, nas palavras do próprio Kelley, "não estragar tudo".

Jimmy passou para ela o recorte de jornal.

— Este tal de Rick Filles pode estar atraindo mulheres com este anúncio. Queremos que você vá verificar do que se trata e, se necessário, nos ajude a pegá-lo.

O rosto dela se iluminou de empolgação, mas sua expressão mudou ao ler o anúncio.

— Uh... você quer que eu pose para esse cara como se fosse uma modelo?

— Você vai levar um microfone escondido, e teremos pessoas monitorando você o tempo inteiro.

— Monitorando...

— Para a sua segurança — respondeu Andy. — Temos que descobrir se esse sujeito é o criminoso e, se for, você estará lá para salvar todas as mulheres que estão correndo perigo neste exato momento.

O argumento pareceu ter obtido o impacto desejado.

— Sim, senhor.

— Jimmy vai lhe passar os detalhes da operação. Quero vocês trabalhando nisso agora mesmo.

— Eu não vou ter que... ficar nua ou nada do tipo, vou?

— Você não pode deixar o cara desconfiado, mas a sua segurança é nossa maior prioridade. Use o bom senso.

Ela pareceu refletir um pouco.

– E quanto a Tony Thomas?

– Hunt, Reed e Sampson vão cuidar dele – respondeu Jimmy. – Isto aqui é mais importante. Precisamos de você.

Jimmy colocou um braço sobre o ombro dela, e os dois saíram do recinto.

Pelo menos, Andy teria tempo para pensar. Por um precioso instante, o escritório estava vazio. Era um sábado meio parado e até o inspetor Kelley tinha ido para casa. Andy pegou o telefone e discou o número de Makedde. Após alguns toques, ela respondeu, numa voz cautelosa.

– Alô?

Ele se assustou com o tom dela.

– Aqui é o Andy. Tudo bem?

Breve silêncio.

– Sim, tudo certo. Alguns telefonemas estranhos, só isso.

– Que tipo de telefonemas estranhos? – perguntou ele, contendo-se para não pegar a viatura e rumar naquele mesmo instante para o apartamento dela.

– Ah, não deve ser nada de mais. Ligam e desligam. Tantas modelos já moraram por aqui que as pessoas devem estar telefonando procurando outra pessoa. Ouvem a minha voz e desligam na minha cara.

Andy torcia para que esse fosse o motivo. Podia até ser plausível, mas ele se sentiu inquieto.

– Tony tem perturbado você?

– Não mesmo – disse ela, calando-se por alguns instantes. – A propósito, obrigada pelo jantar de ontem à noite. Foi bom sair de casa.

– O prazer foi todo meu. Mas da próxima vez eu é que vou escolher o restaurante.

Ele esperava que houvesse uma próxima vez.

– Desculpe pela comida, sei que era meio diferente...

– Não, eu adorei a comida. Só o lugar é que...

Andy achou melhor não continuar. Não fazia sentido contar a ela que todos os agentes de plantão tinham visto o jantar dos dois.

– Entendo. Não faz seu estilo. De que tipo de comida você gosta?

Ele queria vê-la novamente. Queria tê-la por perto, saber que ela estava bem. Makedde era tão diferente de Cassandra.

– Mostro para você hoje à noite... se me permitir – disse ele.

– Uh... claro – respondeu Mak.

– Ou não – corrigiu Andy, temendo ter parecido muito ansioso.

– Imagine, eu adoraria.

– No mesmo horário?

– Sim. Até mais tarde, então.

Ele desligou o telefone com a certeza de não estar mais sozinho.

– U-hu – disse Jimmy, com as sobrancelhas levantadas.

– Fique calado – Andy foi logo avisando.

– De qualquer maneira, como eu estava dizendo, este caso é realmente muito importante e seria uma vergonha *completa* se um de nós estragasse tudo de alguma forma, como, por exemplo, se envolvendo pessoalmente ou...

– Jimmy!

Ele ficou quieto.

– Obrigado – disse Andy, com um olhar significativo. – Kelley falou com você sobre o apoio suplementar?

Eles precisavam de mais assistentes para as tarefas de pesquisa sobre casos semelhantes nos registros.

– Não, ele não me disse nada.

Isso não foi surpresa para Flynn, que sabia ser o queridinho do inspetor Kelley. Quando Kelley enviou Andy para um período de estudos na Unidade de Ciências do Comportamento do FBI, nos Estados Unidos, Jimmy não teve a menor chance de ir junto, nem foi chamado para a nova unidade da capital australiana. Andy desconfiava que seu parceiro até preferia que tivesse sido assim. Desse jeito, Jimmy não sofria grande pressão: era de Andy que todos esperavam grandes feitos.

A predileção do inspetor tinha rendido a Andy a rara oportunidade de estudar a elaboração de perfis investigativos com a elite da unidade de crimes em série, no FBI. Eles eram conhecidos como os melhores do mundo nessa área. Andy sabia que o caso em que estava trabalhando agora seria sua grande chance de provar que a confiança depositada nele tinha sido merecida e se sentia privilegiado por poder carregar esse fardo.

– Se não pudermos conseguir mais pessoal de apoio, vamos precisar nos virar com o que já temos. Como sempre.

O que significava horas extras para todo mundo.

Capítulo 27

Mak estava enrodilhada junto do braço da poltrona, em posição fetal, quando o interfone tocou.

– Alô?

– Sou eu. Andy.

– Oi. Suba aqui.

Em um instante, ele estava à porta e, quando caminhou ao encontro dela sorrindo, Mak sentiu um pouco da tensão se dissipar.

"É tudo coisa da minha cabeça."

– Oi – ele disse, examinando cuidadosamente os olhos de Mak. – Tudo bem com você? Mais telefonemas?

Ela desviou o olhar.

– Alguns – admitiu. Na verdade, tinham sido mais que simplesmente "alguns". Os móveis também a estavam deixando nervosa. As coisas pareciam mudar de lugar diariamente.

– Quantas ligações?

Ela tentou estimar.

– Oito, ou talvez dez, só hoje.

Ele franziu o rosto. Dois sulcos profundos se formaram entre as sobrancelhas, e seu lábio inferior se arqueou um pouco.

– Não estou gostando nada disso. Não pode ser só engano.

Makedde se sentou no sofá, e ele fez o mesmo, porém do lado oposto, a uma distância suficiente para não invadir o espaço dela. Mak o achou educado, mas desejava que em vez disso ele a abraçasse.

– Está com fome? – ele perguntou. – Não precisamos sair se você não quiser...

– Não, eu quero sim. Mas podemos antes ficar um pouco aqui?

– Claro, como preferir. Você já falou com alguém sobre isso? Um profissional? Uma pessoa na sua situação deveria...

– Não preciso me consultar com um psicólogo – disse ela, interrompendo-o. – Não tenho nada contra isso, obviamente. Afinal, um dia também quero ser uma psicóloga. Mas, de verdade, não estou precisando. Não agora.

Ela sabia que não estava sendo lógica. Todos os sinais de alarme estavam ali.

– Não disse que você *precisava* de um, apenas que seria...

– Não – ela insistiu, num tom de voz um pouco mais elevado.

Andy ficou contemplando Mak, com a preocupação estampada em seus olhos verdes. Havia muito tempo ela não se sentia olhada com tanto carinho.

– Fale-me sobre Catherine. Vocês eram muito próximas?

– Ela era uma boa amiga... – Mak parou no meio, temendo não ser capaz de enveredar por esse assunto.

– Quando quiser falar sobre isso, estarei pronto a ouvir – encorajou ele.

Mak sabia que, se começasse, não conseguiria parar. Mas afinal decidiu não se preocupar com isso.

– Cat viveu desde pequena ao redor da minha família. Seus pais morreram quando era muito nova, e ela acabou ficando com uns péssimos pais adotivos. Cat vinha muito para a nossa casa. Era como se eu fosse meio mãe dela, pela nossa diferença de idade. Ou talvez mais como uma irmã mais velha. Com o tempo nos afastamos um pouco, mas quando ela começou a trabalhar como modelo, alguns anos atrás, nos reaproximamos e nos tornamos novamente amigas inseparáveis. Nós duas começamos muito cedo, com 14, 15 anos. Eu sabia bem como era ser jogada de repente num meio daqueles e mostrei a ela os caminhos. Mas não era só eu que a ajudava; também contei com ela sempre que precisei.

Makedde pensou no pesadelo com Stanley e se lembrou da cansativa investigação policial e de como Catherine tinha recusado um trabalho internacional só para estar ao lado dela, dando apoio. Mas Stanley estava agora na cadeia e era inútil revirar o passado. Aquilo não era problema de mais ninguém, e Mak com certeza não iria sobrecarregar com essa história aquele homem gentil, que afinal era ainda um estranho e que educadamente a encorajava a continuar com as reminiscências.

— Enfim, Catherine era uma amiga de verdade – disse vagamente. – Sinto muito a sua falta.

— E agora você acha que tem que ajudá-la porque ela a ajudou. É compreensível, mas não há nada que nós possamos fazer por Catherine agora, a não ser pegar seu assassino e continuar a viver nossas vidas.

Andy tinha razão, e Makedde estava decidida a fazer exatamente aquilo: pegar o assassino de Catherine.

Ele pareceu ler seus pensamentos.

— Sei que você quer ajudar, mas não vou deixar você se envolver ainda mais nesse caso. Está tudo sob controle.

— É mesmo? Então onde está esse psicopata? Coloque-o na minha frente para que eu o veja sofrer da mesma maneira. Mostre que...

— Makedde. Às vezes uma justiça *verdadeira* simplesmente não existe – ele disse, envolvendo-a num abraço quente e reconfortante. – Algumas coisas nunca podem ser consertadas.

"É verdade. O assassinato de Catherine. A morte de mamãe. Nada pode consertar isso."

Lágrimas rolaram pelo seu rosto enquanto Andy a abraçava. Ela chegou mais perto dele, e seus lábios se roçaram. Nesse momento, ele a apertou mais forte, segurando com braços firmes o corpo trêmulo de Makedde. A boca macia de Andy se aproximou de novo. Ele a beijou suavemente, abrindo os lábios devagar e experimentando seu gosto com toda a delicadeza. Ela sentia o peso dele comprimindo-a contra o sofá, e suas bocas se grudaram ainda mais. Ambos se moviam em sincronia com paixão e avidez; dedos, lábios e corpos fundindo-se num só.

Não conseguiram se conter.

Capítulo 28

Sentado em um banquinho no parque do outro lado da rua, ele observava a janela, mal se importando com a chuva abundante. Atrás das cortinas fechadas, o mundo sensual e luminoso dela parecia intocável. Ele nunca faria parte daquela vida. Não daquela maneira.

Mas tudo estava preparado. Sua paciência seria recompensada. Ela seria sua conquista mais sofisticada.

"Vou esperar até as luzes se apagarem."

Às 3 horas, a porta do prédio se abriu. Um homem alto saiu e ficou parado, olhando para as escadas atrás de si. Embora estivesse escuro, dava para notar que era o mesmo homem com quem ela havia jantado: o detetive. Ele queria cortar a garganta do policial de orelha a orelha, para mostrar a Makedde o quanto ela significava para ele. Sobretudo, para mostrar a ela que não aceitaria concorrência.

Ele viu quando o detetive decidiu voltar e subir novamente as escadas, fechando a porta atrás de si.

Furioso, levantou-se do banco com os punhos cerrados. Um pombo descansava tranqüilamente sobre a grama. Com um movimento rápido, ele agarrou o pássaro e torceu o pescocinho até que o pombo se debatesse em convulsões fatais. Depois, jogou o bicho no chão e foi embora com as luvas de borracha pegajosas de sangue.

Sua paciência estava acabando.

Capítulo 29

Pouco antes das 11 horas do dia seguinte, o telefone celular do detetive Flynn tocou bem alto no quarto silencioso. Embora o apartamento fosse pequeno, ele teve dificuldade em achar suas calças. Procurou em torno, ainda meio sonolento.

Os dois não tinham pregado o olho durante a noite.

Makedde estava num sono profundo e ele queria atender o telefone antes que o barulho a acordasse. Andy se ajoelhou e olhou debaixo da cama. Lá estavam suas calças azuis, enroladas num dos pés de madeira, com o telefone barulhento para fora do bolso.

Makedde mudou de posição e murmurou qualquer coisa.

Assim que Andy alcançou o telefone, ele parou de tocar. Flynn o colocou de novo no chão, contemplando as curvas suaves do corpo de Makedde. O edredom tinha descido até os joelhos dela e só o lençol continuava colado ao seu corpo nu. Ela talvez estivesse com frio. Ele puxou o edredom para cima com delicadeza.

— Andy... — ela murmurou sem abrir os olhos.

Mak virou-se na cama, e seu rosto ficou a centímetros dele. Ela tinha um pouco de rímel borrado nos cílios longos e elegantes e respirava com a boca levemente aberta. Ainda havia espaço ao seu lado na cama. Ele se curvou devagar e, apoiando-se na cabeceira, deslizou para baixo do edredom fazendo o possível para não despertar sua bela adormecida. Tão logo se sentiu confortável, o telefone tocou novamente. Ele o pegou do chão e sussurrou irritado:

— Alô?

— Perfeito cavalheiro, hein? — Jimmy perguntou, parecendo impressionado.

— O que foi, Jimmy?

— Desculpe incomodá-lo, Casanova, mas temos mais uma.

Cobrindo a boca e o telefone com uma mão em concha, Andy sussurrou:

– É o que eu estou imaginando?

– Você não vai acreditar nessa. Becky Ross, a atriz de novelas. Acabaram de encontrá-la perto de uns arbustos no Parque Centennial. Uma confusão.

– Meu Deus!

Andy se sentia responsável pela perda de outra vida, já que ainda não tinha sido capaz de concatenar as pistas. Ali estava ele, transando com sua linda garota enquanto uma pessoa estava sendo assassinada. E não apenas uma linda garota *qualquer*, mas uma testemunha-chave.

– Você está na cama com ela, né?

– Shhhhhh! – Andy fez baixinho.

– Sem-vergonha. Quer que eu vá até aí buscar você?

– Não. Estarei lá em vinte minutos.

– Não esqueça as calças.

– Vá se ferrar.

Andy desligou o telefone e saboreou um último instante ao lado do corpo quente de Makedde. "Tenho que ir", sussurrou no ouvido dela. "Ligo depois." A contragosto, deixou a cama de Mak, pulando caixinhas vazias de comida tailandesa. Andy notou que suas roupas, espalhadas por todos os cantos do quarto, estavam horrivelmente amassadas. Ele teria que passar em casa para se trocar antes que Kelley o visse.

Andy rasgou um pedaço do cardápio de entregas em domicílio do restaurante tailandês e escreveu um bilhete:

"Tive que sair. Ligo depois. – A."

Ele deixou o apartamento e voltou ao mundo real, sentindo-se inquieto pelo que havia feito e perguntando-se como Makedde se sentiria ao acordar sozinha.

* * *

O Parque Centennial estava um caos completo. Policiais uniformizados isolavam uma área com cordões, bloqueando boa parte das pistas por onde caminhavam os freqüentadores dominicais. Andy atravessou de carro o bloqueio, com sua sirene gritando de tempos em tempos. Era um lindo domingo de sol, e muitas pessoas tinham pensado em aproveitá-lo com um piquenique ou um passeio de bicicleta pelo parque. Jamais teriam imaginado que estavam levando suas crianças para uma cena de homicídio.

Andy mostrou seu distintivo para um dos policiais de uniforme e foi conduzido até a área de mata densa circundada pela fita da polícia. Assim que saiu do carro, o agente Hunt foi rapidamente até ele e disparou:

— Prepare-se. Ela foi massacrada.

Andy bateu a porta do carro e tirou um par de luvas de borracha do bolso do paletó que havia pego rapidamente em casa.

— Vocês têm certeza da identidade? — perguntou a Hunt.

— É ela mesma, não há dúvidas. Becky Ross. Já a conheço dos jornais e da televisão. Veja você mesmo.

Um grupo de pessoas estava reunido perto dos arbustos, enquanto mais adiante havia mais gente, incluindo um senhor idoso que conduzia um grande pastor alemão pela coleira. Ele falava com gestos acentuados, enquanto o agente Reed tomava notas. Sem dúvida, tinha sido ele o pobre coitado que havia descoberto o corpo. Andy viu Jimmy e também Sue Rainford, a patologista forense, agachada perto dos arbustos. Ele se aproximou; mesmo a muitos metros de distância, o odor agudo de decomposição começou a agredir suas narinas.

A vítima estava de costas, com as pernas esparramadas numa posição indecente e antinatural. Ela estava nua, a não ser por um sapato de salto alto aparentemente caro, todo manchado de sangue. Ela tinha sido horrivelmente mutilada e estava desfigurada a ponto de quase não ser reconhecível.

Andy e Jimmy se entreolharam.

— Bom você ter vindo — disse Jimmy baixinho. — Parece que o sujeito gosta de novelas. Devemos acrescentar esse dado ao seu perfil?

Sue Rainford examinava o corpo ajoelhada. Ela era uma mulher calma e imperturbável, que andava por volta dos quarenta e tantos anos, tinha quadris largos e cabelos escuros bem curtos. "A vítima é do sexo feminino, caucasiana, cerca de 20 anos. Morta há vários dias", registrou ela em um microgravador. "O corpo está na posição dorsal, com pernas em máxima abdução. Sem deformidades significativas nos membros. Perda substancial de sangue evidente no corpo, mas não na área ao redor. A vítima foi provavelmente trasladada depois de morta."

Os cabelos loiros de Becky estavam espalhados sobre a grama, empastados de sangue coagulado. Seus olhos, que um dia faiscaram de ambição, fitavam o céu sem qualquer brilho. Os pulsos e tornozelos estavam em carne viva, rodeados de sangue velho, e uma horda de insetos exercia seu mórbido dever sobre o corpo trucidado.

— Ela não pode ter sido assassinada antes da quinta-feira – comentou Jimmy. – Parece que fez um lançamento de moda.

A patologista continuou gravando suas observações. "Sem marcas aparentes de corda em torno do pescoço. Lacerações evidentes nos dois pulsos. Os mamilos foram completamente removidos. Há uma grande incisão vertical do meio do tórax até a região pubiana." Quando Sue se levantou, seu rosto parecia anormalmente pálido. Ela olhou para Andy, e ele, pela primeira vez nos muitos anos em que trabalhavam juntos, viu medo em seus olhos.

— Senhores, há uma quantidade de sangue consideravelmente maior nessas feridas. Suspeito que o assassino tenha feito a maior parte dessas incisões com a vítima ainda viva e talvez até consciente.

— Mais que... – começou Jimmy.

— Muito mais que nas outras. As primeiras vítimas exibiam mutilações *post-mortem*, mas parece que agora ele as mantêm vivas enquanto...

Não era preciso ir mais além.

— Saberei mais quando a examinar no laboratório do necrotério.

— Meu Deus, a imprensa vai se esbaldar com isso!

Mal foram ditas essas palavras e ouviu-se o rumor das pás de um helicóptero chicoteando o ar bem acima de suas cabeças. Bastou olhar para cima para ver as câmeras apontadas.

— *Skata*! Como eles estão sabendo? Dêem um jeito de tirar esses caras daqui agora! – gritou Jimmy, agitando freneticamente os braços. – *Malakas* de merda! Estão arruinando a cena do crime!

O helicóptero distanciou-se um pouco, mas as árvores ainda balançavam e as folhas caíam, como se estivessem no meio de uma tempestade de vento.

– Temos que entrar em contato com a família agora mesmo, para dar a notícia antes que eles fiquem sabendo pelos jornais – gritou Andy, competindo com o barulho das hélices.

Ele estava preocupado.

O assassino estava evoluindo.

Capítulo 30

Quando Makedde despertou, já eram 11h59. Era estranho acordar num horário desses, e ela deu um pulo na cama ao olhar para o relógio, com a sensação de estar atrasada para algum compromisso. Quando se deu conta de que não tinha nada marcado, lembrou-se do que acontecera na noite anterior e foi invadida por um sentimento de apreensão.

"Andy?"

Ela estava sozinha na cama, e de repente, sem muito motivo, sentiu-se traída. Já tinha se envolvido com muitos homens que não valiam nada e esperava que este agora não fosse mais um do tipo. Foi quando reparou num pedacinho de papel sobre a cama, e seu coração disparou ao identificar a escrita. Lendo o recado, ela sorriu aliviada. Levantou-se e caminhou pelo apartamento. As quentinhas de plástico estavam empilhadas na bancada da cozinha, ao lado da pia, e suas roupas, que na noite anterior tinham sido jogadas no chão de qualquer jeito, estavam agora dobradas sobre uma cadeira. Nenhuma das toalhas tinha sinal de umidade – Andy devia ter saído com pressa, mas mesmo assim tinha feito um esforcinho para dar uma ajeitada no apartamento.

"Muito educado."

Quando Mak ligou o chuveiro, o telefone tocou.

"Andy!"

Ela atravessou correndo o quarto e conseguiu atender no terceiro toque.

– Alô.

Clique.

Mak franziu o rosto, recolocou o fone no gancho e olhou pela janela. As cortinas não estavam completamente fechadas; talvez Andy as tivesse aberto antes de sair. Cobrindo os seios com as mãos, ela se afastou com o estômago embrulhado. Entrou no banheiro, trancou a porta e ficou contemplando seu rosto assustado no espelho. Em questão de instantes, o prazer tinha dado lugar ao medo. Atrás da porta trancada, o telefone estrilou novamente. Depois de vários toques, atendeu a secretária eletrônica. "Alô?... Desculpe, isso é só uma gravação. Deixe um recado e eu ligarei de volta."

– Oi, é o Andy. Você está aí?

Agarrando uma toalha, ela correu para o quarto e pegou o telefone.

– Oi – respondeu arfante. – Como você está?

– Bem.

– Eu também.

– Desculpe, me ligaram do trabalho. Hum... aconteceram umas coisas aí – disse Andy, parecendo indeciso. – Acho que vou terminar meio tarde...

– Adoraria que você viesse aqui de novo. Se quiser, claro.

Ele ficou alguns instantes em silêncio.

– O.k. Ligo quando estiver para sair.

– O que houve? – ela perguntou.

– Não posso dizer agora; mais tarde eu conto.

– Tem a ver com o caso?

– Tem.

– Diga, vá...

Ele hesitou.

– Sabe aquela pista do fotógrafo? O cara que colocou o anúncio no jornal? Então, vamos lá hoje para conferir. Conto tudo mais tarde, pessoalmente.

* * *

Às 13 horas, Makedde deixou o apartamento. O dia estava lindo e ensolarado, e a praia de Bondi estava lotada de pessoas desfrutando o primeiro dia de bom tempo em mais de uma semana. Céu claro e brisa fresca. Os barezinhos estavam lotados de clientes, e as ondas, pontilhadas de surfistas. Makedde passou diante das lojas mastigando um rolinho de algas, com uma garrafinha de água nas mãos.

Ela entrou numa banca de revistas e procurou o jornal que tinha o anúncio mencionado por Andy. Folheando os classificados, encontrou um chamado para modelos em nome de "Rick". Um anúncio vizinho prometia aventuras sexuais com uma tal de "transformista Sue"; outro recrutava "senhoritas jovens e exóticas" para uma casa de massagens. "Existe alguma chance de esse cara ser quem procuramos?", Mak se perguntou. Catherine nunca iria atrás de uma coisa dessas. Como ele teria chegado até ela?

Um surfista bronzeado de camiseta e calção de banho estava pagando seu grosso jornal de domingo, e Mak se postou atrás dele na fila. Os cabelos do rapaz ainda estavam úmidos e duros de sal, e ele exalava um suave cheiro de mar.

– Como é que está hoje, companheiro? – perguntou o homem atrás do caixa.

– Umas ondas sinistras de esquerda. O mar de Terrigal passou a semana inteira chapado, comparado com Bondi agora.

"Terrigal."

– Sério? – perguntou o homem, dando o troco ao surfista. – Estive lá no festival de queijos e vinhos, e as ondas pareciam bem boas.

Makedde tocou no braço do rapaz, que se virou e a encarou com seus olhos verdes um pouco espantados. Ele tinha sardas no nariz, lábios rosados e um sorriso largo.

– Desculpe incomodar você – disse ela, sorrindo de volta com meiguice. – Ouvi você dizer Terrigal.

– É, praia de Terrigal.

– Onde fica exatamente?

– Ah, não muito longe daqui. Umas duas horas no sentido norte – ele disse. – Você é americana?

– Canadense. Obrigada.

– Você está aqui com mais alguém?

– Estou. Ah, e estacionei o carro num lugar proibido. Preciso ir logo. Obrigada novamente.

Ela jogou o dinheiro sobre a mesinha do caixa e saiu antes que o rapaz pudesse dizer qualquer outra coisa. Com seu jornal dobrado debaixo do braço, Mak continuou a descer a rua, agora num passo menos relaxado.

> JT Terrigal
> Beach Resort
> 16
> 14

A nota rabiscada e quase ilegível começava agora a fazer mais sentido. Ela teria que contar isso a Andy, quando o visse. Talvez ele conseguisse decifrar o que significavam os números. Um ramal de telefone? Um quarto? No caminho para casa, um livro na vitrine de uma loja na Rua Hall chamou a atenção de Mak. O título era *Aniversários – perfis das personalidades*. Embora Makedde não acreditasse muito em horóscopo e coisas do gênero, sentiu-se irresistivelmente atraída.

Ela entrou na livraria e folheou o volume até achar seu aniversário. Passando ao largo de características como *charmoso* e *atraente*, um aviso quanto à teimosia e a referência usual ao fato de ser a mesma data de nascimento de Groucho Marx, ela chegou a um parágrafo que a deixou meio perturbada. "As pessoas nascidas nesse dia têm sempre algo a ver com violência. Ou sofrem violência, ou tendem a praticá-la. Há uma atração entre a violência e essas pessoas, que têm de aprender a ser menos obcecadas..."

Mak fechou com força o livro, fazendo com que alguns clientes olhassem para ela de modo estranho. "Violência? Atraída para mim?" Ela colocou o livro novamente na prateleira, tentando tirar aquilo da cabeça. Depois voltou para a rua, misturando-se à multidão de surfistas, jovens moderninhos e casais apaixonados.

* * *

Mal entrou no apartamento, Mak pegou o telefone e ligou para o serviço de informações, perguntando por "Terrigal Beach Resort".

Bingo.

Catherine estava para encontrar um homem que ela chamava de JT no tal Terrigal Beach Resort. Só os números continuavam a ser um mistério. Não eram o final do telefone do hotel. Makedde teve um palpite e ligou para lá.

— Terrigal Beach Resort, em que posso ajudar? — perguntou uma recepcionista, em tom gentil.

— Posso falar com o quarto 16-14, por favor?

— Vou transferir.

O telefone tocou várias vezes, até que a recepcionista voltou à linha.

— Desculpe, senhora, talvez o ramal esteja incorreto. O quarto 16-14 está desocupado no momento. Qual o nome do hóspede com quem a senhora gostaria de falar?

— Bem... "E agora?" Tenho um recado aqui pedindo para chamar meu amigo JT no quarto 16-14. Mas, como estive fora uns dias, pode ser que o recado seja meio antigo. Quando ele se hospedou aí?

— Desculpe, mas não podemos dar informações sobre nossos hóspedes — respondeu a mulher com firmeza. — Mas, se a senhora quiser deixar seu nome, posso verificar se deixaram algum recado aqui. Ou então é só me dizer o sobrenome do hóspede, que verifico no computador se ele está em outro quarto.

"Droga."

— Tudo bem. Eu ligo mais tarde.

Bem, pelo menos a anotação misteriosa já não era mais tão hermética. Catherine tinha planejado um fim de semana romântico com seu amante. Mas quem seria o sujeito? Sem dúvida, a polícia poderia ter acesso aos registros do hotel para descobrir em nome de quem o quarto tinha sido reservado.

Andy ainda iria demorar algumas horas para chegar, e Makedde mal podia esperar para contar a ele sobre sua descoberta. Mas antes precisava aplacar sua curiosidade. Ela rasgou o anúncio do jornal, deu mais uma olhada nele e resolveu enfim discar o número. Atenderam depois de três toques.

– Alô, quem fala? É o Rick? – perguntou Mak, no melhor estilo Marilyn Monroe.

– Qual é o seu nome, boneca?

– Debbie. Vi o seu anúncio.

– Você é americana?

"Por que não?"

– Isso. Sou de Los Angeles.

– Quantos anos você tem?

A voz de Rick tinha a rouquidão característica dos fumantes inveterados. Ele parecia ter pelo menos 40 anos.

– Vinte e três.

– Qual o seu tamanho de busto, Debbie?

– Quarenta e seis. Ai, espero que não seja muito grande.

– Que nada, gata. E quanto você tem de cintura?

– Cinqüenta e oito centímetros. Ai, Rick... Às vezes fico achando que meu tronco faz muito contraste com a cintura, mas uma vez posei de *lingerie* para um fotógrafo em Los Angeles, e ele pareceu ter ficado muito satisfeito com as fotos.

– Você é loira?

– Sou – ela falou num arquejo.

– Natural?

– Como assim?

– Loira de verdade? No corpo todo?

"Ugh."

– Ah, sim, claro. No corpo todo.

Os dois marcaram uma sessão de fotos na quarta-feira à noite, e ele lhe deu o endereço de seu estúdio na Kings Cross. Mak deu uma risadinha feminina e perguntou se deveria levar algo de especial.

– Sapatos de salto alto. Calcinhas. Também tenho alguns figurinos aqui.

"Aposto que sim."

– O.k., nos vemos então na quarta-feira – ela disse, tão seriamente quanto possível.

    Assim que desligou, Makedde teve um acesso de riso. Rick deve ter ido às nuvens por achar uma californiana idiota, loira e de seios fartos, disposta a ir ao seu estúdio. Ele ficaria desapontado quando a visse.

    – Um sutiã quarenta e seis com uma cintura de cinqüenta e oito centímetros! – gargalhou ela, secando uma pequena lágrima do canto do olho.

    Rick tinha pedido que ela usasse sapatos de salto, mas qualquer fotógrafo de moda provavelmente teria feito o mesmo. Mak se perguntou se um assassino sagaz seria tão direto. Pela sua experiência, o verdadeiro perigo estava nos tipos menos óbvios.

Capítulo 31

Parado na frente da sala, o detetive Flynn era observado pelos rostos ansiosos de sua força-tarefa. O que ele mais queria era poder voltar para os braços de Makedde; pensou nela deitada sobre a cama, com suas curvas nuas reveladas pelas cobertas caídas. Ele tinha conseguido ficar distante da investigação por uma noite mágica, mas agora estava de volta à crua realidade e tinha uma grande equipe de homens e mulheres aguardando cada instrução sua.

— Antes de mais nada, quero agradecer a dedicação de vocês ao caso, principalmente se levarmos em conta que hoje é domingo – começou Andy. – Como todos sabem, temos uma quarta vítima, a atriz Becky Ross. A autópsia acabou agora; os legistas chegaram à conclusão de que a morte se deu em algum momento entre a madrugada de quinta-feira e a manhã de sexta-feira. Bom, vou dizer novamente, só para ter certeza de ter sido bem claro: é *absolutamente* fundamental que não haja nenhum vazamento das informações sobre o caso. Se alguma coisa vazar, cada um de vocês estará bem encrencado. Entendido? Bem, vamos então passar ao que interessa. Preparei um perfil mais detalhado do nosso assassino e tirei cópias para todos.

Andy estendeu a pilha de papéis grampeados, e os agentes foram passando as cópias uns aos outros.

— Mas lembrem-se, esse é um perfil geral para ser usado como ferramenta na investigação. O assassino é caracterizado como um "agressor movido a uma excitação raivosa" – disse Andy, levantando os olhos e encarando a equipe. – Isso significa que ele é sádico. Pode não ter demonstrado tanto no começo, mas essas tendências estão ficando cada vez mais claras nas vítimas mais recentes. Ele tem mutilado suas vítimas com elas ainda conscientes. Esse tipo de criminoso normalmente usa algum truque para ganhar confiança e baixar a guarda da vítima. Durante o ataque, pode ser que diga coisas como "me chame de seu mestre", "senhor" ou algo nessa linha.

Hunt deixou escapar uma risadinha.

– Fique quieto e anote, Hunt – disparou Andy. – Ou vou escalar você para verificar os registros de todos os casos de violência sexual dos últimos cinco anos.

Hunt ficou calado.

– Pode ser que ele pergunte às suas vítimas: "está doendo?" Pode ser que peça para elas implorarem e as humilhe com xingamentos – Andy encarou Hunt, desafiando-o tacitamente a fazer algum comentário. – Pode ser que tire fotos ou mesmo filme o ataque. Parece que procura ferir, como vimos, as partes do corpo que têm algum apelo sexual para ele: seios, pés, vagina, ânus e assim por diante. Ele tem um óbvio fetiche por pés e, no último crime, removeu os mamilos da vítima. Num estágio inicial da sua perversão, pode ter apenas mordido ou machucado de alguma forma os mamilos das vítimas anteriores. Bem, casos de violência sexual no passado podem nos fornecer mais pistas. Obviamente, aqueles em que os agressores estão atualmente cumprindo pena na cadeia não nos interessam. Este sujeito é muito cuidadoso, mas pode não ter sido sempre assim. Pode ser que tenha aprendido truques com outros criminosos na prisão ou talvez tenha uma minibiblioteca de procedimentos de medicina legal. Parece que o sujeito gosta de usar cordas para amarrar suas vítimas e outros instrumentos de tortura. É possível que guarde alguns "troféus" ou mantenha algum caderno com relatos dos detalhes dos crimes. Pelo visto, ele normalmente carrega consigo um pequeno kit contendo armas, cordas e apetrechos sexuais. Pode ser que siga suas vítimas e planeje com antecedência cada ataque. As agressões podem durar de quatro a vinte e quatro horas, até que a vítima morra e ele largue o corpo num canto qualquer. Os laudos confirmam isso em relação às nossas quatro vítimas conhecidas.

– Psicopata – murmurou Jimmy.

– Eu estava quase chegando aí. Nós provavelmente estamos lidando com um psicopata violento e de QI alto, o que significa que ele pode ser bem sedutor e convincente. Todas as vítimas eram brancas, e acreditamos que ele também seja. O criminoso é metódico e razoavelmente maduro.

fetiche

Estimo que tenha de 25 a 40 anos e viva aqui na região de Sidney. Ele tem um lugar privado para encarcerar suas vítimas e cometer seus crimes. Este ataque a uma celebridade nos dá uma nova perspectiva: ele está lendo os jornais, lendo sobre seus crimes e está gostando disso. Já viu que ficou famoso. O corpo só não foi achado antes por puro acaso, pois ele não está deixando suas vítimas em lugares de difícil acesso. Não está preocupado em escondê-las. Bom, o que eu tenho a dizer por enquanto é isso. Vão trabalhar nas missões para que foram escalados e *comuniquem-se*. Quero que cada um de vocês esteja sempre a par do que os outros descobriram. Para os que estão trabalhando com Jimmy seguindo a pista do Rick Filles, ele tem algumas palavras a dizer.

Jimmy levantou-se, sorrindo.

– Vai ser difícil encontrar alguém bom como você.

Ele foi até a frente da sala, com o polegar enganchado num passador da calça, sob o pneuzinho da barriga saliente.

– O.k., a agente Mahoney vai lá às 17 horas. Ela vai ficar com o microfone no... hum, no sutiã.

De costas para a equipe, Andy revirou os olhos. Jimmy não conseguia ter um tom de autoridade nem mesmo quando ajudava a liderar uma investigação de homicídio.

– Tudo vai acontecer conforme o planejado – continuou Jimmy. – Ficaremos na van, do outro lado da rua. Mahoney espera encontrar fotos que o incriminem, armas ou instrumentos de dominação sexual para os legistas analisarem. Se alguma coisa der errada e a situação ficar complicada, tiramos a agente dali imediatamente. Pois então, garotos... e garotas... temos uma bela pista aqui, então vamos até o fim nela!

Os agentes aplaudiram e se levantaram das cadeiras.

– Você tem jeito com as palavras, Jimmy – comentou Andy, enquanto os outros deixavam a sala.

* * *

Já era tarde quando Andy chegou ao apartamento de Makedde, mais uma vez vindo direto do trabalho. Estava cansado e estressado, porém contente por vê-la. Makedde tinha vários assuntos para conversar com ele, mas achou que antes devia esclarecer algumas coisas.

— Andy...

— O que foi?

Ele se inclinou e inesperadamente a beijou. Quando os lábios se desprenderam, Mak se sentiu um pouco tonta.

— Acho que a noite de ontem...

— Foi maravilhosa — Andy disse, interrompendo-a.

— Sim, foi — ela continuou. — Mas acho que tudo caminhou um pouco rápido demais. Normalmente, eu não...

— Nem eu.

Ela o encarou cética.

— Sério?

Andy olhou bem nos olhos dela e disse:

— Acho que nenhum de nós dois estava esperando que as coisas tomassem esse rumo. Mas eu, pelo menos, estou contente que tenha sido assim, apesar dos riscos envolvidos.

Tudo muito rápido, muito duvidoso. Makedde não sabia o que dizer.

— Só quero que saiba que eu não costumo entrar assim de cabeça "o pior é que entro" e a noite de ontem foi diferente para mim — ela disparou.

— Entendido. Não precisa dizer mais nada.

Ela sorriu aliviada por ter esclarecido as coisas.

"Esclarecido exatamente o quê? Será que estou tentando dizer para ele que não sou tão fácil... normalmente?"

Mak o conduziu até o sofá e os dois se sentaram juntos. Ela queria mudar de assunto.

— Tenho uma coisa para contar para você. Lembra aquela anotação de Catherine sobre JT e Terrigal? Bom, eu descobri que ela ia encontrar o seu amante, que ela chamava de JT, no quarto 16-14 do Terrigal Beach Resort.

Andy não disse nada.

— Se você for olhar os registros do hotel, provavelmente descobrirá com quem Catherine estava tendo um caso antes de ser assassinada — Makedde enfatizou a palavra "assassinada", sentindo que Andy não parecia nem um pouco impressionado com suas informações.

Ele não respondeu.

— Tudo bem, o que foi? — perguntou ela, enfim.

— Bem... — Andy parecia encabulado. — Sabemos que um homem estava hospedado lá, mas ele nega qualquer envolvimento com a senhorita Gerber, e estamos propensos a acreditar nele.

Mak sentiu seu rosto ficar vermelho de raiva.

— Você não devia se meter nisso. Deixe que nós cuidemos da investigação.

Como ele ousara não contar para ela? Mak suspirou.

— O nome desse homem é JT?

— Não.

— Tudo bem. As iniciais dele são JT?

— Sim, são, mas isso é o máximo que eu posso dizer. Não deveria estar tocando nesse assunto com você. Podemos falar de outra coisa que não seja trabalho, por favor?

Mak abanou a cabeça, cada vez mais encolerizada. Ele não iria escapar tão facilmente assim.

— Há quanto tempo você sabe sobre esse cara?

— Não muito. Fique calma.

— Ficar calma? Você acha que eu estou obcecada com esse romance dela, não é?

Andy colocou suas mãos sobre as dela, mas Mak as afastou, com raiva.

— Acho que está faltando objetividade em você — ele disse delicadamente. — Não temos o direito de invadir a vida deste homem só porque uma garota rabiscou uma anotação que *talvez* aponte para um quarto em que ele iria se hospedar.

— Peraí — disse ela, com a mente subitamente iluminada. — *Iria* se hospedar? Ele cancelou a reserva?

Andy pareceu meio confuso.

– Você consegue perceber o que isso significa, né? Catherine foi morta numa quarta-feira e descoberta na sexta-feira. Se a reserva do quarto foi cancelada antes de eu identificar o corpo na manhã de sábado, então quem quer que tenha reservado o apartamento já devia saber que ela estava morta e que não iria aparecer. Isso quer dizer que essa pessoa teve algo a ver com a morte dela.

– Ei! Calma aí, Miss Marple! – disse ele, lançando outro desses olhares irritantes de quem subestima. – *Se* esse homem cancelou a sua reserva no hotel, pode ter sido por qualquer motivo. E ele diz que nunca viu Catherine Gerber na vida. Não há nada ligando um ao outro.

– Há, sim – disse Makedde, tirando orgulhosamente o anel do polegar. – Dê uma olhada na inscrição.

Andy pegou o grande anel de diamantes, franzindo o rosto, e leu a inscrição. Seus olhos se arregalaram.

– Onde você conseguiu isso?

– Estava no porta-jóias de Catherine. Encontrei quando estava embrulhando as coisas dela.

– E por que não me contou? Isso é uma prova!

– Não contei porque você estava sendo um babaca. Mais ou menos como está sendo agora.

Andy se levantou do sofá. Ela podia ver sua transformação. O homem sensível tinha ido embora, dando lugar ao grande ego ambulante.

– Não posso falar com você sobre o caso. Você sabe que não tenho autorização para contar nada e nem mesmo deveria estar aqui. Então, se está aborrecida porque não contei sobre o desfecho da pista do bilhete, problema seu, não posso fazer nada.

Makedde cruzou os braços e as pernas, com os músculos retesados, e ficou olhando Andy caminhar de um lado para o outro.

– Isso pode ser considerado ocultação de evidência. Caramba, tem uma investigação de assassinato em curso, e você aí segurando provas potenciais!

— Vocês tiveram a sua chance — retorquiu Makedde, sem alterar a voz. — Contei para vocês tudo o que sabia sobre o romance de Catherine. Vocês vasculharam o apartamento dela inteiro. Devem ter visto o anel, mas não acharam nada de mais nele. Não é culpa minha. E, depois daquela sua reação na última vez em que levei alguma informação para você, pode apostar que eu não estaria ansiosa para repetir a experiência.

Andy continuou a caminhar pelo quarto. Ele colocou o anel no bolso e, nervoso, passou a mão pelos cabelos.

— O.k., talvez eu devesse ter contado a você sobre o cara, mas eu não podia, entendeu? — ele disse. — Não tínhamos nada contra ele a não ser a anotação. E mesmo assim era uma coisa muito vaga.

— Bom, o anel não é nada vago.

— O anel pode mudar o quadro. Olhe, há coisas que eu não posso contar para você — disse ele.

— Eu sei.

Andy parou de caminhar e se aproximou do sofá. Ele se agachou e pousou suas mãos delicadamente nos joelhos de Mak. Ela estava toda retraída, com os braços cruzados e o olhar frio.

— É o meu emprego que está em jogo. Quanto mais coisas contar para você, pior fica a situação — disse ele, estendendo o braço e traçando uma linha imaginária na bochecha dela com a ponta do dedo. — E já estou envolvido com você o suficiente.

— Andy, e quanto ao...

Em um instante, os lábios dele estavam sobre os dela. Eles se abraçaram com avidez, atracados num longo beijo. Andy a deitou no sofá, e Mak deslizou as mãos sob a camisa dele, até tocar suas nádegas firmes.

— Nossa, você me decepciona — murmurou ela.

Andy passou a língua com delicadeza pela nuca de Mak.

— Imite o Sean Connery para mim — ela sussurrou.

De início, ele pareceu surpreso com o pedido, mas depois sorriu.

— Meu nome é Bond, James Bond – disse, num sotaque escocês suave e perfeito.

"Miau."

Ela o beijou novamente.

– Oh, James... – disse entre risinhos.

* * *

Horas depois, os dois estavam nus e exaustos sobre os lençóis amarfanhados. O quarto estava na penumbra, fracamente iluminado pelo abajur na cabeceira.

– Hummaganna – murmurou Andy de repente.

Makedde abriu os olhos.

– O que foi?

– Mmmmmmffff – guinchou ele, mudando de posição. – Vá embora. Mmmmmfff.

Os olhos de Andy ainda estavam fechados.

– Vá embora. Mmmmmfff. Cassandra, eu quero o carro, porra – ele disparou de repente, agora mais claro. – Vagabunda...

Makedde deu uma cutucada forte nas costelas de Andy, e ele parou. Ela não teve coragem de deixá-lo falando em meio ao sono até dizer algo de que fosse se arrepender depois.

– Mmmmmm – ele murmurou, mal abrindo os olhos cansados.

Andy rolou para o outro lado da cama e eles ficaram algum tempo em silêncio, mas Mak não conseguia se desligar do assunto recorrente. Sua mente divagava, e a curiosidade a empurrava em busca de respostas.

– Espero que você não se importe de eu perguntar – começou ela, rolando pela cama até se achegar ao corpo dele. – Mas você me falou de Rick Filles e do seu estúdio na Cross. Como foi lá? Pelo menos, isso você deve poder me contar, né? – insistiu ela.

– Claro – murmurou ele meio sonolento.

De repente, seus olhos se abriram.

– Peraí. Como é que você sabe que o estúdio dele fica na Cross, se eu não contei isso?

– É mesmo? – disse ela, deixando escapar uma risadinha. – Tenho que dizer, o cara parecia ser um canalha.

— *Parecia*? Você não falou com ele, falou?

Andy estava bem acordado agora.

— Foi rápido. Queria ver se ele tinha lábia. Não há mal nenhum nisso.

— Merda! – disse Andy, sentando-se na cama e dando um soco forte no colchão.

Makedde se assustou. Ele fechou os olhos e abanou a cabeça, fazendo um esforço para se acalmar. Andy inspirava fundo, deliberadamente, e ela o imaginou contando mentalmente até dez. Controle da raiva.

— O que acha que está fazendo? – perguntou ele, parecendo mais controlado. – Você é terrível. Não pode fazer esse tipo de coisa!

— Não deixei meu número de telefone nem nada do gênero – protestou Mak, sentando-se também. – Disse que meu nome era Debbie, loira, 1,80m, sutiã tamanho 46.

Andy olhou para os seios dela.

— Bom, com certeza Debbie teria uma resposta mais entusiasmada do que a senhorita que nós enviamos para lá – disse secamente.

— O que aconteceu?

Andy pegou as mãos de Mak, olhando para ela com severidade, sob suas sobrancelhas cerradas.

— Você tem que me prometer que vai parar com isso. Conto o que você quiser saber, desde que me prometa que não vai mais ficar conversando com suspeitos e se colocando em perigo.

Ela bateu os cílios manchados de rímel.

— Prometo. Então, o que descobriram sobre o cara?

— Bem, temos que perseguir todas as possibilidades, e Rick é só uma delas. As duas primeiras vítimas pertenciam ao mundo do sexo e podem ter respondido ao tipo de anúncio que ele coloca nos jornais.

— Mas você não está sugerindo que Catherine responderia a uma coisa dessas, né?

— Não. Duvido muito – concordou Andy. – Mas assassinos em série não agem como robôs, como na ficção. Às vezes, eles mudam de estratégia. Sua amiga pode ter sido uma vítima da oportunidade, sem nada a ver com os outros crimes.

– Então vocês mandaram uma policial para posar como modelo para esse cara?

– Bom, nós *tentamos*. Foi a agente Mahoney, aquela que levou você para casa na primeira noite. Ela estava meio nervosa, suponho...

– Espere um pouco... Vocês mandaram a Karen para lá?

– Bom, foi...

Makedde tentou imaginar a expressão do rosto de Karen diante do fotógrafo dizendo para ela estufar o peito e lamber um sacolé.

– Não é como enviar uma freira para o fundador da Playboy?

Mesmo na penumbra, Makedde percebeu as bochechas de Andy ficando vermelhas.

– Pelo que parece, foi mesmo. Ela tem a idade adequada, e é uma boa policial, mas simplesmente não conseguiu encarnar a personagem. Estava muito embaraçada para ser crível.

– O que aconteceu?

– Depois de fazerem um rolo de filme, ele a mandou embora. Mahoney não achou nada de suspeito no apartamento dele, nenhum apetrecho de dominação sexual, nada. Só pilhas de material pornográfico e alguma *lingerie*.

– Bom, ser viciado nessas porcarias não é a mesma coisa que ser assassino. Se fosse assim, teriam que prender metade dos fotógrafos em Milão – disse Makedde.

– É desse jeito?

Ela revirou os olhos.

– Você não tem idéia. Esse tipo de fotógrafo não põe filme na câmera enquanto você não estiver nua. Provavelmente o tal de Filles nem chegou a tirar uma foto de Karen.

– Eles fazem isso?

– Se fazem! Não querem desperdiçar seus preciosos rolos de filme. Mas não vamos mudar de assunto. Ele possui antecedentes criminais ou algum motivo possível?

Andy ficou olhando para ela.

— O que foi agora? – perguntou Makedde impacientemente.

— Às vezes você fala como uma policial. Era a conversa na hora do jantar na sua casa ou o quê?

Makedde riu. Seu pai tinha tentado deixar os casos em andamento longe da mesa do jantar, mas, para desespero da mãe de Mak, ele não conseguia se conter. Isso era tudo o que ele tinha para contar, e Makedde ainda por cima o espicaçava. Sua mãe e sua irmã mais nova, Theresa, ficavam olhando em silêncio, com cara de desaprovação, e se levantavam da mesa assim que possível. Mas Mak nunca ficou de estômago embrulhado com as histórias do pai.

— Apenas responda às perguntas, detetive – disse ela, empurrando Andy sobre o colchão e restringindo seus movimentos.

— Sim, ele tem antecedentes – disse ele. – Olhe, não estou gostando nada desses telefonemas estranhos que você anda recebendo.

— Tenho certeza de que não é nada de mais.

Mak montou sobre os quadris nus de Andy e se inclinou para ele.

Andy tentou manter o tom sério.

— Também não gosto nada de ver você se envolvendo assim nessa história.

— Não se preocupe comigo. Apenas ache o sujeito.

— É fácil falar.

— Mais alguma pista, senhor detetive? – Mak perguntou, deslizando a ponta do dedo sobre o peito dele.

Ela queria imobilizá-lo, dominar a situação. Tinha esquecido como era gostoso se sentir *sexy* e parecia uma garotinha com seu brinquedo novo.

— Algumas...

Ele não conseguia desviar os olhos dos seios dela.

— Ainda estamos pressionando Tony Thomas. Uma porção de situações indefinidas. Ei, quer parar com isso? Faz cócegas!

Ela riu e saiu de cima dele.

Andy a encarou seriamente.

— Quem quer que seja o sujeito, é um sádico asqueroso.

— Mais um motivo para que se faça tudo para pegá-lo – disse ela. – E se vocês tentassem marcar uma sessão com esse Rick usando outra modelo?

Ele leu os pensamentos dela.

— Não e não. Nada disso, Makedde, tire isso da sua cabeça! Você me prometeu que não se meteria mais se eu contasse o que nós estamos fazendo.

— Mas eu me sairia bem melhor...

Andy cobriu delicadamente a boca de Mak com a mão, interrompendo a frase dela.

— Prometa, *prometa* que não vai se envolver. Deixe-me cuidar disso.

Ela balançou a cabeça devagar, e ele recolheu a mão.

— Desculpe – disse ele. – Mas você não pode se arriscar dessa maneira. Temos uma força-tarefa trabalhando nisso. Vamos pegá-lo. Nunca me perdoaria se acontecesse algo com você.

— Bom, desde que você e seus colegas policiais cuidem das coisas, não vou precisar me meter. Mas não me culpe se eu tiver que prender alguém...

— Como é que é?

Makedde sorriu para que ele percebesse que era uma brincadeira.

— Impossível – murmurou Andy, tentando rolar para cima dela, mas Mak o agarrou e montou sobre ele novamente, segurando seus braços para trás.

Andy sorriu, visivelmente excitado com a atitude dela.

— Você não é cooperativa, né? – brincou.

O sorriso se apagou quando ela estendeu o braço para baixo da cama e tirou de lá as algemas dele.

— O que você...

Em poucos segundos, ela tinha conseguido algemá-lo. Mak fechou as algemas com força, como uma policial, e ele sentiu uma fisgada.

— Espero que você tenha as chaves – disse ela.

Os olhos de Andy estavam arregalados. Mak estava louca para que chegasse o momento certo e agora ela tinha o grande detetive nu, ao seu inteiro dispor, realizando assim sua maior fantasia. Bem, quase. Sean Connery em "007 contra o satânico dr. No" era seu favorito, mas esse até que chegava bem perto.

Andy estava boquiaberto. Mak segurou os braços algemados dele sobre a cabeça. Os pêlos sob as axilas de Andy eram escuros e macios, e ela aspirou seu cheiro antes de atacar o corpo do detetive com beijos e mordidinhas travessas. Os mamilos de Andy se enrijeceram, e Mak passou a língua ali, enquanto ele se contorcia.

Andy pigarreou.

– Ah, então quer dizer que você gosta de...

– Você fala demais, detetive – disse ela, colocando com firmeza a mão sobre a boca de Andy.

Ele não protestou.

Capítulo 32

O detetive Flynn entrou no escritório na segunda-feira de manhã sem ter a menor idéia do que o esperava. Ele podia sentir o gosto de Makedde em seus lábios, e seu pensamento ainda estava deitado com ela na cama. Mak o tinha surpreendido. Ela tinha sede de aventura, mas também possuía uma vulnerabilidade escondida. Contraditória: esse era o adjetivo apropriado para Makedde. Andy também estava empolgado com a nova pista, graças ao anel encontrado por Mak. Parecia que o senhor Tiney Jr. havia mentido para a polícia. Ele *conhecia* Catherine. Andy estava ansioso para colocar aquele babaquinha rico sentado na sala de interrogatório e mostrar-lhe o anel. As coisas iriam mudar drasticamente de figura.

Demorou um pouco para Andy perceber o silêncio tenso que pairava no escritório. Ele atravessou a sala como sempre, com sua xícara fumegante de café nas mãos, mas diminuiu o passo quando notou a atmosfera carregada. Seus colegas o observavam de suas mesas com uma expressão de piedade. Alguma coisa estava muito errada ali. Quando Andy se sentou em sua escrivaninha, seu humor já tinha começado a azedar.

Jimmy foi rapidamente até ele.

– Kelley quer ver você imediatamente. Não sei quem contou para ele...

Andy se dirigiu atônito para a sala do inspetor Kelley, com as palavras de Jimmy ressoando num eco distante em sua cabeça. Ele bateu levemente na porta do chefe e recebeu como resposta apenas um seco "entre".

O detetive-inspetor estava olhando pela janela e não se virou para cumprimentá-lo. Até para os padrões reservados de Kelley, aquela recepção estava anormalmente fria. A cadeira elétrica estava esperando do outro lado da mesa.

Andy começou a falar, mas o inspetor o interrompeu.

– Sente-se, Flynn.

A cadeira estalou.

– Tem alguma coisa que você queira me dizer?

– Não, senhor – respondeu Andy momentaneamente confuso. – Quer dizer, tem. Tenho informações novas sobre James Tiney Jr., mas Jimmy me disse que o senhor tinha alguma coisa para...

– Eu *realmente* acho que você tem algo para me explicar, Flynn. E vai ter que ser uma explicação muito boa.

– Bem, senhor... se tem a ver com a manchete sobre a atriz de novelas, não pudemos evitar. Já sabíamos que não ia demorar muito para a imprensa...

Ele foi novamente interrompido.

– Você se envolveu com uma testemunha. Você colocou a investigação em risco – disparou Kelley friamente, enquanto continuava a olhar pela janela. – Não tem idéia do quanto estou decepcionado.

Andy olhou para a nuca de Kelley, desejando consertar seu erro de alguma forma. Como ele podia ter sido tão estúpido de arriscar tudo por uma garota?

– Desculpe, senhor, foi um erro da minha parte...

– Estou tirando você do caso.

Andy estava em choque.

– Mas, senhor... – balbuciou.

– A decisão já foi tomada. Já livrei a sua barra antes, mas agora é diferente. Não posso varrer isso para baixo do tapete. Nós, e isso inclui você também, estamos sendo observados de perto nessa investigação.

Um ano atrás, Andy tinha espancado um pedófilo num acesso de fúria. Desde então, vinha tentando lidar melhor com seus ímpetos, pelo menos na maior parte do tempo. Kelley abafou o episódio, provavelmente porque lá no fundo sabia que havia justiça naquilo, mas dormir com uma testemunha era completamente estúpido. Andy sabia que nada do que dissesse poderia mudar alguma coisa, já que Kelley estava decidido. Ele tinha oficialmente arruinado a maior investigação de sua carreira.

Andy ficou olhando para a bela mesa de carvalho do inspetor Kelley. Aquilo era parte de um mundo distante que ele nunca alcançaria, um futuro que acabara de roubar de si próprio.

    Kelley encarou seu antigo favorito uma última vez. O olhar não durou mais que dois segundos, porém deixou uma impressão duradoura.

    – Você tem umas férias vencidas, Flynn. Desconte-as. Arrumarei outra tarefa para você quando achar que está pronto.

    Andy sentiu um bolo amargo na garganta.

    – Mas, senhor, se me deixar explicar...

    – Sua arma.

    Essas eram as duas palavras que Andy jamais tinha imaginado escutar. Ele se levantou da cadeira e afastou o paletó para tirar do cinto sua pistola Glock 9 mm. Colocou-a devagar sobre a mesa. Sabia que devia se dar por contente de não ter sido diretamente suspenso ou por não ter tido o distintivo cassado, mas ser tirado do caso era uma punição suficientemente dura.

    Decepcionado, Kelley mandou-o sair com um aceno de mão e continuou a olhar para os carros passando lá fora.

    Andy saiu sem dizer mais nada.

Capítulo 33

Sentado diante de sua mesa impecável, JT desembrulhou seu almoço: salmão defumado com alcaparras, rabanetes e alface no pão de centeio. Dessa vez, eles tinham mandado certo. Talvez, suas reclamações tivessem convencido os donos a demitir a equipe incompetente.

Um belo dia se anunciava. Já havia passado mais de uma semana desde o assassinato de Catherine, e a polícia ainda não desconfiava da verdade. Ele tinha escapado por pouco, porém, por causa daquela anotação dela. Como podia ter sido tão estúpido a ponto de usar a conta da empresa para reservar o quarto? Claro, a alíquota do imposto era menor, mas também tinha sido um pouco de comodismo de sua parte. Ele teria que tomar mais cuidado dali para a frente. Mas, mesmo com tudo isso, a polícia não tinha nenhuma prova. JT estava certo de que haviam engolido sua história. Talvez, o anel nunca viesse a ser encontrado. Pensar nisso o fez sorrir, enquanto mordia seu sanduíche.

Nesse instante, a voz de sua secretária soou no intercomunicador, perturbando seu sossego.

— Tem uma chamada para o senhor na linha dois, seu Tiney.

— Rose, pelo amor de Deus, estou almoçando!

Pedaços de pão e rabanetes voaram de sua boca.

— Anote o recado!

— Desculpe, senhor, mas o homem diz que é importante. É um tal de senhor Hand.

JT empertigou-se na cadeira, largou o sanduíche e limpou nervosamente os cantos da boca.

— Tudo bem, Rose, obrigado. Vou atender.

JT pegou o telefone.

— Alô?

— Aqui é Hand.

Do outro lado da linha, ouvia-se a voz rouca de Luther.

– Tenho boas notícias. O policial apaixonado está tirando umas férias.

– Umas férias?

– Pois é. E um presentinho foi enviado para a senhorita. Deve ter o efeito desejado.

JT sentiu um arrepio. Talvez Luther estivesse fazendo jus ao que ganhava, afinal.

– Ótimo. Bom trabalho. Tem mais alguma coisa para dizer?

– Estou cuidando de tudo.

JT não queria saber de detalhes. Não queria ser mais incomodado por toda aquela confusão. Apenas desejava resultados e parecia que eles finalmente estavam começando a aparecer.

– Obrigado – disse.

Ninguém respondeu.

Capítulo 34

Makedde segurou o envelope cautelosamente nas pontas dos dedos, pressentindo algo de ruim antes mesmo de abri-lo. Bastava ver a forma como seu nome estava impresso em letras garrafais na frente e o modo como tinha sido entregue, sem o uso dos correios, diretamente sob sua porta. Dava para perceber que continha uma foto, ou melhor, uma cópia a *laser* de uma foto. Ela foi puxando o papel devagar; parecia uma fotografia conhecida. Era uma cópia meio granulosa de uma foto de seu cartão de visitas, mas estava diferente...

Seus olhos se arregalaram.

Era uma foto de Makedde, *morta*.

Ela estava usando um biquíni, ou pelo menos deveria estar usando um. Era difícil identificar roupas nessa nova versão da fotografia. Sua carne estava estraçalhada, com riscos de sangue e coágulos. Suas pupilas tinham sido apagadas, transformadas em globos cinza e sem vida.

Makedde largou a foto, que desceu rodopiando no ar até o chão. Ela pôs a mão sobre o estômago revirado e apertou a garganta, oprimida pela náusea. A mensagem impressa faiscava ante seus olhos. Virou o rosto e tentou apagá-la da mente, mas não conseguiu. Em tinta preta sobre a carne ensangüentada, lia-se:

VOCÊ É A PRÓXIMA

Makedde discou o número do celular de Andy, com as mãos suadas. O telefone tocou pelo menos dez vezes, antes de uma voz robótica dizer "sua chamada está sendo encaminhada para a caixa de mensagens; deixe seu recado após o sinal".

"Onde ele foi se meter?"

A gravação de Andy entrou na linha: "Aqui é o detetive Flynn. Não posso atender no momento. Por favor, deixe um recado e retornarei sua ligação."

– Oi, sou eu – disse ela vagamente. – É segunda-feira e são... hum... 16 horas. Me ligue. É urgente.

Mak esperava não criar problemas para ele com a mensagem. Andy tinha pedido para não deixar recado ali, pois era um celular profissional, mas ele iria entender quando descobrisse o que tinha acontecido.

Com a foto à sua frente, a ameaça à sua segurança parecia agora inegavelmente concreta. Mak não podia mais continuar acreditando que a invasão do apartamento não tinha nada a ver com o caso e começou a suspeitar também dos móveis. "Será que eles realmente mudaram de lugar?"

Ela ligou em pânico para a agência, mas, sem dúvida, Charles não via motivo para tanta pressa.

– Você quer se mudar *agora*? – perguntou meio distraído.

– Sim, tem que ser imediatamente. Tem algum outro lugar disponível?

Mak sabia que seria difícil encontrar apartamentos mobiliados, mas precisava tentar.

– Mmmm. Depende de você estar disposta a morar com outras garotas. Acho que vai ter uma vaga no apartamento de Potts Point na semana que vem.

Era comum colocarem até seis modelos em trânsito de uma só vez, no mesmo apartamento da agência.

– Semana que vem? Eu realmente preciso me mudar agora.

– Qual é o problema?

Ela não podia contar para ele. Não queria contar para ele, nem para mais ninguém a não ser Andy.

– Deixe para lá, eu só... Bom, você consegue me arrumar um lugar para ficar o mais rápido possível?

Mak não poderia pagar um hotel. Assim que conseguisse entrar em contato com Andy, ele talvez pudesse ajudá-la a encontrar um lugar. Talvez ela até pudesse ficar com ele por uns tempos. Não seria mesmo uma má idéia.

Makedde ficou andando de um lado para o outro no apartamento, esperando o telefone tocar.

"Vou ficar bem. Posso me proteger."

"É como arrancar um coco da árvore e espatifá-lo no seu joelho."

Impaciente, Mak ligou de novo para Andy, mas a ligação caiu outra vez na caixa postal. "Ele logo vai ligar de volta", disse para si mesma. "Apenas relaxe. Leia os jornais, veja um pouco de TV. Ele vai ligar a qualquer momento, e aí você vai poder dar o fora daqui."

Ela tirou o plástico do jornal enrolado diante da porta do vizinho. Eles não estavam pegando a correspondência, provavelmente tinham saído de férias. "Ótima idéia." Mak desenrolou o jornal e abriu-o sobre a cama. A manchete da primeira página era chocante.

ATRIZ DE NOVELAS ASSASSINADA

A atriz televisiva Becky Ross, que desapareceu logo após o lançamento de sua coleção de moda na quinta-feira passada, foi encontrada morta ontem no Parque Centennial. Acredita-se que ela seja a quarta vítima do "Assassino do Salto Alto"...

Horrorizada, Mak deixou cair o jornal e depois o tirou da cama com um safanão, como se com isso a verdade pudesse também desaparecer.

"... quarta vítima do 'Assassino do Salto Alto'..."

"... desapareceu logo após o lançamento de sua coleção de moda..."

Como assim? Morta? Poucos dias atrás, Mak estava exibindo suas roupas, dividindo com Becky a passarela. E agora Becky estava morta. Então tinha sido por isso que chamaram Andy às pressas. Por que ele não disse nada?

O telefone tocou; ela atendeu rapidamente.

– Andy...

– Makedde, aqui é o Charles. Acho que tenho algo para você, mas só vai dar para ficar lá por três semanas...

– Graças a Deus! Muito obrigada!

– Você está bem?

– Sim, tudo certo. Que ótima notícia! Quando posso me mudar?

– O apartamento disponível fica em Bronte e pertence a uma de nossas modelos, Deni. Ela está na Europa. Vai aproveitar o dinheiro do aluguel.

"Fantástico."

Em menos de quinze minutos, Mak estava na porta do prédio, arquejante, colocando suas malas pesadíssimas num táxi e deixando para trás o horrível jornal.

Capítulo 35

Ele colocou o ouvido atrás da porta.

Silêncio.

Luther sabia que ela não estava lá e que provavelmente não retornaria tão cedo. Uma garota não voltaria ao apartamento depois de um choque daqueles. Nem mesmo uma garota corajosa como Makedde.

Luther tinha observado sua partida às pressas com um misto de emoções. Com as malas a reboque, usando um boné esportivo e óculos escuros, ela tinha ido embora num táxi. Ele chegou a pensar que ela iria para o aeroporto, o que sem dúvida agradaria bastante ao seu cliente. Mas percebeu em si mesmo uma ponta de insatisfação ao vê-la partir. Ela o intrigava. Nunca antes ele tivera tanto prazer em observar cada passo de alguém. Makedde despertava seus instintos homicidas, mas a cidade inteira estava atrás de um assassino. Definitivamente, não era uma boa ocasião para matar.

Ela poderia ser um brinquedinho, um prazer que se concederia. Muitos anos tinham se passado desde a última vez. Sem pagamento, espontaneamente, por puro prazer. Essa última vez envolveu uma garota bonita, mas não tanto quanto Makedde, uma modelo. Mas ele acabava de perder sua chance de agarrá-la. Pelo menos, era o que achava. Como ficou claro mais tarde, ela não foi para o aeroporto. Tinha encontrado um lugarzinho em Bronte. Ainda estava ao seu alcance.

Luther sorriu.

Mesmo sabendo que não fazia tanto sentido, pensou que deveria contentar seu cliente fazendo uma última busca pelo apartamento. Se não tinha conseguido achar o anel antes, seria pouco provável que o achasse agora. Mas ele tinha suas razões para querer entrar ali. E teria que ser rápido: era possível que Makedde tivesse chamado a polícia, mesmo estando envolvida com o detetive suspenso.

Luther forçou a porta com a mesma ferramenta que usara antes inúmeras vezes, num processo simples, que não deixava rastros – a porta não tinha fechadura tetra, era daquele tipo-padrão, que só costuma ser usado no interior das residências. Com certeza, a segurança não era uma prioridade da agência de Makedde.

O apartamento estava deserto. Na semana anterior, Makedde tinha embalado as coisas de Catherine em sacolas e caixas de papelão e mandado tudo para o Canadá. Luther já tinha fuçado todo o material. Agora, sem as caixas e sem os pertences pessoais de Makedde, o apartamento parecia bastante vazio. Ela tinha ido embora às pressas. A cama estava bagunçada, havia pratos sujos na pia e jornais amassados no chão. Uma garota bem-educada como Makedde normalmente não deixaria uma casa assim. Ela devia estar muito assustada.

Luther abriu as portas do armário, mas só encontrou alguns cabides de metal e uma meia sem par. Percebeu que ela havia recolocado o móvel na posição original. Na sexta-feira, ele estava procurando o anel atrás do armário, quando ouviu os passos de Makedde nas escadas. Luther se escondeu no vão da cozinha, atrás da bancada, sentando-se no chão com as pernas dobradas. Ele ficou quietinho, usando toda a sua paciência, porém pronto para silenciá-la se fosse o caso. Ela deu sorte, pois só se deitou na cama e logo foi tomar uma ducha. Luther acabou vendo de relance o corpo nu de Makedde saindo do banho. Era magnetizante.

Ela era muito bonita.

"Perfeita."

Foi quando a vontade bateu.

Makedde se vestiu e se maquiou, depois leu algumas páginas de um livro, a poucos metros de distância dele, e Luther imaginou como ela ficaria com as mãos dele apertando seu belo pescoço. Quando estava prestes a dar seu bote, o namorado de Makedde chegou lá embaixo. Talvez tivesse sido melhor assim.

Luther revirou a lixeira, mas não achou nada de interessante: apenas restos de comida e panfletos amassados. No banheiro, só a escova de dentes de Makedde, que ela provavelmente esquecera, um comprimido para dor de cabeça e um pacotinho de absorventes internos. As toalhas, algumas usadas, também tinham ficado para trás. Finalmente, Luther remexeu os jornais e revistas jogados no chão ao lado da cama. Sob uma das folhas, encontrou o que procurava. Ali estava seu presentinho. Uma garota esperta como Makedde provavelmente o teria levado junto, como prova de estar em perigo. Mas ela saíra com muita pressa.

"Garota burra. Agora ninguém vai acreditar em você."

Tendo encontrado o que buscava, Luther colocou no bolso a foto modificada e foi embora, deixando o apartamento como estava.

Capítulo 36

Na manhã de terça-feira, Makedde acordou desorientada e aflita. Assim que abriu os olhos, foi invadida por um sentimento corrosivo e persistente que não conseguia identificar. Piscou e esfregou os olhos antes de olhar para o relógio ao lado da cama. Eram 8 horas.

"Mais uma. Outro assassinato."

Teria sido um pesadelo?

Ligou novamente para Andy, deixando mais recados sem retorno. No entanto, não podia ficar chateada com ele. Se Becky Ross tinha acabado de ser assassinada, era natural que o crime fosse a prioridade dele no momento. A polícia devia estar enrolada. De qualquer forma, se Mak se sentisse muito mal, poderia ligar para a delegacia para falar sobre a foto.

Ela não queria admitir para si mesma que talvez tivesse reagido exageradamente. Qualquer maluco que houvesse lido os jornais e por acaso soubesse onde Catherine morava poderia ter colocado aquele papel debaixo da porta. Será que aquela foto adulterada era realmente *dela*? Será que tinha visto mesmo aquilo? Talvez, fosse uma brincadeira. Talvez, ela estivesse imaginando coisas, assim como havia imaginado que os móveis estavam mudando de posição sozinhos. Uma imaginação paranóica e hiperativa era um sinal característico de estresse.

De qualquer forma, tinha sido bom mudar de casa. Ela provavelmente estaria no Canadá antes que Deni voltasse da Europa e, comparado à moradia de Bondi, o apartamento de Deni era um luxo só. A vista era maravilhosa e dava diretamente para a praia de Bronte. Havia um pórtico em estilo antigo e um pequeno jardim nos fundos. O quarto de dormir era grande e, além dele, existia também um quarto de hóspedes. A cozinha era separada e o banheiro possuía o tamanho adequado para um adulto; lá ela não precisaria se sentar sobre a tampa do vaso para lavar as mãos. As paredes tinham sido pintadas num tom bege suave, e o assoalho era de tábua corrida. Havia poucos móveis, mas todos caros e de muito bom gosto. Além disso, dois aparelhos de telefone com secretária eletrônica e uma máquina de lavar completavam o conjunto. "Um paraíso."

A única desvantagem daquele apartamento era a distância dos transportes públicos. Ela iria precisar de um carro. Em todas as suas viagens, Makedde geralmente usava táxis, ônibus e às vezes trens. Apesar de possuir uma carteira de motorista internacional, ela não tinha experiência em dirigir "do lado errado da rua", como concebia o costume de vários países de colonização britânica. Mak folheou as Páginas Amarelas, achou um anúncio convenientemente intitulado "Aluguel Barato" e marcou um encontro romântico com um Daihatsu com cinco anos de uso.

Depois de uma corrida de ônibus, meia hora de caminhada e incontáveis informações de desconhecidos (além da cantada de um bêbado), ela acabou encontrando o escritório da locadora na Rua William. Mak pagou o depósito e foi conduzida até o carro. Ela deslizou para o banco do motorista, nervosa, mas empolgada. Como uma pianista prestes a tocar em seu recital, estalou os nós dos dedos e flexionou as mãos antes de segurar o volante.

"Eu posso fazer isso. Tenho controle sobre a minha vida. Novo apartamento. Novo carro. Nova Makedde."

Saiu do estacionamento, passando por um enorme *outdoor* com um coala sorridente que exclamava: "Melhores ofertas? Aluguel Barato!"

"Raciocine ao contrário."

Mak dobrou a Rua William e seguiu o fluxo selvagem de carros com os pára-choques quase colados uns aos outros. Em poucos instantes, estava dirigindo tranqüilamente do lado esquerdo da via.

"Viu só? Estou bem. Nenhum lunático vai me deixar apavorada."

Adaptando-se ao trânsito desafiante da área central de Sidney, Mak saiu da William e pegou a Rua College, antes de se dirigir a Bronte. Quando estava atravessando um cruzamento de seis pistas, ouviu uma porção de buzinas.

"Estão buzinando para mim?"

– Ei, você está do lado errado da rua!

Ela parou no meio do cruzamento, cantando os pneus. Uma sinfonia nervosa de buzinas barulhentas vibrou no ar. O sinal fechou. Os carros na outra via se moveram em direção a ela, ainda buzinando. Mak tentou manobrar, mas o fluxo de carros no outro sentido a impedia.

– Droga de turista! – gritou alguém.

Alguns carros se moviam devagar, com rostos estúpidos para fora da janela. Olhavam para ela com a mesma expressão que teriam diante de um horrível acidente automobilístico. Quando finalmente apareceu uma brecha, ela zarpou da rua com uma arrancada. Agora que não estava mais sendo observada, seu instinto era parar e abandonar aquele carro na primeira oportunidade. Mas Mak não desistiu e pouco depois tinha deixado para trás o tráfego pesado e se aproximava de Bronte. Sua nova residência possuía tudo, menos uma garagem. Ela ficou rodando pelas ruas vizinhas até achar uma vaga a uns quatro quarteirões de distância.

"Esse é o preço de morar perto da praia."

Quando entrou no apartamento, a secretária eletrônica estava piscando. Mak torceu para que fosse Andy, querendo sair com ela para qualquer parte. Ela o deixaria dirigir e talvez eles pudessem recomeçar de onde tinham parado na noite de domingo.

Ansiosa, verificou as mensagens.

"Olá, querida! É a Loulou. Você é mesmo difícil de encontrar! Para onde se mudou? Vamos sair juntas! Me ligue!"

Makedde esperava loucamente ouvir a voz de Andy na gravação seguinte, mas não havia nenhuma outra mensagem.

Ela franziu o rosto.

"É dia de semana, ele deve estar ocupado. Deve ligar mais tarde."

Será que ele tinha desistido dela? Será que ela tinha sido ousada demais?

"Que nada. Ele adorou."

Makedde pegou sua agenda de telefones e discou o número de Loulou. Após três toques, ela atendeu.

– Oi, Loulou, aqui é a Makedde.

– Makedde! Como vai você, queridinha?

Loulou parecia animada. Bom, isso ela parecia sempre.

— Ainda não consigo acreditar que Becky Ross está morta. Ela tinha um futuro tão brilhante pela frente!

— É, eu sei, foi horrível — respondeu Mak.

— Como foi seu fim de semana? — perguntou Loulou, atropelando as palavras.

— Foi bom.

— Você ficou no telefone o tempo todo, é?

— É claro que não.

— Parece que sim, porque toda hora que eu tentava ligar, dava ocupado.

A mente de Makedde viajou até as horas passadas com Andy, quando desligaram o telefone para não serem perturbados.

— Ah, nós tiramos o telefone do gancho. Quer dizer... eu. Eu tirei o telefone do gancho.

"Oooops."

— Ah, é mesmo? E pode-se saber quem é o sortudo? É um gatão?

— Loulou, não posso falar sobre isso. Mas, sim, o fim de semana foi ótimo. "Maravilhoso." De qualquer forma, estou ligando para saber se você não quer sair para uma *comproterapia*. Faz tempo que não visito as lojas.

— Queridinha, que ótima idéia! Você sabe que *adoro* comprar!

— Pode ser amanhã, então? Podemos almoçar em Paddington e depois percorrer as butiques — sugeriu Mak.

— Comprar até se acabar! Parece *divino*. Leve o seu álbum de modelo, não tive tempo de vê-lo no evento.

— Tudo bem.

— Onde você está morando agora?

— Bronte. É um lugar bem legal, que pertence a outra garota da Book. Conhece uma modelo chamada Deni?

— Ih, não vale nada — disse Loulou num tom casual. — É brincadeira. Nunca ouvi falar. Bronte não fica longe da minha casa. Meu carro vai ficar na oficina até amanhã à tarde. Você pode passar para me pegar aqui?

Eram as últimas palavras que Makedde gostaria de ouvir.

– Tenho um carro alugado, mas...
– Perfeito! Passe aqui ao meio-dia. Até lá então, queridinha!
Makedde respondeu para o telefone já em novo tom de discagem:
– O.k., queridinha.

* * *

Mak finalmente desistiu de esperar e ligou para a Central de Homicídios. Ela não conseguia encontrar a foto que a perturbara tanto, então achou melhor não mencioná-la para quem atendesse. Seria melhor ter mais sorte para encontrar o fugidio detetive Flynn.

Uma agente disse:
– Central de Homicídios.
– O detetive Flynn está aí, por favor?
– Desculpe, ele não está. Posso colocá-la em contato com o detetive Cassimatis, se quiser.
"Droga."
Makedde hesitou. Andy ficaria louco, mas ela também já estava enlouquecendo.
– Detetive Cassimatis.
– Oi. Estou tentando falar com o detetive Flynn.
– Ele não está – respondeu Jimmy. – Posso ajudar em alguma coisa, senhorita...
– Makedde Vanderwall. Você é o Jimmy, certo? O parceiro dele?
– Ah... – uma longa pausa se seguiu. – Makedde. Você o viu hoje?
– Não. Já faz uns dois dias que estou tentando falar com ele.
Nova pausa.
– Bom, como eu disse, ele não está. Mais alguma coisa?
Mak foi pega de surpresa pela aspereza com que Jimmy a tratou.
– Hum... não.
Ele desligou.

Capítulo 37

Ele estava sentado no banquinho do parque diante da quadra de apartamentos de Bondi, torcendo as mãos e olhando com tristeza para a janela apagada. Nenhum movimento, nenhum sinal dela nas últimas quatro horas. Nenhuma pessoa especial entrou ou saiu do prédio. Nenhuma loira bela e escultural. Nenhuma *Makedde*. Ele havia gasto horas e horas vigiando o apartamento de Mak entre seus turnos de trabalho e, até agora, não havia sinal dela.

Será que ele a perdera por causa do seu emprego estúpido?

Muito tempo atrás, ele ficava empolgado quando ia trabalhar, mas agora tinha outras coisas em mente. Coisas bem mais importantes, que o seu trabalho estava atrapalhando. Precisava ter seu tempo inteiramente livre para ir atrás daquilo que lhe pertencia. Mas o que sua mãe iria dizer? Será que conseguiria esconder dela?

Deslizou a mão para o bolso do casaco. Os contornos do bisturi se faziam sentir, duros e reconfortantes, através do tecido de náilon. Já havia anoitecido, e ele estava pronto; mas ela não aparecia. Seu prêmio tinha ido embora. Ele estava extremamente irritado. Irritado e decepcionado. Ele iria curá-la dos pecados. Era assim que tinha que ser. Ela era especial. Como podia ter deixado que ela escapasse?

Deu um tapinha de leve no bolso. Iria escarafunchar as ruas, passar um pente fino pela cidade, explorar cada avenida e cada travessa, cada minúsculo canto de Sidney.

"Vamos encontrá-la. Não se preocupe, vamos encontrá-la."

Capítulo 38

Na quarta-feira ao meio-dia, Makedde buzinou diante do prédio de Loulou e ficou esperando no carro, mergulhada em seus pensamentos. No banco do passageiro, havia um exemplar de "Notícias da Semana", um tablóide de fofocas. Mak tinha visto um pôster da capa da revista exposto numa banca de jornal e decidiu comprá-la por causa da manchete: ATRIZ DE NOVELAS ASSASSINADA. No artigo, havia uma série de depoimentos de "fontes" misteriosas e uma menção ao fato de que a bela modelo Makedde Vanderwall havia descoberto o corpo de sua amiga Catherine Gerber apenas uma semana antes da morte de Becky.

Makedde imaginou o assassino de Catherine comprando uma pilha de exemplares e pendurando-os na parede ao lado de outras manchetes como MODELO ASSASSINADA e DESCOBERTO CORPO USANDO SAPATO DE SALTO ALTO. Mak ficou aliviada por sua foto não estar incluída na matéria. Mas seus pensamentos se interromperam quando teve a atenção desviada por um furacão rosa-choque. Loulou caminhava em direção ao carro, toda sorridente em seu vestidinho rosa bem curto e em suas sandálias-plataforma. Sua bolsa era verde-limão, estampada com florzinhas, e suas unhas também estavam pintadas de verde cintilante, para combinar. Os cabelos loiros de Loulou tinham sido penteados para trás, formando uma espécie de nuvem em forma de cogumelo que desafiava a força da gravidade. Ela parecia um rabanete ambulante coberto de palha.

Loulou tirou a revista do banco do passageiro e se sentou saltitante.

– Meu Deus, ela está em todos os jornais. Pobrezinha. Ei – disse ela, olhando ao redor –, este carro até que não é ruim, para um aluguel econômico.

– Talvez. Mas a motorista é, com certeza.

— A motorista? — Loulou parecia confusa. — Ah, sim, a mão inglesa. Como está se saindo?

— Você quer dirigir?

— Não. Tenho certeza de que você vai dirigir direitinho. Vamos logo!

— Bom, eu tentei — murmurou Makedde, afastando-se do meio-fio.

* * *

As duas comeram num bar moderninho na Rua Oxford, perfeitamente adequado ao conceito de moda de Loulou. Ela devia estar faminta, pois não disse nenhuma palavra durante a refeição, mas assim que limpou seu prato de massa resolveu tirar o atraso.

— Então, me fale do seu gatão.

Mak quase se engasgou com os brócolis ao vapor.

— Gatão? Bom, ele... "É mesmo um gatão." Eu... "Acho que estou gostando dele."

— Menina de Deus, bote isso para fora! Por que está gaguejando?

Makedde sorriu.

— Bom, estou me encontrando com alguém. Mais ou menos isso. Mas não posso falar mais sobre o assunto.

— Quem ele é? O James Bond? Ah... Não é nenhum fotógrafo, né?

— Não, não é fotógrafo. Não posso dizer quem ele é agora. De qualquer forma, nem sei se vai dar certo.

Loulou não a deixaria escapar tão facilmente.

— Ai, meu Deus, não é o seu agente, né?

— O Charles? Não, não, de jeito nenhum. Definitivamente, ele não faz meu tipo. E, para ser sincera, nem acho que eu seja o tipo dele. Tenho certeza de que ele é *gay*. Ah, e o rapaz também não é nenhum supermodelo. Ele nem é desse meio.

— É mesmo, seu agente é o Charles. Tem razão, ele ainda está com o Paulo. Então, seu gatão não está no mundo da moda — pressionou ela. — É um político?

– Loulou! Vamos deixar isso de lado, por favor.
– Tudo bem, tudo bem.

Loulou ficou raspando uma manchinha de gordura do tampo da mesa, com um ar meio ressentido.

– Posso ver seu álbum?
– Claro, isso não tem problema.

Makedde sacou da bolsa o volume pesado e colocou-o ruidosamente sobre a mesa, entre os pratos vazios.

– Belo *close* de rosto. Quem fez a maquiagem? – perguntou Loulou, dando uma piscadinha.
– Hummm... não lembro. Foi em Vancouver, uns dois ou três meses atrás. De qualquer forma, você não deve conhecer os profissionais de lá.
– Eu não estaria tão certa disso – retrucou Loulou, folheando outras páginas.

Ela parou numa foto no meio do álbum.

– Uau! Onde você tirou essa? Esses sapatos são *divinos*!
– Obrigada. Foi em Miami. Nossa, esses sapatos eram horrivelmente desconfortáveis. Deviam ter uns vinte centímetros de salto! Mas isso já faz uns dois anos. Fiquei um tempo fora do mercado, como você pode ver...
– Um tempo fora? Por que raio de motivo você resolveu se afastar? Você está no seu auge, queridinha. Pode ficar quanto tempo quiser de folga depois que morrer.

"Minha mãe estava doente, e Stanley sendo julgado."

– Ah, sei lá... senti que precisava de um tempo para mim.
– Tem alguma foto do seu gatão por aí? – continuou Loulou, consciente de estar tocando novamente num ponto delicado. – Não vou contar para ninguém, prometo.

Makedde riu.

– Não. Por favor, será que dá para a gente conversar sobre outra coisa?
– Ai, homens... Dormi com um cara na semana passada e, quando acordei, ele estava olhando para mim de boca aberta. Minhas sobrancelhas tinham caído no travesseiro. Ele entrou em pânico!

Makedde deu uma gargalhada ridícula, alta o suficiente para que outros clientes se virassem para ela.

— E então, vamos à nossa *comproterapia*? — perguntou Loulou, levantando-se da mesa.

— Claro! Achei que você não fosse mais perguntar!

* * *

Muitas horas e inúmeros cartões de crédito mais tarde, elas voltaram para o carro alugado e se espremeram lá dentro com os frutos da caçada. Makedde tinha gasto quase uma hora tentando tirar Loulou de uma loja de cosméticos, numa espécie de cabo-de-guerra com uma multidão de vendedoras entusiasmadas. Desnecessário dizer que, quando enfim Loulou foi embora, as prateleiras ficaram quase vazias.

— Comprou tudo o que queria, queridinha?

Makedde olhou para sua sacolinha de mão contendo apenas um único batom e disse:

— Sim. Não vou perguntar o mesmo, porque não vou deixar você entrar de novo naquela loja.

— Na próxima vez, queridinha.

— Na próxima vez.

Makedde se sentou no banco do motorista e, quando foi pegar a sacolinha para colocar seu novo batom na bolsa, congelou.

— O que houve? — perguntou Loulou.

— Meu álbum! Ai, meu Deus! Devo ter deixado...

Makedde abriu violentamente a porta do carro e correu a todo vapor por três quarteirões até chegar ao bar em que haviam almoçado. Um casal de idosos estava comendo na mesma mesa em que ela e Loulou tinham estado mais cedo.

— Desculpe – disse, arfando. – Vocês viram um álbum preto por aqui, com algumas fotos de moda dentro?

A senhora se voltou para seu acompanhante e depois novamente para Makedde.

— Desculpe, minha cara, não vimos nada.

— Vocês têm *certeza*?

Eles encolheram os ombros, e Makedde foi até o garçom mais próximo. Seu rosto não era familiar.

— Desculpe, você viu um álbum de modelo por aqui? Acho que o deixei naquela mesa por volta de meio-dia e meia. É muito importante para mim.

O rapaz sorriu para ela. Makedde torceu para que fosse porque ele sabia onde o álbum estava.

— Você é modelo, né? É uma mulher muito bonita, tão alta...

— Por favor, você viu o álbum? – insistiu Mak.

— Infelizmente não.

Seu álbum continha os originais das melhores fotos suas em muitos anos de trabalho. Os fotógrafos e seus negativos estavam espalhados por todos os cantos do planeta, e provavelmente as revistas em que ela tinha saído estariam esgotadas àquela altura.

— Talvez eu possa ajudá-la – ofereceu o garçom, chegando mais perto de Makedde.

— Você viu o álbum? Pode dizer quem esteve naquela mesa depois de nós?

— Não. Acabei de começar meu turno.

— Então não tem como me ajudar.

Makedde olhou em torno.

— Escute, posso deixar um número de telefone com você, caso o álbum apareça?

Os olhos do garçom se iluminaram.

— Claro – respondeu com um risinho.

Ela anotou o número de telefone do seu agente junto com o nome "Senhorita Vanderwall". Sem dúvida, o garçom iria pensar que ela estava dando em cima dele.

— Só se o álbum aparecer, tudo bem? – repetiu, tentando deixar as coisas bem claras.

Aborrecida por ter sido tão descuidada, Mak voltou tensa para o carro, cravando suas unhas nas palmas das mãos. Loulou estava esperando no banco do passageiro, com o rádio ligado.

— E aí, queridinha? – gritou, num tom de voz ainda mais alto que a música.

Makedde entrou no carro e desligou o rádio com tanta força que o botão foi parar em sua mão.

— Não estava lá, né? – perguntou Loulou.

— Não, não estava – Makedde confirmou e levou Loulou para casa em silêncio.

* * *

Makedde abriu a porta do apartamento com o rosto contraído e jogou sua bolsa no chão.

— Merda, merda, merda, merda, merda! Como eu pude fazer isso? – exclamou. – Estúpida, mil vezes estúpida!

Em dez anos, Makedde só tinha esquecido seu álbum uma vez. Foi quando ela tinha 15 anos, na sua primeira viagem para Milão, depois de ligar para o seu agente de uma cabine telefônica. Ela saiu de lá e pegou um ônibus logo em seguida; já estava descendo o Corso Venezia quando se deu conta de que não estava com o álbum. Mak desceu do ônibus e correu de volta até a tal cabine telefônica. Felizmente, o álbum ainda estava lá, exatamente onde ela o havia deixado. Desde então, vinha sendo sempre muito cuidadosa.

"Até hoje."

A contragosto, ligou para Charles.

— Você *o quê*? – gritou ele do outro lado da linha. – Como assim, você perdeu seu álbum? Há quanto tempo trabalha como modelo?

— Sim, sei que deveria ter tido mais atenção.

Aquela era uma das primeiras regras do mundo da moda: proteger seu álbum a qualquer preço. Nunca colocá-lo em bagagens despachadas nas viagens de avião. Nunca deixá-lo com nenhuma amiga, sob nenhum pretexto. Nunca, *jamais* perdê-lo. Sem álbum, sem trabalho.

Charles continuou a repreendê-la.

– Esperemos que quem quer que encontre esse álbum resolva devolvê-lo, e logo. Tenho clientes que gostaria que você visse. Passe aqui amanhã. Vamos ver se conseguimos descolar provisoriamente cópias a *laser* de algumas fotos.

Não era algo encorajador.

Capítulo 39

— Mulheres, que merda! Umas fominhas, isso é o que elas são! – gritou Andy, enquanto balançava a cabeça com força e raiva.

O quarto girava em seu cérebro entorpecido pelo álcool.

— Que se fodam! – gritou novamente para ninguém.

Andy deu um soco forte na parede, que não perdoou, fazendo abrir novamente as feridas meio cicatrizadas dos nós de seus dedos. Ele nem sentiu.

Como Cassandra tinha tido coragem de levar embora seu aparelho de som? Aquela vadia só ouvia mesmo as estações de música brega. Para que queria um estéreo de qualidade como aquele? Ela tinha levado tudo o que importava: o Honda, a casa e agora até a música. Eram exatamente as boas-vindas que ele esperava depois de ter sido afastado do maior caso de sua carreira.

— Abutres! Urubus!

Andy atirou a garrafa vazia de cerveja contra a parede. Ela se espatifou em centenas de caquinhos sobre o velho tapete persa.

— Foda-se! – berrou, abrindo outra garrafa de cerveja com a mão ensangüentada.

Andy pensou em como seria fantástico tratar Cassandra como ela merecia. Ela e aquele seu advogado afetado precisavam mesmo de uma boa lição. A avareza era uma coisa natural para ambos, e os dois mereciam ser atirados quicando no mundo real. A cabeça de Andy girava, e ele achou melhor se deitar um pouco no sofá, mas errou a posição da almofada e bateu direto com a cabeça no braço de madeira, molhando o sofá todo e seu corpo de cerveja. Ele tentou se concentrar na garrafa meio vazia em suas mãos. Há quanto tempo estava bebendo? Pelo menos um dia, talvez dois. Aliás, era noite ou dia, afinal? As cortinas estavam fechadas, e ele não conseguia adivinhar. Mas será que fazia diferença? Não tinha mesmo que ir para o trabalho...

"Kelley me odeia. Confiscou minha arma. Eu fodi tudo, e por quê? Por causa de outra merda de mulher. Umas putas manipuladoras, todas elas."

Seu péssimo humor englobava tudo e todos, e ele começou a pensar na tentação loira, aquela que o tinha metido desde o início em toda a confusão. Ela tinha se tornado um vício e agora ele estava pagando por isso. Sua cabeça começou a latejar, e seu primeiro impulso foi alcançar o uísque. Não precisava de copo, podia beber direto da garrafa. Andy estendeu o braço, mas sua mão não obedeceu e sem querer derrubou a garrafa.

– Merda – ele conseguiu pronunciar, quase indistintamente, em protesto.

Capítulo 40

Até o início da noite, Andy Flynn ainda não dera sinal de vida. Makedde tinha perguntas que precisavam de respostas, mas ao que parecia não havia ninguém disposto a fornecê-las. Se a polícia não ia fazer nada a respeito, então era melhor ela tomar alguma atitude por conta própria.

Uma sessão de fotos com Rick Filles era algo tão empolgante quanto um encontro romântico com Hannibal Lecter, mas, enquanto os ponteiros caminhavam inexoravelmente para as 21 horas, a hora marcada, Mak resolveu agarrar sua última esperança. E se ele fosse o criminoso? E se ela conseguisse descobrir que era ele o culpado? Rick não tinha agido de modo suspeito com a agente Mahoney, mas isso não provava nada. Karen não fazia o seu tipo. Mas Debbie certamente sim.

Se Rick fosse o assassino de Catherine e a pessoa que enviara aquela foto perturbadora para Makedde, seria pego de surpresa ao dar de cara com ela em seu estúdio. Ele poderia deixar escapar algo. Mas também poderia agir por impulso ou, ainda pior, perigosamente. Mak teria que tomar algumas precauções. Faltavam apenas três horas. Ela teria que trabalhar rápido e sabia exatamente para quem telefonar.

— Oi, Loulou, como você está?

— Querida! Achou seu álbum?

— Infelizmente não. Desculpe-me por não estar de bom humor quando deixei você em casa.

— Imagine. Compreendo perfeitamente.

— Qual o seu tamanho de roupa?

— Hum... normalmente, 44, 46.

Makedde sorriu. "Bem perto."

— Estava aqui pensando se você poderia me fazer um favor...

* * *

Quase às 21 horas em ponto, Makedde chegou a um quarteirão decrépito, escuro e todo pichado numa ruazinha transversal à Kings Cross. Quase todos os postes de luz se encontravam apagados, e as calçadas estavam assustadoramente desertas. Era como se algum vírus devastador tivesse passado por lá, levando embora todas as formas de vida e deixando para trás apenas as ruas infectadas. O único sinal de vida ali era a televisão ligada num apartamento no terceiro andar do prédio. Alguém estava enfurnado na segurança de sua casa, assistindo a um show de variedades. Mak podia ouvir os aplausos da platéia.

"Por que estou entrando nesse jogo?"

Ela se perguntou se Rick Filles seria uma versão moderna de Harvey Glatman, o assassino em série obcecado por violência explícita e dominação sexual que tinha aterrorizado Hollywood nos anos 50. Um arrepio passou por sua espinha ao pensar nisso. Mas era exatamente esse o objetivo de sua missão, não era? Ser esperta o suficiente para estudá-lo e eventualmente descobrir sua culpa antes que ele tivesse a oportunidade de atacar mais mulheres.

"Vai ser só uma horinha. Você pode fazer isso."

Tremendo um pouco, Makedde bateu à porta, que se abriu sozinha revelando um escuro lance de escadas. Ela entrou e tateou à procura do interruptor de luz. Nem sinal dele. A única coisa que dava para distinguir era a sombra da escada que subia.

"Estou fazendo isso por você, Catherine."

Mak ficou aliviada ao encontrar um botão redondo na parede do primeiro andar. Foi só apertá-lo para ter as escadas imediatamente iluminadas por uma lâmpada fluorescente. Um cartaz escrito à mão indicava que o estúdio ficava no quarto andar, mas não havia nenhum elevador ali. Mak suspirou; teria que subir quatro lances de escada com seus saltos-agulha. As coisas estavam piorando. Vestida com um bustiê vermelho vivo e uma minissaia preta, Makedde sabia que estava parecendo uma Barbie embrulhada para presente. Não era o tipo de roupa que costumava usar.

Ela se inclinou e colocou as mãos em concha sob os seios, puxando-os para cima. Esse truque tinha o efeito mágico de transformar seu já generoso decote nas proporções fantásticas de Debbie. O bustiê era acentuadamente cavado, revelando dois perfeitos semiglobos que desafiavam a gravidade. Rick provavelmente notaria que ela tinha exagerado um pouco ao telefone, mas com certeza não ficaria nada desapontado.

Ao chegar à porta do estúdio, Makedde maldisse mais uma vez o governo australiano por não legalizar o uso do spray de pimenta pelos cidadãos. Ela teria que se virar com seu arsenal: spray de laquê para os cabelos, um alfinete de costura e uma faca de cozinha.

"Desempenhe seu papel. Não há nada a temer. É só um filme."

"Gostaria de saber como o roteiro termina..."

Rick Filles abriu a porta assim que Mak bateu. A primeira coisa em que ela reparou foram os olhos dele. Eram perturbadores, meio deformados e muito pequenos em comparação com o rosto. Ela nunca tinha visto olhos tão pequeninos e desproporcionais. Redondos e avermelhados, brilhavam como duas bolinhas de gude.

— Oi, eu sou a Debbie – disse Mak numa voz sussurrada, acrescentando uma risadinha para melhorar o efeito.

O olhar de Rick foi direto para os seios dela. Perfeito: assim ele provavelmente não notaria o medo que a assaltava. Rick a conduziu para dentro, espiando o tempo todo seu decote sem a menor cerimônia.

— Uau. Que estúdio legal! Você, tipo assim, faz muitas fotos? – disse Mak, lembrando-se de balançar a cabeça de um lado para o outro ao terminar a frase.

— Com certeza. Qual o seu veneno, boneca?

— Veneno?

— Para beber?

— Ah, o que você tiver.

Enquanto ele foi até a pequena cozinha, ela aproveitou para examinar discretamente o estúdio. Deu alguns passos até uma mesa de luz e observou os *slides*. Pornografia suave. Garotas de salto alto em carros esportivos. Mulheres nuas. Nada espetacular e, sem dúvida, nada original também. Ele provavelmente tinha deixado ali só as fotos que podiam ser vistas. Entretanto, havia uma interessante pilha de arquivos no chão, debaixo da mesa. Talvez lá estivessem escondidas as fotografias mais pesadas.

Num canto da sala, uma estante com *lingerie* de rendas e babados esperava Makedde. Coisas corriqueiras: camisolinhas cor-de-rosa, cintas-ligas vermelhas, calcinhas sem fundilhos. Tudo isso poderia esperar o quanto quisesse; ela tinha absoluta certeza de que jamais vestiria aqueles troços. À sua esquerda, uma porta meio escondida despertou seu interesse.

Rick voltou com algum líquido transparente em dois copinhos de licor, que colocou sobre a mesa de luz. Makedde manteve sua bolsa firmemente pendurada no ombro, esperando não precisar usar as armas improvisadas que carregava lá dentro.

— Você tem algumas fotos que eu possa ver? – perguntou ela.

— Claro, boneca – respondeu Rick, apontando para os *slides*.

— Tem outras? Preciso me inspirar.

— Não. As outras estão... hum... com um cliente.

"Claro."

— Que pena. Mas tem alguns figurinos?

— Por aqui – respondeu ele, mostrando a *lingerie* na estante.

— Tem mais coisas além disso? Algo mais...

Ela deu uma piscadinha em vez de terminar a frase.

— No que você está pensando?

— Alguma coisa... safada? – Mak sugeriu, sorrindo para ele.

Ela deu um golinho cauteloso na bebida, mas quase vomitou. Aquilo tinha gosto de fluido de isqueiro.

Os olhos de Rick se iluminaram como os de um adolescente vendo sua primeira revista de mulher pelada. Só faltava babar. De repente, ele passou um braço ao redor da cintura de Makedde e a conduziu até o quarto misterioso.

— Uma coisinha safada, né? Você veio ao lugar certo, gatinha.

Mak sentia a mão quente e pegajosa de Rick através da blusinha colada de Loulou. O rosto dele estava perto de sua nuca. Ela inclinou a cabeça para o outro lado, tentando evitar o bafo podre que invadia suas narinas. "Que cheiro é esse?" Mak tentou prender a respiração. Todos os seus instintos lhe diziam para lutar. "Dar uma cotovelada na garganta e fugir rápido!"

Mas ela não podia. Tinha ido longe demais. Ele relaxou o abraço para abrir a porta, e Mak aproveitou para dar uma olhada rápida no relógio. Eram ainda 21h30. Ela tinha mais meia hora e precisava detê-lo.

O rosto de Rick se enrugou num sorriso nojento. Ele continuava com a mão na maçaneta, e seus olhos ardiam como as janelas de um alto-forno. Cuidadosamente, ele foi abrindo a porta, revelando centímetro por centímetro o conteúdo de sua salinha especial: uma assustadora profusão de roupas de couro, objetos de borracha e correntes penduradas em paredes e cabides. O olhar de Mak pousou em um instrumento de metal com tiras de couro, aparentemente feito para infligir algum tipo de dor.

"Meu Deus, o que será isso?"

Rick olhou para Mak em busca de aprovação.

– Oh! – ela exclamou.

"Oh, merda!"

Um conjunto de correntes e algemas oscilava de leve em uma das paredes. Para Makedde, era difícil imaginar que alguém se dispusesse a ser voluntariamente amarrado ali. Lembrou-se das marcas nos pulsos de Catherine. Quanto sua amiga teria lutado? Seriam de couro ou metal as amarras que a tinham prendido tão efetivamente a ponto de lacerar sua pele delicada?

Mas as correntes eram só o início. Havia ainda chicotes de couro, varas pontudas e inúmeros instrumentos fálicos. Velas. Agulhas.

Ela tinha que mostrar aquilo para a polícia.

– Aposto que você fica ótimo nesses aqui – disse ela, indicando um dos figurinos.

– Não, não é para mim. Gosto de dominar.

"E o que você faz quando domina?"

– Já experimentou alguma roupa dessas?

– Dessas aqui, não.

– Nem eu. Vou experimentar uma, mas só se você também provar – sugeriu ela.

Rick a encarou por um bom tempo com seus olhos malignos. Será que ele conseguia farejar seu medo? Mak se preparou mentalmente para desfechar um ataque.

A resposta de Rick foi surpreendente.

– Tudo bem.

– Então vista-se primeiro.

– Não, primeiro você.

– Imagine, *você* primeiro.

Um estranho tipo de diálogo polido.

Rick Filles tinha falado seriamente. Ele não iria voltar atrás, nem Makedde poderia fazer isso.

– Espere. Deixe-me pegar uma e surpreender você – ela sussurrou, fechando a porta atrás de si e acendendo uma lâmpada fraca, de brilho avermelhado.

– Estou esperando – disse ele, atrás da porta, provocando um arrepio em Makedde.

A mente de Mak começou a divagar, e o pânico ameaçou tomar conta. Ela foi instantaneamente assaltada pela imagem de Stanley irrompendo pela porta e derrubando-a no chão, ajoelhando-se com todo o seu peso sobre o braço dela e pressionando contra sua bochecha aquela lâmina brilhante e afiada. Mak expulsou esses pensamentos, lembrando que ele estava agora na cadeia e que, além de Rick ser bem mais baixo e fraco que Stanley, ela estava muito mais bem preparada.

Mak tirou o bustiê de Loulou, enfiou-o na bolsa e vestiu em seu lugar um corpete de couro bem justo, com um decote profundo, decorado com tachinhas brilhantes de metal. Ela lutou para entrar no corpete, que estreitava absurdamente sua cintura.

– Agora é a sua vez – esforçou-se para dizer, enquanto passava para Rick umas calças de borracha decoradas com estranhas argolas de metal.

Ele hesitou, espremendo os olhos.

"Isso não é nada bom."

Mak deslizou lentamente um dedo pela fenda entre seus seios. O truque funcionou. Os olhos de Rick se arregalaram, acompanhando a trajetória do dedo.

– Vamos lá, gato, coloque isso para mim – ela sussurrou. – Por favor...

Rick entrou na salinha e deixou a porta semicerrada, para não perder de vista sua presa. Quando ele se virou de costas por um instante, Makedde agarrou a oportunidade. Num movimento rápido e certeiro, fechou a porta com força, empurrando uma cadeira sob a maçaneta para que ele não pudesse girá-la.

– Ei! – gritou Rick. – Sua vadia! Abra essa porta!

Não havia tempo a perder. Ela correu até a pilha de arquivos sob a mesa de luz e os folheou freneticamente. "Merda!" Só formulários e documentos.

– Vadia! – ele gritou de novo, e Mak ouviu a cadeira ranger perigosamente, prestes a se quebrar.

Ela não tinha mais tempo. Com os sapatos nas mãos, foi descendo os degraus de dois em dois; os sons dos gritos de Rick diminuíam de intensidade à medida que ela se aproximava da rua. Correu pela calçada até encontrar uma mancha de neon no meio da escuridão.

– Queridinha! O que aconteceu? – exclamou Loulou.

– Rápido! – disse Mak quase sem fôlego e continuando a correr.

Loulou acatou a ordem e correu também.

– Temos que dar o fora daqui!

Elas correram por alguns quarteirões até alcançar o carro de Loulou, que tinha acabado de sair da oficina. Algumas prostitutas e viciados olhavam para elas sem muito interesse. Loulou deu a partida no motor.

– O que houve? Não era para eu aparecer de repente e fazer o papel da amante ciumenta ou algo do tipo?

Makedde se sentia enjoada.

– As coisas saíram um pouco de controle – admitiu.

– Deu para perceber. Mas você conseguiu o que queria?

– Bom... sim e não – disse Mak. – Ele tem umas coisas estranhas ali, mas não achei nada que o ligasse diretamente a Cat.

– Onde está meu bustiê vermelho?

– Na bolsa.

– E onde conseguiu esse troço de couro?

– Na antecâmara sadomasô do inferno. Pode ficar com ele. Não vou querer nenhuma lembrança.

– Estiloso – disse Loulou, admirando por um instante as tachinhas de metal antes de pisar fundo no acelerador.

Capítulo 41

Ele puxou as cortinas, deitou-se na cama sobre os cobertores e fechou os olhos. Queria descansar, esvaziar a mente, mas não conseguia. Havia ruídos atravessando a parede, barulhos depravados que perturbavam sua tranqüilidade. Pegou umas bolas de algodão e as enfiou nos ouvidos, conseguindo assim bloquear uma fração dos sons. Na penumbra do quarto, espremeu os olhos para observar a fotografia colada na parede.

"Minha garota."

"Makedde."

Ela estava perfeita; alta, magra, com suas pernas elegantes deixadas à mostra pelo vestidinho curto de couro. Saltos deliciosamente altos contraíam as panturrilhas e forçavam seus pés delicados a se curvarem.

"Puta."

Mas a fotografia não era clara o suficiente para ele. Não dava para ver os pelinhos loiros das coxas, nem as veinhas azuladas de seus pés conduzindo o sangue de volta para o coração.

Ela havia deixado a foto ali para ele. Desejava que ele a curasse. Até mesmo o levara ao seu novo apartamento, onde estava morando sozinha.

"Não se preocupe, em breve irei atendê-la."

Mas os ruídos não paravam de invadir seus pensamentos. Estavam ficando cada vez mais altos. Dava para ouvi-los do outro lado da parede: gemidos animalescos misturados ao ranger da cama.

"Mãe!"

Ele cobriu a cabeça com o travesseiro. Era novamente uma criança, não mais que um garotinho; o travesseiro ocupava agora o lugar do ursinho de pelúcia que protegia seus ouvidos daquele barulho terrível. Lá estava ele, de volta àquela casa, enfiando o uniforme da escola no vão da porta numa tentativa desesperada de bloquear aqueles sons.

"Mãe! Mãe, pare com isso!"

Dias e noites assim, durante anos, sem parar. E havia ainda o cheiro da devassidão pecaminosa, aquele odor asqueroso de luxúria que teimava em inundar a casa e suas narinas infantis.

"Mãe!"

Só *ele* conseguiu acabar com aquilo. Limpou sua mãe nas chamas ardentes do inferno, fazendo da casa uma pira para os pecados dela. Depois, ficou do outro lado da rua, assistindo às labaredas que subiam aos céus.

Agora, ele tentava ignorar os ruídos persistentes que atravessavam a parede. Fingiu que não estava acontecendo de novo. Depois de tantos anos, não *poderia* acontecer novamente.

"Mamãe não pode mais ser uma puta. Eu a curei."

Makedde também queria sua punição especial, e ele teria grande prazer em atendê-la, assim que chegasse o momento certo. Até então, ficaria à espreita, seguindo-a pelas ruas, observando-a em seu novo apartamento e, sobretudo, exercitando a paciência.

Era para ser assim.

Mas, antes, algumas providências tinham que ser tomadas.

Capítulo 42

Na quinta-feira à tarde, Makedde foi até sua agência sentindo-se estúpida, mas feliz por estar viva. Ainda não conseguira espantar os fantasmas da noite anterior. Quanto tempo Rick Filles teria levado para escapar de seu quartinho temático? Melhor nem saber. Mak não queria encarar aqueles olhinhos famintos nunca mais na vida. Precisava contar a Andy sobre sua descoberta, mas ele ainda não havia retornado nenhuma das ligações. E Jimmy era um tremendo babaca. Ela não queria falar com ele novamente.

Mak entrou na Book e acenou casualmente para a recepcionista, forçando-se a caminhar ereta e a sorrir. Como sempre, Charles estava ocupado falando ao telefone. Mak aproveitou para dar uma olhada nos cartões das modelos nas paredes da sala: maçãs do rosto fantasticamente salientes, lábios que chegavam a dar medo. Era o suficiente para acabar com a auto-estima de qualquer mortal. A Book contava com várias modelos de primeira linha, mas talvez tivesse sido melhor para Mak se filiar à outra grande agência de Sidney, que era mais estabelecida no mercado.

De repente, para sua surpresa, Makedde deu de cara com o seu álbum bem no topo de uma pilha de papéis sobre uma mesinha.

– Meu Deus! Meu álbum! – gritou aliviada.

Skye sorriu.

– Deixaram aqui esta manhã. Você tem mesmo muita sorte.

– Quem encontrou?

– Não sei. Estava diante da porta quando abrimos a agência.

Parecia que tinham tirado dez toneladas dos ombros de Makedde. Seria impossível listar de memória todos os seus trabalhos importantes de Paris a Vancouver e localizar todos os fotógrafos envolvidos. Ela deu uma folheada rápida para ver se estava tudo intacto. No meio do álbum, havia uma página em branco. Faltava uma foto.

– Droga. Está faltando uma foto.

– Tem certeza? – perguntou Skye.

– Sim. Todas as páginas estavam cheias antes. Olhe – disse Mak, abrindo o volume. – Tem uma vazia aqui.

Makedde se perguntou por que razão alguém quereria roubar uma foto apenas. Seria alguma de biquíni? Alguma coisa *sexy* que um garoto pudesse querer como lembrança?

Lembrança. As palavras de Loulou logo vieram à mente de Makedde.

"Esses sapatos são divinos."

Horrorizada, Mak se deu conta de que a foto que faltava era justamente aquela tirada em Miami com os sapatos de salto-agulha.

– Skye, preciso mesmo saber quem trouxe este álbum até aqui.

Confusa, ela encarou Makedde.

– Bom, não deixaram nenhum bilhete.

– Será que alguém pode ter visto? O zelador do prédio? A recepcionista? Alguém?

– A recepcionista disse que o álbum já estava lá quando chegou para trabalhar.

– A que horas o prédio abre?

– Acho que às 8. Mas fique tranqüila. É só uma foto. Você tem muitas outras para compensar.

"Não", pensou Makedde enquanto se dirigia para a porta, "é mais do que isso."

* * *

Mak ligou para a companhia que terceirizava a limpeza do prédio pouco antes de encerrarem o expediente. Segundo a recepcionista da Book, toda quinta-feira mandavam algum funcionário das 5 às 8 para limpar os banheiros e as áreas comuns do edifício. Alguém devia estar de serviço quando deixaram seu álbum na porta principal. Mak precisava saber quem era essa pessoa e o que tinha visto.

Uma mulher mais velha atendeu.

— Aqui é a detetive Mahoney, da Central de Homicídios – disse Makedde. – Estou investigando uma queixa de furto num prédio em que a sua companhia presta serviço. Poderia me informar os nomes dos funcionários que trabalharam na Torre Alta esta manhã?

— Eu trabalhei – disse a mulher, em tom apreensivo.

Makedde tentou parecer o mais profissional possível.

— E qual é o seu nome, minha senhora?

— Tulla Walker.

— Dona Walker, gostaria de fazer algumas perguntas sobre esta manhã.

— Claro, às ordens – respondeu a mulher ansiosa.

— Obrigada. A que horas a senhora chegou para trabalhar esta manhã na Torre Alta?

— Às 5.

— Notou algum pacote na entrada do prédio ou dentro dele?

Ela hesitou alguns instantes antes de responder.

— Sim. Tinha um embrulho endereçado à agência de modelos. Levei o pacote lá para cima e deixei na frente da porta deles. Eu juro.

— E onde a senhora encontrou esse embrulho?

— Encostado na porta principal.

— Dentro do prédio?

— Não. Do lado de fora.

— Lembra de ter visto algum endereço para resposta ou algum bilhete junto do pacote?

— Acho que não. É, nenhum bilhete. Acho que tinha só um endereço... o da agência de modelos Book. Não reparei em nada além disso.

"Droga."

— Obrigada por seu tempo, Dona Walker.

— Eu juro que não peguei o pacote! Deixei o embrulho na frente da porta da agência, juro!

Makedde sentiu uma pontada de culpa diante da reação de pânico da mulher.

– Eu acredito, não se preocupe. A senhora não está sob suspeita. Obrigada novamente pela atenção.

Sentindo-se um pouco sem jeito, Makedde desligou o telefone.

Capítulo 43

Caiu a noite, escura e fria. As árvores se curvavam com o vento; os arbustos farfalhavam. Tudo estava preparado; não havia nada a fazer senão esperar. Passaram-se minutos. Horas. As folhas sussurravam na escuridão.

Por volta das 22 horas, o carro dela despontou na rua. Parecia ter sido recentemente lavado e lustrado, irradiando reflexos vermelhos sob a iluminação dos postes. Ela estacionou na travessa diante de casa e ele a observou desligar o motor e ir até o porta-malas. Estava sozinha.

"Saltos altos."

Ele sorriu.

Bem camuflado entre os arbustos, ele a viu pegar uma porção de sacolas de compras, fechar o porta-malas e caminhar até a porta de casa. Ela usava um *tailleur* escuro com uma saia que não chegava aos joelhos e tinha os cabelos presos num coque bem-feito. A meia-calça de náilon semitransparente brilhava em suas pernas enquanto caminhava.

"Vai ter a maior surpresa da sua vida."

Ele tirou do bolso um par de luvas de borracha e calçou-as. Assim que a viu entrar pela porta dianteira, deslocou-se rapidamente até a porta lateral, por onde entrou em silêncio. Algumas horas antes, havia aberto a fechadura com toda a facilidade do mundo. A casa não tinha alarme.

Era emocionante estar lá dentro, tão perto dela. A espera estava quase no fim. Ele a ouviu ir até a cozinha, bem perto dele, e colocar as compras sobre a mesa, para em seguida apagar a luz e sair. Por um momento, pensou que ela iria para a sala de jantar, onde estava escondido, e apertou com força o martelo. Mas não, ela estava indo na direção oposta, para a sala de estar.

Ela ligou o aparelho de som.

Ele sorriu novamente.

Ela ficou alguns momentos mexendo no seletor do rádio, até parar numa estação de músicas bregas sobre desilusões amorosas; depois, voltou para a cozinha. Silenciosamente, ele colocou sua sacola no chão e a seguiu. Ela estava curvada sobre as compras na mesa; havia tirado o paletozinho e usava apenas uma blusa fina de seda; havia também soltado seus belos cabelos escuros. Ele se aproximou devagar, sem ser percebido; podia sentir seu perfume caro e intoxicante.

Levantou o martelo.

Num átimo, ela percebeu algo e se virou:

– O que...

O martelo veio abaixo, num golpe certeiro contra o topo do crânio. Ele se sentiu incrivelmente excitado. Era como se uma corrente passasse por seus músculos e fosse até a cabeça, fazendo suas têmporas palpitarem de prazer. Ela tinha caído esparramada sobre o chão, depois de bater a cabeça com força no armário.

Ele se curvou sobre ela.

– Você estava usando meus sapatos favoritos – sussurrou. – Obrigado por tornar as coisas mais fáceis para mim.

Ela estava quase inconsciente. Não tentou lutar; apenas gemeu coisas sem sentido. Ele sabia que ela não ofereceria resistência. Seria fácil arrastar seu corpo miúdo pelas escadas forradas de carpete. Ele se sentia tão forte, tão poderoso. Arrastou-a até o quarto e a colocou sobre a cama. Tirou uma corda do bolso de trás da calça e amarrou com destreza os pulsos e tornozelos da moça; depois a virou de frente para si, abaixando sua saia até deixar à mostra a calcinha de renda. A meia-calça tinha desfiado, abrindo uma longa teia até a parte de dentro da coxa. A pele dela era bem branca; seus olhos estavam vazios, mas ela ainda respirava.

Ele a deixou por um momento para pegar a sacola com os apetrechos no andar de baixo. Quando voltou ao quarto, percebeu que ela recobrava a consciência. Seus gemidos se transformavam em palavras, mas não gritava.

Numa voz trêmula, ela perguntou:

– O que você quer?

Ele colocou a sacola no chão, perto do pé da cama e tirou lá de dentro uma faca.

Gritos.

Isso não podia acontecer, não naquela vizinhança. Ele enfiou a mão com força sobre a boca estreita da mulher, borrando sua bochecha de batom e abafando suas súplicas. A lâmina afiada o hipnotizava. Uma beleza especial, um momento perfeito. Ela se debateu sob ele.

Ele finalmente deu a resposta.

* * *

Uma hora mais tarde, ele saiu do quarto e colocou um novo par de luvas, depositando o par antigo numa sacola de plástico. Depois, resolveu fazer um pequeno giro pela casa antes de ir embora. Entrou no escritório e examinou a grande escrivaninha, provavelmente comprada em algum antiquário de luxo. Nas prateleiras havia alguns álbuns de imóveis para negociação, um dicionário de inglês e guias de turismo. Num canto, um arquivo etiquetado chamou sua atenção.

"Divórcio."

Ele o abriu cuidadosamente e folheou suas páginas. Os honorários do advogado eram altos, mas tinham valido a pena. Além de formulários e avaliações de imóveis, havia um documento sobre uma propriedade em Lane Cove. Ele o leu duas vezes e colocou-o no bolso.

Satisfeito, pegou a sacola com os instrumentos e foi embora dali.

Capítulo 44

James Tiney Jr. não pretendia agüentar aquilo calado. Eles não tinham nenhuma prova contra ele; como ousaram intimá-lo a comparecer à delegacia? Quando terminasse a entrevista, a polícia iria se arrepender de tê-lo tratado dessa maneira.

– Como vocês se atrevem! Sou um membro respeitado da sociedade e da comunidade médica em particular – protestou, apontando seu dedo ameaçadoramente para o detetive gorducho. – Meu pai é muito amigo do comissário de polícia e tenho certeza de que ele não vai concordar com esse tipo de tratamento, como se eu tivesse alguma coisa a ver com esse assassinato horrível. Tenho uma imagem a zelar! Não vou tolerar esse tipo de coisa!

– Calma aí, companheiro. Trouxemos você aqui só para nos ajudar com as investigações – disse o detetive, colocando as mãos sobre a mesa e se inclinando para a frente, com a pança esparramada. – Senhor Tiney, nós o interrogamos especificamente a respeito de sua reserva no Terrigal Beach Resort, sobre o motivo do cancelamento e se conhecia a senhorita Gerber. O senhor afirmou que jamais viu a moça e que planejava se hospedar sozinho naquele quarto.

JT limpou a testa com um lenço de algodão.

– Exato.

– Pois eu acho que o senhor andou tentando nos fazer de bobos.

JT deu um soco na mesa, esperando parecer ameaçador.

– Só me faltava essa! Qual o seu nome? Vou mandar cassar seu distintivo!

O detetive cruzou os braços, tranqüilo.

– Pela quarta vez, meu nome é Jimmy Cassimatis, detetive-agente sênior. Francamente, não estou nem aí para o que você vai dizer para o papai, quem quer que ele seja. Estou aqui para resolver um caso de homicídio, e você não vai sair daqui enquanto não me disser a verdade.

JT ficou mudo.

– Quantos anos você tem?

– O quê?

– Quan-tos-a-nos-vo-cê-tem?

JT bateu de leve na testa com o lenço.

– Quarenta e seis.

O detetive deu uma risadinha, fazendo a barriga tremer sob a camisa branca muito esticada.

– Estava curioso, sabe, porque deixei de usar isso de "vou contar para o meu pai" desde os 10 anos de idade. Mas vamos lá.

JT ficou em silêncio, chocado com a falta de respeito do detetive.

– Pelo que sei – continuou Jimmy –, você é casado e tem dois filhos. Tem uma imagem pública. Ótimo. Mas acho que você também tinha uma amante, acredito que ia encontrá-la naquele hotel e quero saber por que cancelou a reserva.

– Eu queria viajar no fim de semana sozinho, para relaxar – respondeu. – Isso não é ilegal, é? Cancelei a reserva porque apareceu outra coisa para fazer. Um negócio financeiro que tive que resolver. Você não iria entender mesmo.

– Hum-hum – fez Jimmy, inclinando-se de novo sobre a mesa. – Falei com a sua esposa. Ela pensava que você fosse para Melbourne, para uma reunião de negócios no fim de semana.

O detetive girou a cadeira e sentou-se ao contrário, apoiando os braços dobrados sobre a guarda.

– Você... Você... – murmurou JT. – Você falou com a Pat? O que disse para ela?

Jimmy abrandou o tom.

– Relaxe, colega. Não contei que você andava comendo uma modelo gostosona de 19 anos. Só queria saber onde ela imaginava que você tinha estado – respondeu sorrindo. – Ei, a modelo era atraente, jovem, gostosa. É compreensível que você estivesse comendo a garota. Até aí nada de espantoso. Você não queria que sua mulher soubesse. Isso também é perfeitamente compreensível. Acontece que você andou mentindo para mim, e agora eu quero saber a verdade.

Eles haviam descoberto. Sabiam que ele andava envolvido com Catherine. Sabiam que tinha mentido. E se sua esposa descobrisse a verdade? E se seu pai ficasse sabendo? Ele perderia seu cargo na empresa. Perderia sua renda. Perderia tudo.

– Já disse a você. Não sei do que você está falando. Nunca cheguei a ver essa g-g-g-gar-

– Antes que você complete a sua frase...

Jimmy tirou algo do bolso e colocou sobre a mesa.

JT ficou boquiaberto, sem reação.

"Meu anel."

– O que acha de refazer seu depoimento?

Capítulo 45

Um dia claro e fresco se anunciava naquela manhã de sexta-feira. O sol invernal ia subindo devagar, lançando raios dourados sobre as areias frias da praia de Bondi. Àquela hora, via-se apenas a equipe matinal de salvamento de surfistas, deslizando em longas pranchas sobre o mar calmo, e alguns caminhantes dedicados.

Makedde estava bem no meio de sua corrida, quando resolveu parar para descansar um pouco antes de voltar costeando a praia até seu apartamento em Bronte. Parou diante de um banquinho perto de seu antigo prédio na parte sul de Bondi, tentando exorcizar aqueles pensamentos sobre os acontecimentos dos últimos dias. Mesmo assim, a foto faltante e a incomunicabilidade do detetive continuaram a perturbar sua cabeça.

Mak ficou pensando se deveria chamar a polícia e falar com alguém de outra seção, alguém de mente mais aberta. Ela precisava contar sobre Rick Filles, a foto que faltava no álbum e a foto mutilada que algum maluco tinha deixado sob sua porta. Precisava, além disso, descobrir o rumo que as investigações estavam tomando.

"Se você não tivesse dormido com ele, poderia telefonar agora e saber o que está acontecendo."

Mak esticou as pernas e girou os ombros, espantando um pouco aqueles questionamentos. Tinha sido difícil acordar cedo, mas agora, com o sangue batendo forte nas veias, ela se sentia revigorada. Sentou-se no banquinho e ficou olhando para a janela de seu antigo apartamento em Bondi, pensando nas noites românticas que havia passado lá com Andy, apenas uma semana atrás. Apoiou as mãos na parte de trás do banco de madeira, mas retirou-as em logo em seguida, com uma careta de dor, ao sentir uma pequena farpa entrando numa de suas palmas.

Mak examinou a farpa encravada em sua mão e a retirou com cuidado, usando suas unhas compridas. Foi quando notou as bordas pontudas de um entalhe recente na madeira. Alguém havia escrito algo ali com uma faca ou canivete.

Seus olhos se arregalaram ao identificar as três letrinhas:
M A K

* * *

— Não, você não está entendendo. Preciso falar com ele agora mesmo — insistiu Mak.

— Desculpe, mas o detetive Flynn não está disponível no momento. Qual seria o assunto?

Mak tentou manter a calma.

— Os Crimes do Salto Alto.

— Vou transferir para o detetive Cassimatis. Só um instante.

"Ah, não. Ele de novo, não!"

— Cassimatis.

— Aqui é Makedde. Estou tentando localizar o detetive Flynn. Sabe dizer por onde ele anda?

Jimmy pareceu surpreso.

— Oh... Makedde, andei tentando falar com você. Onde você está? Imagino que já tenha visto o jornal.

— Que jornal?

Seguiram-se alguns instantes de silêncio, até que Jimmy perguntou:

— Você esteve com Andy nos últimos dias?

— Não. Já disse que faz algum tempo que não o vejo. Estou ligando justamente por isso. Mas o que tem nesse jornal?

— Acho que você já causou problemas demais para ele.

— Do que você está falando? O que está havendo?

— Não é bom para ele ter sumido desse jeito.

— Sumido? Para onde?

Novo silêncio.

— Ele não disse nada para você? Não entrou mesmo em contato?

– Já disse que não! O que está acontecendo?

– Ele contou que estava se divorciando?

– Contou.

– Onde você está agora? – perguntou Jimmy.

– Mudei de casa. Estou em Bronte.

– O.k., fique aí mesmo. Queria lhe fazer algumas perguntas. Qual o seu endereço?

Mak explicou a Jimmy onde ficava o apartamento, e ele disse que chegaria lá dentro de alguns minutos. Ela desceu rapidamente para procurar algum jornal pela rua. No fim do quarteirão, encontrou um pendendo de uma caixa de correio. "Perdão", pensou, enquanto surrupiava o jornal. Na primeira página, via-se uma foto do belo rosto de Cassandra e a seguinte matéria:

MULHER DE DETETIVE ASSASSINADA PELO ESTRIPADOR DE SIDNEY

Na noite passada, a polícia de Sidney descobriu o corpo de Cassandra Flynn, esposa do detetive Andrew Flynn, da Delegacia de Homicídios, em sua casa em Woollahra. Acredita-se que o assassinato esteja relacionado aos outros quatro crimes brutais envolvendo mulheres jovens que aconteceram em Sidney, desde 26 de junho deste ano. Todas as vítimas foram encontradas usando apenas um sapato de salto alto. A polícia desconhece o paradeiro do detetive Flynn e solicita a colaboração de quem possuir alguma informação relevante para o caso.

Incrédula, Makedde deixou cair o jornal.

* * *

Jimmy Cassimatis parecia um urso de pelúcia: baixinho e gorducho. Aos trinta e poucos anos, seu corpo já começava a adquirir a forma de um barril. Seus braços eram cobertos pelos mesmos tufos espessos de pêlos que despontavam para fora do colarinho. Seu jeito informal fazia lembrar a Makedde um garoto da escola que nunca cresceu de fato.

Jimmy deu uma olhada no apartamento e encarou Mak, tentando ser profissional.

— Senhorita Vanderwall, tenho algumas perguntas para você.

Mak esperou a próxima frase, mas o detetive ficou calado, caminhando devagar pelo recinto. Ela decidiu quebrar o gelo.

— Você é o parceiro de Andy. Ele não contaria para você aonde fosse?

— E você é a mina dele. Ele não contaria para *você* aonde fosse?

"*Mina*. Quanta classe."

— Mina é um depósito mineral, detetive. O jornal parecia insinuar que Andy seria um suspeito. Isso é verdade?

— Andy me contou que você era psicóloga. Não gosto de psicólogos — resmungou Jimmy.

— Não sou psicóloga. Estou estudando para ser uma. Mas, afinal, ele é ou não suspeito?

— Bom, o desaparecimento dele faz parecer que tem algo a esconder. Claro que eu, Jimmy, não acho que ele tenha feito isso. Mas realmente ficou estranho. Aquela mulher era um pé no saco.

Mak se lembrou da raiva que emanava dos poros de Andy depois da briga que ela tinha entreouvido.

— É estranho que tenham encontrado Cassandra em sua casa. As outras vítimas foram todas desovadas em parques e áreas isoladas. Você acha que o assassino é o mesmo?

— Quem faz perguntas aqui sou eu — disparou Jimmy.

— Pois vá em frente — disse Mak.

— Sabe onde Andy está?

— Como já disse, não.

— Ele entrou em contato com você desde a segunda-feira?

— Não!

Aquilo iria levar uma eternidade se Jimmy continuasse a repisar as mesmas perguntas.

— Mas o que aconteceu na segunda-feira?

Ele parou de caminhar pelo apartamento.

— Andy foi afastado do caso por ter se envolvido com uma testemunha.

— Sério? — perguntou Mak assolada pela culpa. — Como isso foi acontecer? Como descobriram?

— Descobriram e pronto — respondeu Jimmy aborrecido. — O que Andy contou a você sobre a esposa?

— Disse que estavam se divorciando e que ela tinha acabado de levar os papéis para ele assinar. Disse também que não tinham filhos. Ele não gostava muito de falar sobre isso, na verdade. Num dia em que saímos num carro da polícia, percebi que havia alguma disputa no ar quanto aos bens. A mulher dele ficou com o carro?

— Com os dois carros. Ela tinha dois carros em perfeito estado — respondeu Jimmy irritado. — Você chegou a vê-lo nervoso por causa do divórcio ou de Cassandra?

— Ele não parecia a ponto de querer matá-la, se é aí que você está querendo chegar — disse Mak, tomando fôlego para fazer a grande pergunta, aquela cuja resposta já achava que sabia. — Andy tem algum álibi para os outros assassinatos?

Ela prendeu a respiração, esperando a resposta.

— Sim. Catherine e Becky, pelo menos.

Mak soltou o ar reprimido nos pulmões.

— Então, o único motivo para ele estar agora sob suspeita é por causa da relação com a vítima e do seu desaparecimento?

— Não exatamente.

— O que existe além disso?

— Não posso falar para você.

— O que você *pode* falar para mim? Ele é inocente? Ele é um assassino? Matou a mulher dele num acesso de fúria e arrumou o cenário do crime para que se parecesse com os outros? Se ele aparecer na minha frente, tenho que fugir para salvar minha vida? O que é?

Jimmy não respondeu, nem sequer a encarou. Mak então continuou:

— Sei que você deve me odiar por meter seu colega em apuros, mas, acredite, não tive a intenção. Essa situação já me causou muita dor também.

Jimmy estava carrancudo, com as mãos cruzadas atrás das costas. Makedde suspeitou que ele era do tipo que escondia as emoções; provavelmente teria um ataque cardíaco quando chegasse aos 40. Quando ele finalmente se manifestou, Mak se surpreendeu com a pergunta:

— Você esteve mesmo na Esportes Ilustrados?

Ela riu.

— Hum... Sim. Alguns anos atrás. O que isso a tem a ver com a história toda?

Ele não respondeu, mas parecia ter abrandado um pouco.

— Vamos lá, Jimmy. Nós dois gostamos do Andy, e estamos confusos com os fatos. Vamos nos ajudar – estimulou Mak com um sorriso. – Existe alguma razão para suspeitar de Andy, além da relação com a vítima? Impressões digitais na cena do crime?

— Você não vai querer saber.

— É óbvio que eu quero saber! – exclamou Makedde irritada por não estar sendo levada a sério. – Praticamente tropecei na vítima número três, que ainda por cima era a minha melhor amiga, fui espionada, recebi ameaças e quase fui atacada por um pirado com um esconderijo sexual. Mesmo assim você realmente acha que vou ficar enjoadinha se...

— Que história é essa de esconderijo?

— Rick Filles. Andy me contou que vocês estavam investigando esse sujeito. Bem, descobri algumas coisas bem interessantes sobre as atividades noturnas dele. O cara tem problemas sérios. Mas, antes, preciso que você me conte o que mais está ligando Andy a esse assassinato. Por favor!

— Ei! Você não foi lá no apartamento de Filles e o trancou no quartinho, né?

— Bem, na verdade...

— Então foi você! Andy tinha dito que você era do tipo que se mete em tudo, mas nunca imaginei...

Aquela frase doeu um pouco em Makedde. Ela preferia pensar em si mesma como curiosa e cheia de expedientes, não como intrometida.

— Chamamos Rick Filles para um interrogatório pouco tempo atrás, e ele nos acusou de ter infiltrado uma policial sexy no apartamento dele, que o trancou num dos quartos. Sem chance de ser a Mahoney!

Makedde se sentiu corar. Jimmy continuou:

— Rick ainda está sendo investigado por alguns atentados ao pudor, mas foi inocentado dos Crimes do Salto Alto. Andy está numa *skata* profunda! – disse, franzindo o rosto. – Você sabe que ele já teve problemas por causa do seu temperamento no passado.

Mak se lembrou da expressão de raiva que tinha visto no rosto de Andy.

— Vamos lá, o que está acontecendo? – pressionou. – Se ele tem um álibi para os outros crimes, não pode ser tão ruim assim. Não podem imaginar mesmo que...

— Eles acham que Andy usou seus conhecimentos sobre os outros crimes para forjar um cenário semelhante. Ele tinha motivo e, além disso... bem... suas impressões digitais e seu sangue foram achados na faca de cozinha usada para matar Cassandra.

Capítulo 46

— Jimmy, sua aparência está péssima! – disse Phil, colocando uma garrafa de cerveja diante dele.

— Então estou melhor por fora que por dentro – suspirou Jimmy, inclinando-se na cadeira até apoiar a barriga na bancada do bar.

O lugar parecia vazio sem seu parceiro por perto.

— Quer conversar sobre isso?

— Não, deixe pra lá.

— Diga aí, companheiro, o que houve? – perguntou uma outra voz simpática; não a do atendente do bar, mas a do rapaz na cadeira ao lado.

— Você é o Ed, certo? – perguntou Jimmy.

Ele já o tinha visto por ali; era um dos funcionários do necrotério.

— Isso. Nossa, você é bom mesmo com nomes. Mas então, por que está tão pra baixo esta noite, companheiro?

Jimmy tomou um grande gole de cerveja e limpou a boca com a manga da camisa.

— Não posso falar sobre isso. É a droga do caso em que estou trabalhando.

— Os Crimes do Salto Alto?

Jimmy fez que sim com a cabeça.

— É, está todo mundo comentando. É verdade que o seu colega matou a mulher?

"Malditos jornais. Agora todo mundo se acha detetive."

— Não, companheiro. Não acredito que ele tenha feito isso.

— Mas ele desapareceu, não foi? Ele não é o principal suspeito?

— Olhe, se não se importar, prefiro não pensar nisso agora.

O rapaz balançou a cabeça.

— Entendo. Deve ser difícil, imaginar que conhece bem uma pessoa e depois descobrir que não era bem assim. Caramba, ele me parecia muito normal. Como pôde fazer uma coisa dessas com a própria esposa? Que doença!

Jimmy não respondeu. Estava nervoso com a história toda e não conseguia relaxar com aquele idiota falando o tempo inteiro sobre o assunto. Talvez ele devesse voltar para casa mais cedo e ficar com sua esposa, para variar um pouco.

– Imagine você – continuou Ed, mesmo sem Jimmy mostrar qualquer interesse. – Ouvi dizer que a mulher era uma megera louca por dinheiro. Queria deixar o cara só de cuecas. Bom, a gente tem que admitir, ajeitar as coisas para parecer o Assassino do Salto Alto foi bem inteligente. Mas imagino que ele deva ter cometido erros.

Jimmy levantou-se para ir embora. Não queria falar sobre seu parceiro com um cara que já julgava Andy culpado só com base em fofocas desinformadas.

– É melhor eu ir embora.

– Espero que não seja por nada que eu disse – desculpou-se debilmente o rapaz.

– Não. Boa-noite.

Porém uma coisa que Ed dissera continuou martelando na cabeça de Jimmy, mas ele só foi se dar conta disso muito mais tarde, naquela noite.

Capítulo 47

Sentada de pernas cruzadas no sofá de seu apartamento em Bronte, Makedde olhava para o nada, pensando se uma mulher tinha como saber que estava dormindo com um assassino. Muitas mulheres tinham sido enganadas. A História era cheia de episódios de traição. O pai de Makedde tinha falado uma vez sobre uma mulher nos anos 20... Frau Kirchen? Não. Frau Kurten, na Alemanha. Tinha sido um dos piores casos que ele tinha lido. Frau Kurten nunca se deu conta dos setenta e nove estupros e assassinatos que seu marido cometeu. Estavam casados havia dez anos, quando ele foi preso. Peter Sutcliffe também tinha uma esposa, assim como Jerome Brudos e uma porção de outros assassinos violentos. Caramba, até Stanley tinha uma namorada grávida! Honestamente, como Makedde podia achar que conhecia Andy Flynn após alguns encontros quentes?

Uma dor repentina fez Mak perceber que estava cravando suas unhas nas palmas das mãos. Seu corpo inteiro estava tenso e curvado e sua respiração era rápida e superficial. Ela desdobrou os dedos e fez um esforço para relaxar.

As palavras de Jimmy continuavam ecoando em sua mente. Ele explicara que o tipo sanguíneo de Andy era AB, característico de apenas 3% da população, enquanto o de Cassandra era O, como o de 46% das pessoas. O sangue de Cassandra estava em toda parte: na cama, nos lençóis, paredes, chão e na faca deixada na cena do crime. Será que o assassino possuía sangue AB e tinha se ferido na luta ou atacado Andy antes de matar sua mulher?

A faca de Andy estava fora de seu estojo na gaveta da cozinha. Suas impressões digitais tinham sido achadas nela. Seu sangue. Pegadas de sapatos do mesmo tamanho dos de Andy tinham sido encontradas, estampando o sangue que fluía do corpo de Cassandra, por toda a casa que eles um dia haviam compartilhado.

fetiche

* * *

À meia-noite, Makedde ainda não tinha conseguido pregar o olho. Pusera uma faca sob o travesseiro. Na mesinha de cabeceira, ao lado do abajur, estava seu spray de cabelo. A discagem direta do telefone já havia sido programada para o número de emergências policiais, e ela tinha também o celular de Jimmy. O que mais poderia fazer? Sentada na cama, rodeada por seu pequeno arsenal, Makedde começou a ler *Sem consciência: o mundo perturbador dos psicopatas entre nós*. Esse livro tinha sido escrito por um de seus professores em Vancouver e fora muito vendido. Uma leitura bastante apropriada e, por que não dizer, reconfortante.

* * *

Luther esgueirou-se em direção ao apartamento de Bronte, sem ser visto nem ouvido. Por causa de sua aparência chamativa, preferia operar à noite. Além disso, era melhor que sua presa não visse sua aproximação, para que fosse pega de surpresa. Ele foi até a parte de trás do edifício, afundando seus pés na grama úmida do quintal vizinho.

James Tiney Jr. ficaria satisfeito em se ver livre daquela beldade intrometida que lhe tinha causado tantos problemas. Estava aborrecido com aquilo de os tiras terem encontrado seu anel. A polícia estava em cima dele, e sua esposa acabou descobrindo seu caso com Catherine. Não tinha sido culpa sua, mas Luther ficaria contente em proporcionar tamanho alívio para seu cliente, de graça. Os dois lucrariam com a situação: seria algo que daria prazer a Luther; ao mesmo tempo, JT poderia apresentar um álibi incontestável que o riscaria em definitivo da lista de suspeitos. Luther tinha dado instruções claras a JT: "Meta-se com a polícia esta noite. Fique com a sua família. Só não passe um minuto sozinho." Ele não explicou a JT o motivo; apenas disse que era importante. JT iria ficar agradecido.

A rua estava tranqüila naquele horário. Havia alguns carros estacionados, mas nenhum muito próximo da casa dela. Se alguém fosse visitá-la, sem dúvida estacionaria mais perto. Não, com certeza ela estava sozinha. Seria um enorme prazer ter Makedde só para ele. Luther quase podia sentir o gosto de sua doce conquista.

Iria agir como o Assassino do Salto Alto.

"Golpear."

"Amarrar."

"Cortar."

Completamente desfrutada e possuída, assim como a mulher do detetive. Assim, Flynn pareceria ainda mais culpado. Luther sorriu ao pensar nisso. Parou no jardim de trás da casa de Mak e ficou ouvindo; depois colocou uma máscara ninja de lã na cabeça. Seria uma visão aterrorizante para ela, quando desse de cara com aquele sujeito de quase 1,90 m, mascarado, usando luvas e um macacão preto. Luther carregava uma chave inglesa, uma mordaça, algemas e um facão afiado de quinze centímetros, para usar na ordem correta. Atiçado pela lembrança do corpo nu de Makedde, saiu de seu esconderijo. Iria se aproximar até poder vê-la sozinha através da janela e então daria o bote.

Foi quando ouviu um ruído.

Um farfalhar nos arbustos atrás dele.

Luther se agachou e tentou identificar a fonte do barulho, desembainhando o facão num movimento rápido e preciso. Mas a não ser pelo rumor leve das folhas caindo, os arbustos estavam novamente em silêncio.

Quietos.

"Vai ver, foi algum pássaro ou até mesmo um gambá."

Luther se adiantou novamente em direção aos degraus da casa.

Outro ruído.

Ele girou imediatamente, ainda a tempo de ver algo se movendo e voando em sua direção. Mesmo sendo bem menor que Luther, a criatura o tinha pego desprevenido, fazendo com que soltasse o facão e caísse esparramado no chão úmido com a pancada. Luther empurrou o agressor com força e, nesse instante, viu que se tratava de um homem baixo e de cabelos loiros, com os dentes cerrados numa fúria silenciosa. Seus olhos tinham um brilho selvagem, e seus braços se agitavam enquanto ele caía para trás.

Luther tateou a grama úmida, procurando em vão sua faca. O homem investiu de novo contra ele, tendo nas mãos uma lâmina afiada que a luz da rua fez brilhar por um instante. Luther rugiu furioso, dando um chute certeiro na virilha do adversário. Nesse momento, a lâmina vibrou no ar, atingindo a orelha de Luther, cuja ponta caiu dentro do macacão, aninhando-se em seu ombro musculoso. Ele deu um berro mais de ódio que de dor, pondo-se de pé num salto.

Dentro da casa, alguém se moveu e acendeu a lâmpada da entrada, que iluminou parcialmente o jardim dos fundos. Luther viu seu inimigo escapar a todo vapor. O tamanho do sujeito era incompatível com sua força. Luther precisava dar o fora dali. Com aquele barulho todo, os tiras já deviam estar a caminho. Não valia a pena arriscar. Algo quente escorria de sua orelha esquerda e, quando levantou a mão para limpá-la, viu uma grande mancha de sangue em sua luva.

"Merda!"

JT teria que se explicar.

Capítulo 48

"O que foi esse barulho?"

Algo tinha feito com que ela acordasse de novo. Ruídos na porta da frente... passos, talvez? Um pouco mais cedo, tinha ouvido gritos perto da porta dos fundos, mas, quando foi até lá olhar, não viu nada. A que horas tinha sido aquilo? Que horas eram agora? Ela pôs a mão sob o travesseiro, pegou a faca e segurou-a com a ponta para cima como alguém que esperasse impacientemente seu jantar. Pancadas na porta da frente. Uma pessoa sussurrava em tom de urgência.

– Makedde? Você está acordada? – perguntou uma voz familiar.

Makedde saltou da cama, com a faca na mão, fazendo com que seu livro deslizasse sobre a coberta e fosse parar no chão com um ruído seco. Ela agora estava mais do que acordada.

Ele falou novamente.

– Vi sua luz acesa. Sei que está tarde...

O relógio marcava 1h30.

– É óbvio que está tarde, Andy – respondeu Mak tentando parecer rude, enquanto caminhava em direção à porta.

"Tarde em vários sentidos", pensou, verificando a tranca e a corrente de segurança.

– Preciso muito falar com você – disse ele, num tom manso e humilde.

Os dedos de Mak apertaram a faca com mais força.

– Sobre o que você quer conversar comigo? Ei... e como é que você ficou sabendo que estou morando aqui? – desafiou, com a boca a alguns centímetros da porta.

– Makedde, não fui eu quem fez isso. Fiquei sabendo pelo jornal, nesta manhã...

– Ótimo. Então por que não vai até a cabine de polícia mais próxima e me telefona amanhã durante o dia?

– Já estive na polícia. Será que poderíamos conversar sem esta porta no meio, por favor?

– Então você esteve na polícia? Falou com Jimmy?

– Isso.

– Quando?

– No início da noite. Sei que ele esteve aqui para conversar com você. Foi assim que soube desse endereço.

"Obrigada, Jimmy."

– Ele disse que você agora é um suspeito?

Houve uma longa pausa. Por um instante, ela se perguntou se Andy ainda estaria ali. Foi quando ele respondeu:

– Já sabia que era suspeito antes de ir à polícia.

– E como?

– Bom, talvez seja melhor eu ir embora...

– Não. Espere – disse ela hesitante. – Por onde você andou todo esse tempo?

– Lane Cove. É uma longa história. Posso entrar, afinal? Estou me sentindo ridículo conversando com você atrás da porta.

– Um instante.

Mak abriu com cautela alguns centímetros da porta, mantendo a corrente de segurança presa.

Os olhos de ambos se encontraram. Era Andy, o mesmo homem com quem fizera amor, o homem em quem pensara que poderia confiar. Ele tinha os cabelos engordurados e em desalinho, e a barba por fazer. Mak teve a impressão de perceber um leve cheiro de álcool.

– Andy, por favor, coloque-se no meu lugar. Você foi embora sem se despedir e agora, que é suspeito de um assassinato, aparece de improviso na minha porta no meio da madrugada.

– Eu deveria ter telefonado, sei disso, mas preciso conversar com você agora. Não matei ninguém. Você tem que acreditar em mim.

– Por que você nunca telefona antes de aparecer? Jura que falou mesmo com a polícia? Eles sabem que você está de volta?

– Juro que sim.

– E falou mesmo com Jimmy hoje à noite?

– Falei – insistiu Andy, aproximando-se do vão da porta e olhando bem dentro dos olhos de Mak.

– Então, se eu ligar para Jimmy agora, ele vai confirmar sua história?

Andy deu um passo para trás.

– Mas são quase 2 horas.

– Ele é um policial, não? Vocês não têm que estar de prontidão vinte e quatro horas por dia? Eu diria que se trata de um assunto importante – falou Mak, procurando em Andy sinais de nervosismo por ter seu paradeiro descoberto. Nenhum tremor.

– Eu não deveria mesmo estar aqui, mas, se isso vai fazer com que você se sinta melhor, telefone para ele – disse Andy, baixando os olhos. – É melhor eu ir embora. Não deveria mesmo ter vindo.

Makedde ficou espiando pelo vão da porta enquanto o detetive se retirava em direção à rua. Quando chegou ao portão, ele se virou e disse:

– Não queria que você estivesse envolvida nisso.

– Meus pêsames pela sua esposa – respondeu Mak com sinceridade.

Ela gostaria de acreditar na inocência dele; o problema é que seu envolvimento emocional poderia interferir em sua capacidade de julgamento.

Talvez isso já estivesse acontecendo.

* * *

O telefone tocou às 8 horas, arrancando Makedde de um sono profundo. Seu corpo pesava como se estivesse meio enterrado no colchão; a sensação era quase a mesma de uma ressaca. Só que ela não tinha bebido uma sequer gota de álcool.

– Alô? – respondeu fracamente.

A voz soava distante.

– Makedde, sou eu, seu pai.

– Pai! Como você está? Desculpe por não ter ligado.

– Como é que *você* está?

– Hum... Estou bem...

– Sei.

Alguma coisa na voz de seu pai parecia indicar que ele sabia que as coisas não andavam bem. Ele ficou em silêncio por um instante, depois continuou:

– Theresa está ótima. Falta pouco agora. Sua mãe teria ficado tão contente, se visse... – disse com um suspiro profundo.

Nem parecia o sujeito forte que havia lidado tão bem com a morte de Jane.

– Bom, você conhece um detetive chamado Flynn, da Delegacia Central?

"Ah, não. Lá vem."

Mak não se surpreendeu por seu pai saber sobre Andy. Obviamente ele continuava seguindo seus passos. Previsível. Ele devia ter contatos em todas as cidades da Austrália e onde quer que ela sonhasse estar.

Como Makedde continuava muda, Leslie Vanderwall seguiu em frente:

– Tenho certeza de que vocês já foram apresentados. É um cara alto, de cabelos escuros. Trabalha na Homicídios.

– Sim, acho que o conheço. Um bem bonito? Com uma bundinha linda?

"Que fica muito bem algemado numa cama..."

– Makedde!

– Pai, você sabe que odeio quando banca o espião. Quando foi que começou a me seguir?

– Quando? Deixe-me ver... Acho que você tinha uns 11 anos e estava dormindo na casa de uma amiga. Pelo menos, foi o que você disse. Bom, o negócio é que esse cara é suspeito de ter matado a esposa, Mak. Isso é muito grave.

– Pai...

— Ele também tem uma má reputação. Um temperamento explosivo.

— Isso é bobagem. Você está inventando. Ele pode ser um pouco impulsivo, mas é muito respeit...

— Veja se me ouve pelo menos uma vez! Você está se metendo em confusão aí na Austrália e tem que voltar para casa – implorou seu pai.

— Tenho coisas para resolver antes disso. Acredite em mim. Não posso viajar agora.

— Mas você tem que vir para cá!

— Não posso e não vou.

— Você é mesmo igualzinha à sua mãe. Teimosa que só!

— Dentro de algumas semanas, estarei em casa, e isso não vai fazer a menor diferença. No momento, estou muito envolvida com...

— Não dá para ver que é exatamente esse o problema? Você se meteu em perigo de novo.

Aquilo doeu. Se seu pai tocasse no assunto do pesadelo com Stanley, Mak desligaria na cara dele. Ela gostaria de nunca ter lhe contado sobre o ataque, mas sabia que algum dos seus amigos na polícia iria dar com a língua nos dentes de qualquer maneira.

— Ei, eu não *me meto* em perigo, tá legal? E estou bem aqui. Além disso, nem vi Andy de novo.

— Sei – Leslie não parecia convencido. – Bem, pode até ser que você não procure se meter em perigo, mas também não tenta cair fora quando as coisas começam a esquentar.

— Nos vemos dentro de algumas semanas – disse Mak com aspereza. – Estarei aí antes de Theresa ter sua primeira contração, prometo.

Ela começou a baixar o telefone, mas seu pai falou de novo.

— Não desligue na minha cara!

— Não estou fazendo isso – disse ela, mas foi basicamente o que fez.

* * *

No fim daquela mesma tarde, enquanto nuvens escuras deslizavam pelo céu, vindas do sul, Makedde foi até o parque Bronte para uma caminhada rápida. Precisava de um pouco de exercício e de sentir a brisa fresca do litoral enchendo seus pulmões; talvez isso lançasse um pouco de luz sobre a infinidade de perguntas sem resposta que pululavam em sua mente. Ela tinha ficado o dia inteiro em casa, muito ensimesmada para andar em qualquer lugar onde houvesse mais gente. Brigar com seu pai só tinha piorado as coisas. Mak detestava terminar uma conversa com ele daquele jeito áspero.

Ela caminhou de uma ponta à outra do parque e pela areia úmida da beira da praia, pensando no que Jimmy lhe dissera. Andy tinha um álibi para os outros crimes, mas infelizmente não dispunha de nenhum para o assassinato da própria esposa. O que Jimmy havia contado sobre Rick Filles não a impressionara nem um pouco. Ao que parecia, ele buscava garotinhas jovens e impressionáveis, por volta dos 13 anos. Mak esperava que essas meninas não tivessem sido violentadas naquele horrível quartinho, cheio de apetrechos assustadores.

Enquanto caminhava, começou a chover. Ainda que não fizesse tão frio assim para o padrão canadense, dava para sentir uma brisa gelada no ar de Sidney. Makedde puxou o capuz do casaco sobre a cabeça e ficou escutando o barulhinho das gotas de chuva batendo no tecido sintético. Ela estava quase sozinha no parque, a não ser por um casal que se apertava, enrolado num cobertor de lã, sob um dos abrigos de madeira para piqueniques. Essa era a cena mais bela que Mak havia visto naquele dia, mas sentiu uma estranha pontada de tristeza ao contemplar o casalzinho. Makedde continuou a caminhar, perdida em seus pensamentos, quando o barulho de um carro que passava despertou sua atenção. Era um carro esportivo vermelho, último modelo, com a carroceria brilhante de cera. Alguma coisa nele fez soar um alarme distante na mente de Mak.

Um vento forte assobiava entre as árvores na beira do parque, e ela suspendeu a gola do casaco até o queixo. Estava escurecendo. Hora de voltar para casa. Makedde caminhava com a cabeça baixa, meditativa.

Uma palavra ecoava sem parar em sua cabeça. "Culpado."

Capítulo 49

— James Tiney Jr., por favor — Luther rosnou ao telefone, achando estranho ter que colocá-lo na orelha direita, em vez de na esquerda.

Olhou para o seu reflexo num pequeno espelho, examinando o curativo em sua orelha. Uma mancha de sangue atravessava o esparadrapo.

— Quem quer falar com ele? — perguntou a recepcionista.

— Diga que é o senhor Hand. É um assunto importante.

— Sim, claro. Um momento, por favor.

Luther estava impaciente. JT não havia agido corretamente com ele. Teria mesmo que se explicar.

Após alguns instantes, a voz irritada de JT surgiu na linha.

— Oi. O que houve?

— Só vou perguntar uma vez — declarou Luther com firmeza. — Quem mais está trabalhando para você nesta missão?

— O quê?

— Não me faça ter que perguntar de novo.

— N-n-ninguém mais. Por quê? O que aconteceu?

— Estou deixando o serviço.

— Você o quê?

— Você não foi correto comigo. E eu ia lhe fazer um grande favor — grunhiu Luther raivosamente. — Você estragou tudo.

— Do que você está falando? Por que é que eu precisava ter um álibi na noite passada? Passei a noite inteira brigando com a minha mulher por sua causa. Estou atravessando um verdadeiro inferno porque você não achou o anel e agora fica aí *me* criticando, ainda por cima.

— Você sabe do que estou falando. Tem muita pressão no esquema agora. Estamos quites.

— M-m-mas... e o que eu já paguei para você? — JT soava patético, gaguejando como uma criança mimada que não conseguiu o que queria.

– Você não fez o serviço! Ela ainda está na cidade. A polícia pegou o anel e agora eu estou ferrado! Não pode fazer isso comigo. E o dinheiro que eu dei pra você?

– Vai ficar de pagamento pela minha orelha.

– O quê? Ei, quero meu dinheiro de volta!

– Vá reclamar na Secretaria de Defesa do Consumidor.

Luther desligou o telefone, ignorando os protestos lastimosos de JT. Respirando profundamente para controlar sua raiva, colocou o espelho mais perto do rosto. O sangue escorria pelo novo curativo. Se os tiras encontrassem parte da sua orelha no quintal, poderiam ligar os fatos. Luther não podia se dar ao luxo de ser interrogado pela polícia. Talvez fosse o caso de voltar para o norte. Precisava mesmo de um pouco de sol.

Capítulo 50

Uma surpresa esperava Makedde quando voltou para casa. Havia um homem sentado nos degraus, olhando para ela. Uma luz fraca na porta da frente lançava um brilho desmaiado sobre uma de suas bochechas, enquanto o outro lado do rosto permanecia na escuridão. Ele sorria.

Andy Flynn tinha um aspecto terrível, como se tivesse acabado de sair do tambor rotativo de uma secadora de roupas. Quanto tempo estaria esperando naquele vento frio? Mak não se deixou desarmar por seu olhar inocente de derrotado.

– Makedde, estava torcendo para que você viesse logo para casa. Preciso muito falar com você – disse Andy. – Só quero que saiba que não matei ninguém. Não poderia jamais fazer uma coisa dessas.

– Não acho que seja uma boa idéia nos encontrarmos dessa forma – ela tentou dizer.

"Não o deixe nervoso."

– Talvez nós possamos...

– Não – ele a interrompeu agressivamente. – Por favor... Eu *preciso* conversar... Será rápido.

– Então por que não tomamos um café juntos? Tem uma cafeteria aqui perto. Assim podemos sair desse vento.

Mak precisava fugir da rua vazia. Tinha que estar com mais gente ao redor.

– Vamos lá, não é longe.

Alguns minutos depois, os dois estavam sentados à mesa de uma cafeteria em Bronte. Pela grande vidraça, via-se a praia, agora escura. As ondas batiam com força na areia. Uma tempestade se anunciava para breve, mas a chuva tinha dado uma pequena trégua. Makedde esfregou as mãos para se aquecer.

– O.k. – disse ela. – Que tal começarmos do início? Num momento, não conseguimos desgrudar um do outro e, no instante seguinte, você não retorna mais minhas ligações.

Andy estava em silêncio, curvado. Como um balão de hélio que começa a vazar gás e a descer depois de algumas horas, toda aquela agressividade parecia ter saído de dentro dele. Andy estava murchando devagar diante dela. Mak continuou:

— Você tem um péssimo hábito de aparecer sem avisar, sabia? Você se dá conta disso?

— Desculpe – disse Andy debilmente.

Ele suspirou e tentou escolher as palavras com cuidado.

— Receio que... eu talvez tenha colocado você em perigo.

Não era exatamente a resposta que ela estava esperando.

— Você me colocou em perigo? – perguntou Mak, contemplando o couro cabeludo de Andy.

— Foi sem querer – acrescentou ele, sem levantar os olhos.

— Sem querer? Quer dizer, assim como a sua esposa?

Andy ergueu a cabeça. Seus olhos estavam cansados e tristes.

— Sim.

— Fica difícil aceitar isso, levando em conta o que aconteceu com ela.

A garçonete colocou delicadamente as bebidas sobre a mesa e desapareceu em seguida. Makedde observou Andy colocar as mãos ao redor da xícara de café forte e fechar os olhos. Talvez, não houvesse nenhuma razão para temê-lo. Esse era o momento de descobrir.

— Não sou um assassino. Não matei nenhuma dessas pobres mulheres e, com certeza, não matei minha esposa. Mas acredito que quem quer que tenha feito isso sabe dos meus esforços para pegá-lo e está tentando me tirar da jogada.

— Está dizendo que o assassino tentou incriminar você?

— Sim. Cassandra foi só um instrumento para ele chegar até mim. E é por isso que você pode estar em perigo... Se ele sabe sobre nós, pode tentar usar você em seguida.

Era simples assim? Só uma armadilha?

– Você tem alguma razão para acreditar que ele esteja atrás de mim?

– Só o que você contou para o Jimmy. Não dá para ter certeza, mas isso me deixou cismado.

– Mesmo assim, a polícia não vai fazer nada para me proteger, né?

– Não. Nem pode. Mesmo que quisesse, não há evidências suficientes para justificar o deslocamento de um policial para essa função.

Até aí, nenhuma surpresa. "Por que não guardei aquela foto adulterada?"

– Então vamos esclarecer algumas coisas. Você não tem nada a ver com a morte da sua esposa? Foi falsamente incriminado?

– Sim, eu juro.

– E onde você estava quando ela foi assassinada?

– Sozinho, bebendo e com a cabeça em frangalhos, numa casa em Lane Cove, para onde eu fui desde que me suspenderam na segunda-feira de manhã – ele respondeu, com os olhos suplicando por crédito.

– Mas você não pode provar isso.

– Não.

"Hum-hum."

– E o que estava fazendo em Lane Cove?

– Precisava dar uma arejada. É uma pequena propriedade que compramos como investimento. Chegamos a ter um inquilino morando lá.

Mak ainda estava desconfiada.

– Então, se a casa era sua, por que a polícia não entrou em contato com você lá? Eles andaram procurando você, sabe disso.

– Na verdade, a casa era de Cassandra e ainda está no nome dela. Ela ia passar a escritura para o meu nome, como parte do acordo do divórcio, pois ficou com a casa de Woollahra, que vale muito mais. Eu não conseguiria mesmo morar mais naquela casa, então fiquei satisfeito com Lane Cove.

– E a faca de cozinha? – ela perguntou, continuando com o interrogatório.

– Roubada.

— E o sangue?

Andy mostrou a ela sua mão direita, esticando o polegar como se pedisse carona.

— Está vendo esse corte? Foi graças às suas lições sobre os benefícios dos legumes e frutas frescas.

Mak se lembrou do primeiro encontro dos dois e de seu comentário bobo. Era pouco provável que ele tivesse influenciado os hábitos alimentares de Andy.

— Quando?

— Na noite de sábado. É a única explicação que consigo encontrar.

"Ou será a única desculpa que você consegue encontrar?"

— Essa foi a última vez em que você usou a faca?

— Isso. Deixei-a na pia. Depois disso, fiquei com você. Na segunda-feira, quando fui para Lane Cove, não levei muita coisa comigo. Não tinha idéia de quanto tempo ficaria por lá. Precisava só espairecer um pouco, fugir da realidade. Não faço idéia se a faca já tinha desaparecido. Tudo o que sei é que ela não estava mais na pia ontem. Foi encontrada bem ao lado do corpo de Cassandra.

— Tem algo que ainda não entendi. Se você não mora na casa de Woollahra com Cassandra e teve que pegar algumas coisas para ir para a casa de Lane Cove, onde está morando?

— Estou hospedado há algum tempo no Hotel Holt. É um lugarzinho de quinta categoria na Cross. Foi por isso que nunca quis levar você até lá. Com toda a confusão desse caso, nem tive tempo de me mudar para um lugar decente.

— Jimmy ainda está conduzindo as investigações? — Mak perguntou.

— Os crimes do salto alto, sim, mas encarregaram outra pessoa do assassinato de Cassandra. Jimmy acha que sou inocente, ou pelo menos é o que ele diz, mas há uma porção de gente pensando que usei meus conhecimentos dos crimes para forjar uma cópia. Pelo que sei, também tem algum babaca com vontade de aparecer dedicando cada segundo do seu tempo a procurar um furo nos meus álibis para os outros crimes.

— E o que você pretende fazer?

— Para ser sincero, não sei mesmo. Não sei bem como, mas preciso pegar o criminoso. É a única forma de provar minha inocência. Parece que eles têm uma nova pista sobre o caso de Catherine, mas não querem me contar o que é. Estou oficialmente desligado da investigação desde segunda-feira. Nem o Jimmy me diz alguma coisa – suspirou Andy. – Não sei o que eles acham que eu fiz. Mesmo que eu conseguisse encontrar o culpado agora e extraísse uma confissão dele, não faria grande diferença.

Soava como se ele já houvesse tentado algo semelhante antes.

— Jimmy deu a entender que era uma boa pista?

— Não necessariamente. Só algo novo. Se fosse muito consistente, estariam todos atrás dessa pista, e não estão.

— Estão todos atrás de você.

— Exato.

Pela primeira vez, os dois sorriram juntos, no que pareceu uma eternidade.

— Você parece cansado. Deve ter tido uma semana horrível – Mak disse conciliadora.

— Pode apostar que sim. Estou chateado comigo por não ter telefonado para você. Não tenho nenhuma desculpa para isso, mas, quanto mais ficava isolado lá, menos vontade eu tinha de falar com qualquer pessoa.

— Menos ainda com uma mulher – ela completou de propósito.

— É, acho que sim – Andy admitiu.

Os modos dele estavam estranhos. Era como se tivessem roubado o vento de um veleiro. Mak queria dizer que entendia a situação, mas estaria mentindo. As coisas nunca seriam de novo como antes. Ela abaixou os olhos e viu que sua xícara estava vazia. Precisava voltar para casa e pensar sobre o que Andy havia dito, sem tê-lo por perto influenciando sua mente.

— Já é tarde. É melhor eu ir dormir.

— Levo você até a porta de casa, se não se incomodar.

— Claro.

O ar noturno estava elétrico, prenunciando tempestade. Eles caminharam até a casa de Makedde enquanto nuvens escuras e pesadas de chuva se moviam sobre suas cabeças.

— Obrigado por me escutar – disse Andy, quando chegaram à porta da casa dela.

Mak se despediu e desejou boa noite. Andy percebeu a cautela da modelo e preferiu respeitar isso. De qualquer forma, tinha sido bom para Makedde ter conversado com ele, ter ouvido sua versão dos fatos.

Mas de que lado estaria a verdade?

Capítulo 51

Uma chuva fria caía pesadamente sobre ele; galhos se arqueavam com o vento enquanto ele passava silenciosamente pelas ruas. Todo coberto de preto, movia-se com uma agilidade felina bem treinada. O gato de sua mãe, Spade, que ele havia estudado por tantos anos, caminhava com o mesmo passo ágil.

O carro de Makedde era fácil de achar – as palavras "Aluguel Barato" estavam estampadas em letras azuis num adesivo no vidro traseiro. O veículo estava estacionado rente à calçada, entre dois carros velhos, a uma quadra de distância da casa dela.

Ele se considerava um estrategista cuidadoso e não tinha dúvida de que seu novo plano iria funcionar. Tudo aquilo de que precisava era ser paciente, e ele conseguia ser muito paciente quando queria. Dessa vez, não haveria nenhum idiota intrometido para chegar de surpresa, arruinando seus planos. Quem quer que fosse o adversário com certeza não voltaria ali.

Parou a alguns centímetros do carro e olhou para os dois lados da rua tranqüila, escutando, examinando. Nada. Só vento, chuva e o farfalhar das copas das árvores. Tudo tinha que sair perfeito, como da última vez. Sem erros.

Estava realmente orgulhoso de sua criatividade com as últimas garotas. Elas tinham ficado muito fracas no fim, choramingando, implorando. Peles macias cobertas de lágrimas e sangue. Lindo. Makedde seria o ápice. O destino havia ligado os dois, e estava escrito no rosto dela. Ela seria uma importante conquista; o décimo sapato, um número simbólico.

A polícia o fazia rir. Cinco? Eles eram muito incompetentes, muito iludidos.

"Número dez."

"Com ela não posso ter pressa."

fetiche

  Contente por estar sozinho, ele tirou da bolsa uma pequena lanterna e um alicate. Segurando os dois objetos com uma mão só, deitou-se no asfalto molhado e deslizou sob a parte dianteira do carro, ignorando a chuva persistente que encharcava suas pernas. Acendeu a lanterna. Estava sob o compartimento do motor. Com um olho treinado, logo encontrou os cabos do motor de arranque e os desconectou. Depois os dobrou, enfiando-os nos vãos, para que não ficassem visíveis.

  Com a lanterna desligada, ele saiu de baixo do carro. Toda a operação tinha levado menos de um minuto. "Muito bom." Suas roupas estavam sujas e encharcadas. A rua continuava vazia. Ele flutuou alegremente até seu furgão. Esperaria por seu prêmio de manhã bem cedo ou o dia todo se fosse necessário. Esperaria nas sombras até o momento certo, perfeito.

  E *seria* perfeito... em breve.

Capítulo 52

Na manhã seguinte, às 8 horas, Makedde ligou para o celular de Jimmy. Ela precisava saber sobre a nova pista que Andy havia mencionado, mas também queria discutir seu pressentimento sobre o carro que de vez em quando via. Uma dica tinha aparecido em seus sonhos. Ela estava certa de que Andy a estava seguindo. Mas por quê? E por que ele não disse nada a respeito? Andy tinha se queixado de Cassandra por ela ter ficado com o Honda e agora ele estava novamente com o carro. Quão longe teria ido para consegui-lo? Quando esperou Mak na porta da frente, tinha estado atrás dela o dia inteiro? E havia ainda mais uma coisa. Ele dizia que tinha feito o corte no polegar direito quando cortou uma fruta com a faca que mais tarde foi usada para matar sua esposa.

Só que Andy era destro.

Mak saiu do portão e ficou olhando para as ondas em Bronte. Planejava ir embora em duas semanas, no máximo. Sua família nunca iria perdoá-la se não estivesse em casa quando nascesse o primeiro filho de sua irmã. Mak tinha prometido a si mesma que não iria embora até que encontrassem o assassino de Catherine e odiaria voltar para casa com o rabo entre as pernas, fracassada. Mas não, ficaria apenas mais duas semanas e então se daria por satisfeita por ter feito tudo o que estava a seu alcance.

O telefone tocou. Automaticamente, ela o tirou do gancho.

– Jimmy!

– Oi, Makedde. Aqui é a Suzy, da Book.

"Suzy?"

– Desculpe, estava esperando outra ligação.

– Em quanto tempo você consegue chegar à cidade?

– Hum... Em uns vinte minutos, se pegar um táxi.

– Uma garota ligou desesperada. Estão querendo alguém agora mesmo para uma sessão de fotos para a Elle. Quatro horas. Tarifa de metade do dia.

— Ótimo.

Um trabalho para a Elle renderia excelentes recortes para o seu álbum. Suzy lhe passou o endereço, e Makedde chamou um táxi assim que desligou. Suzy? Havia tantos agentes ali, e ela não conseguia lembrar metade dos nomes. Suzy devia ser aquela de cabelos ruivos encaracolados. Poucos minutos depois, o táxi chegou. Carregando na bolsa o estojo de maquiagem e seu álbum, Makedde desceu correndo as escadas, rumo ao que seria seu último trabalho em Sidney.

* * *

Andy Flynn podia jurar que seus colegas se afastaram quando ele entrou no elevador. Os dois agentes à sua esquerda lhe deram as costas, e a garota de origem chinesa que trabalhava no departamento de Medicina Legal se espremeu num canto, visivelmente desconfortável por compartilhar com ele um espaço tão reduzido. Ela desviou os olhos e praticamente deu um pulo quando Andy fez um pequeno movimento.

Bem-vindo à realidade. Os homens e mulheres que constituíam a equipe de que ele fazia parte, ou *tinha* feito, agora o tratavam como um leproso. Culpado até que provasse inocência. Será que não sabiam que ele tinha álibis para os assassinatos daquelas mulheres? Mas seu álibi para os outros crimes não era suficiente. Provavelmente, pensavam que havia matado sua esposa e forjado a cena para que se parecesse com as dos outros crimes. A maioria já tendia a ver policiais especializados em crimes em série com certa dose de desconfiança. Ter estudado no FBI, nos Estados Unidos, tinha feito com que Andy fosse promovido, mas também tinha rendido a ele muita antipatia por parte dos outros.

O velho elevador subiu num ritmo mais que vagaroso. Quando ele finalmente desembarcou, teve a impressão de ouvir os outros passageiros suspirarem aliviados. Andy não queria confusão. Só tinha ido até lá para saber os resultados dos testes. Ninguém havia retornado suas ligações, nem mesmo Jimmy, e ele estava cansado de ser feito de idiota.

Era ridículo examinarem seus calçados, e Andy tinha deixado isso bem claro. Ele sustentava que haviam tentado incriminá-lo falsamente e, se isso fosse verdade, os testes não acusariam nada. Andy tinha botas velhas que não usava havia anos, e qualquer pessoa poderia ter pego um par delas, junto com a faca. Poderiam ter feito o rastro com o sangue de sua esposa e depois colocado as botas de novo no armário. Seria algo bem fácil.

Andy entrou no escritório da Delegacia de Homicídios e notou que Jimmy não se encontrava lá, assim como boa parte dos detetives. O inspetor Kelley, porém, estava ali e parecia surpreso em vê-lo.

— Hum, Flynn. O que você está fazendo aqui? Sabe que os testes das pegadas foram adiados.

— Ah, que ótimo – disse Andy, com uma expressão de irritação.

— Estão aparecendo uns dados novos – disse Kelley, num tom um pouco mais simpático. — Não estamos mais concentrando a investigação na arma e nas pegadas encontradas no assassinato de sua esposa.

— Você está dizendo que não sou mais um suspeito?

A expressão de Kelley se endureceu.

— Não estou dizendo nada, no momento. O que você está fazendo aqui?

— Só queria me informar sobre os testes. Não se preocupe, não estou planejando ficar por muito tempo.

— Espero que essa situação se resolva logo – disse o inspetor-detetive, desaparecendo em seguida pelo corredor.

Parecia que Kelley não sabia ao certo como tratar uma pessoa indesejável. Ninguém sabia.

Andy ia embora, quando viu Jimmy saindo do elevador. Seu parceiro de longa data olhou-o duas vezes, como se quisesse ter certeza de que era mesmo Andy, depois lhe deu um "oi" distraído e passou direto por ele para atender o telefone que tocava sobre a escrivaninha. Andy ficou observando Jimmy murmurar ao telefone. Estava ficando irritado com todos aqueles segredinhos.

— *Skata*! Como assim você o perdeu de vista? – gritou Jimmy de repente.

Sua pele ficou vermelha e as veias começaram a saltar em seu pescoço.

— Como isso é possível? — berrou, pontuando a frase com um murro na mesa.

Jimmy bateu o telefone. As orelhas de alguém estariam latejando.

— Ei, Jimmy, o que foi isso? Perderam *quem* de vista?

— Ah, skata! É uma confusão! — sussurrou. — Nunca imaginei que você fosse capaz disso, parceiro. Então, fiquei de olho em alguém que poderia ter tentado incriminar você. Tinha esse cara lá no bar, Ed Brown. Começamos a vigiá-lo, mas ele nos enganou — Jimmy disse, esfregando o rosto com as mãos trêmulas. — Merda, nós o perdemos de vista...

Andy quase não conseguiu absorver o resto do que Jimmy falava. Sentia-se nauseado. Eles haviam encontrado o Assassino do Salto Alto e tinham deixado que ele escapasse.

A história ficou ainda pior.

— Ele deu um telefonema antes de sair — continuou Jimmy. — Estávamos com o rastreador ativado. Ele ligou para Makedde.

Andy não precisou falar nada: a expressão em seu rosto dizia tudo. Ele estava de volta ao caso, quer o inspetor gostasse ou não.

— Kelley vai pedir minha cabeça por causa disso. Mas, ah, foda-se — exclamou Jimmy, estendendo a mão para uma gaveta de aço e tirando dali uma arma, que passou para Andy sem hesitar. — Estamos procurando um furgão Volkswagen azul ano 76. Passo os detalhes para você no carro.

Capítulo 53

O telefonema veio apenas meia hora depois de Makedde cair na cama, exausta pelo trabalho de quatro horas que tinha durado mais de sete. Ela havia passado o dia em vestidinhos assimétricos minúsculos, com o rosto borrado de rímel, pendurada na beira das janelas empoeiradas de um armazém abandonado em Surry Hills. Tudo em nome da nova tendência de moda lançada por Elle. Tinha sido um alívio fechar suas pálpebras entupidas de sombra brilhante assim que chegou em casa, mas logo o telefone ao lado da cama começou a tocar, roubando-lhe aquele momento de paz.

— Alô? — uma voz masculina disse educadamente. — Aqui é da Book Agência de Modelos.

Outra voz que ela não reconhecia.

— Makedde, desculpe avisar em cima da hora, mas precisamos que você compareça a uma seleção de modelos no centro da cidade dentro de meia hora.

"Meia hora!"

— É muito importante que você chegue pontualmente. A seleção é para um comercial de meia-calça, então deixe suas pernas à mostra. Saltos altos iriam bem. Verifique a aparência dos seus pés.

Ela não se deu ao trabalho de reclamar. Já estava acostumada com esses chamados em cima da hora, que normalmente acarretavam o cancelamento de outros planos.

— Para quando seria a sessão de fotos?

— Hum, na próxima semana.

— Quanto estão pagando?

— Trinta mil.

Uau. Aquilo era excepcional. Um comercial normal pagaria geralmente entre 10 e 15 mil dólares para uma modelo não muito famosa como ela.

Tanto dinheiro daria para cobrir muitas mensalidades da faculdade, os livros e ainda mais.

Makedde anotou o endereço e agradeceu ao agente. Por sorte, suas pernas e seus pés ainda estavam lisos e hidratados, e ela tinha seu álbum novamente, ainda que incompleto. Tudo o que precisava fazer era se vestir de acordo e chegar lá a tempo.

* * *

Dezenove minutos mais tarde, Makedde estava em pânico.

"Não agora!"

Ela girou novamente a chave na ignição do carro alugado, mas nada. Apertou com força a chave, girou, girou...

Nada. Pifado.

"Não tenho tempo para isso!"

Mak saiu do carro e abriu o capô. Apertou os olhos, examinando aquela confusão lubrificada de fios, tubos e peças de metal, sem conseguir identificar o problema. Não tinha experiência com mecânica, e a luz escassa atrapalhava ainda mais. Foi até o porta-malas para procurar uma lanterna, mas não encontrou nada.

Mak tinha se aprontado tão rápido quanto possível, escolhendo um vestido curto e sapatos de salto alto para deixar bem em evidência suas pernas torneadas. Mal havia tido tempo de ajeitar a maquiagem remanescente da sessão de fotos daquele dia, mas mesmo assim, com tudo isso, ali estava ela, cada vez mais longe de conseguir chegar ao compromisso na hora marcada. Droga de agência. Totalmente desorganizados. Ou a culpa era do cliente? Não seria a primeira vez. De qualquer modo, parecia que Charles andava muito ocupado naqueles dias para pensar nela. Mak estava sendo jogada de agente em agente. Talvez devesse mesmo ter trocado de agência.

Um furgão azul-claro passou por ela, depois deu ré, e um rapaz de cabelos ruivos se inclinou para fora da janela do motorista. Havia nele alguma coisa de familiar.

– Precisa de ajuda? – ele perguntou casualmente, num tom de voz suave e amigável.

– Não. Está tudo bem, obrigada – Mak respondeu.

Ele olhou para o capô aberto.

– Tem *certeza* de que não precisa de ajuda?

"O que eu faço?"

Ed Brown esperou pacientemente que Makedde se decidisse.

Capítulo 54

O Comodoro da polícia desceu depressa a Rua William, com a sirene apitando numa urgência menosprezada pelo trânsito na hora do *rush*. Logo eles se viram bloqueados por uma massa de veículos parados; homens e mulheres que voltavam do trabalho sem imaginar que atravancar a rua pudesse resultar noutro violento assassinato. Andy se inclinou para fora da janela do passageiro e gritou:

– Movam-se! Droga, saiam da frente!

Sua explosão não teve nenhum efeito a não ser assustar uma jovem mãe que estava com o carro parado ao lado deles. A criança dormindo no banco de trás não se moveu.

– Segure firme – disse Jimmy, girando o volante todo para a direita e subindo no canteiro central.

O carro acelerou pelo lado direito da Rua William, na contramão, com a sirene ligada em volume máximo e o farol alto lampejando para alertar os veículos que vinham no sentido oposto. Assim que passaram por um semáforo, Jimmy avançou novamente sobre o canteiro central cantando os pneus.

Andy, sentado no banco do carona, apoiava os pés com força no chão, segurando também a alça sobre a porta.

– Fale-me sobre esse tal de Ed Brown. Quem é esse sujeito? – perguntou ao seu parceiro.

– Um funcionário do necrotério, freqüentador habitual do nosso bar. Você o reconheceria se o visse, Andy. Era ele o encarregado do necrotério no dia em que Makedde foi até lá para reconhecer o corpo de Catherine Gerber – disse Jimmy, sem tirar os olhos da rua. – Acho que esse *malaka* deve ter visto vocês dois juntos depois disso e ficou enciumado. Cassandra foi o jeito que ele encontrou de tirar você do caminho. O cara conversou comigo no bar uns dias atrás, num tom bem casual.

Jimmy fez uma pausa para buzinar e xingar alguns motoristas que não saíam da frente.

– Ele me perguntou de você. Sabia sobre Cassandra e sabia que você andava desaparecido. Disse que achava que você tinha matado sua esposa. Não concordei, mas havia alguma coisa estranha naquele rapaz. Ele insistia em falar de você e sobre o caso. Se você tinha sido suspenso, se era o suspeito principal, esse tipo de coisa.

– E o que você fez?

– Não refleti muito sobre isso até chegar em casa. Mas, de repente, me peguei pensando no necrotério e imaginei que o instrumento afiado que o assassino usou poderia ser um bisturi. Eu não tinha muitas outras pistas, então resolvi checar o passado do cara. Ele causou alguns pequenos incêndios na adolescência, episódios sem muita gravidade, mas isso me fez pensar na "tríade homicida". Você sabe, todas aquelas coisas que você ficou alardeando quando voltou dos Estados Unidos, quer dizer: xixi na cama até mais tarde, crueldade com animais, tendências incendiárias. Pedi para Colin perguntar no necrotério se alguém tinha notado algo suspeito. Ontem, o Colin me chega com a notícia de que alguns instrumentos de autópsia tinham desaparecido. Depois, ficamos sabendo que Ed Brown foi despedido na quinta-feira.

– O mesmo dia da morte de Cassandra.

– Exato. Suponho que o sujeito esteja usando esses instrumentos com suas vítimas. Pusemos o cara sob vigilância, e agora acontece isso. O bastardo nos escapa entre os dedos. Não sei se ele já tinha conhecimento de que estávamos atrás dele, mas parece que percebeu rápido.

O trânsito parecia não querer colaborar com eles.

"Makedde, agüente firme."

Capítulo 55

Makedde estava claramente ansiosa. Esse era um bom sinal. Assim ela baixaria a guarda, em sua pressa de chegar a tempo àquela seleção inexistente para um comercial de meia-calça, com 30 mil dólares em jogo. Ele via o rosto dela ficando mais vermelho e sua respiração se acelerando. Seus seios se moviam para dentro e para fora naquele ritmo arfante, fazendo com que as casas dos botões de seu casaco se esticassem e contraíssem no mesmo compasso. O vestido de Makedde ia até o meio das coxas, e ela oscilava de leve sobre os sapatos pretos de salto-agulha, com os joelhos tensionados.

"Ela não me reconhece. Ninguém nunca consegue."

Ele sabia que não dispunha de muito tempo para dar o fora da cidade. A polícia, por mais estúpida que fosse, devia estar nos seus calcanhares. Mas não iria embora dali sem seu prêmio especial.

– Sério, pode deixar – disse Mak. – Eu me viro.

Talvez, ela estivesse mais preparada do que ele havia imaginado. Obviamente, o dinheiro não era suficiente. Ela precisava de mais persuasão. Estava provavelmente mais cansada que as outras, e era mais esperta.

Ele deu um sorriso gentil e amistoso.

– De verdade, é um prazer ajudar.

Ele jogou o argumento decisivo.

– Minha mulher tinha um Daihatsu desses antes de nos casarmos. Exatamente o mesmo modelo, ano 93. Também vivia dando problema.

Os cantos da boca de Mak se curvaram levemente, e ela olhou de novo para o carro.

– Você sabe consertar isso? – perguntou enfim.

Ed saiu de seu furgão sorrindo e deslizou com cautela o martelo para a parte de trás de suas calças.

– Sim, claro. Na verdade, sou mecânico – mentiu.

— Sério? — Mak parecia aliviada. — A propósito, como você se chama?

— Ed. Ed Brown.

— Muito prazer, meu nome é Makedde. O problema é que estou com um pouco de pressa.

Ele ficou bem do lado dela. Mak parecia ainda mais alta perto dele, com aqueles sapatos. Os sapatos que tinha calçado para ele.

— Tem certeza de que não prefere simplesmente pegar uma carona? Seria mais rápido.

Ela ignorou a sugestão.

— Dá para descobrir o problema? Sei que está um pouco escuro aqui.

Ele examinou a rua. Estava vazia. Depois se inclinou sobre o compartimento do motor, puxou um cabo e levantou a varinha de sonda.

— Ah, olhe aqui. Está vendo isso? — chamou, com um aceno de cabeça.

Ela se inclinou sobre o motor.

O martelo se moveu com rapidez e Makedde caiu para a frente.

Com força e destreza bem treinadas, ele a escorou e a arrastou até o furgão. Entrou no carro com ela nos braços e fechou a porta deslizante atrás de si. Em questão de segundos, Makedde estava sem casaco e com os pulsos algemados.

"Pouco tempo."

Ele conseguia distinguir o barulho distante de uma sirene. Não havia tempo para amarrar a mordaça, mas o que importava? Ela estava inconsciente e, de qualquer modo, ninguém a ouviria no lugar para onde iria levá-la. Ele parou por um instante para contemplar Mak totalmente desamparada em seu exíguo vestidinho preto.

"Meu prêmio."

CAPÍTULO 56

Andy estava ligando para Makedde de seu celular a cada cinco minutos desde que saíra da Central, mas ela não respondia. Ele torcia para que Ed estivesse muito ocupado tentando salvar a própria pele, em vez de raptá-la. Talvez Mak estivesse trabalhando ou tivesse saído para uma caminhada.

O frio em sua barriga lhe dizia o contrário.

Um surfista bronzeado de cabelos longos ficou olhando de boca aberta o carro da polícia parar com as rodas na calçada diante da casa em Bronte. Andy pulou do carro e correu para a porta da frente, com Jimmy logo atrás. Ele teve a impressão de ouvir o som distante das sirenes das equipes de reforço a caminho.

Andy socou a porta:

– Makedde!

Nenhuma resposta.

– Vou dar uma olhada nos fundos.

Andy correu pela grama e subiu as escadas da entrada de dois em dois degraus. Olhou através dos vidros, procurando Makedde.

– Nenhum sinal. Vamos entrar! – gritou Andy.

Em questão de segundos, Jimmy estava ao seu lado. Os dois contaram até três e chutaram a porta juntos.

Não havia ninguém na sala principal... na cozinha... nem no banheiro. No quarto de dormir, calças de ginástica e um casaco de moletom tinham sido atirados num canto. Algumas gavetas estavam abertas, e um estojo de maquiagem estava jogado sobre a mesa de cabeceira, com seu conteúdo espalhado. Ela devia ter saído com pressa, não muito antes de os dois chegarem.

Sirenes ecoaram na rua. Jimmy abriu a porta da frente para os policiais e colocou-os rapidamente a par dos acontecimentos, enquanto

Andy procurava em desespero alguma dica do paradeiro de Makedde.

– Há uma equipe pronta para ir ao apartamento de Ed Brown – disse Jimmy. – Vamos mandar um helicóptero de buscas para localizar o furgão. O que mais?

Andy podia perceber a brusca mudança de atitude. Ele fazia de novo parte da equipe. Acreditavam nele.

Capítulo 57

Gritos. Gritos infernais dilatados no espaço, arrebentando-se como tiras elásticas esticadas em excesso. Eles pareciam remotos, afastados, mas, apesar de toda a náusea que sentia e da confusão que permeava seu cérebro, Makedde conseguiu perceber que era sua mente que criava aqueles sons aterrorizantes. A inconsciência ameaçava vir de novo ao seu encontro, um vácuo infinito que a convidava a afastar-se da dor, e ela precisava lutar com toda a sua força de vontade para escapar àquela tentação. Mak estava deitada com a barriga para cima; seus pulsos tinham sido algemados e fixados a alguma coisa. O metal duro rangia sob suas costas, enquanto ela deslizava para cima e para baixo. Mesmo aturdida, tentou identificar onde se encontrava, mas era difícil, com a luz escassa, tanto barulho e movimento.

Sua orelha esquerda, constantemente friccionada contra seu bíceps, parecia pegajosa. Os braços de Mak estavam tão esticados sobre a cabeça que seus ombros doíam a cada trepidação do carro. Ela não podia movê-los ou relaxar os músculos. As pancadas no terreno e as guinadas bruscas jogavam-na de um lado para o outro. Abrindo de leve um dos olhos, percebeu que estava estendida sobre o assoalho de um furgão velho.

Foi quando se lembrou do homem ruivo.

Ele ia ajudá-la com o problema mecânico do carro.

Inclinando a cabeça para trás, Mak tentou identificar o que mantinha seus punhos atados – pareciam ser algemas de metal, acorrentadas à parede do compartimento de carga.

O furgão fez uma curva brusca.

As pernas de Makedde oscilaram, e seus sapatos de salto rolaram pelo chão. Havia um cheiro estranho, parecido com desinfetante, vindo da coberta em que ela estava estendida, das paredes, de toda parte. Aquele odor enchia suas narinas e chegava até os pulmões, dando vontade de espirrar.

E havia ainda outra coisa vagamente familiar... Óleo de cânfora, talvez?

Viu de repente sua mãe, Jane, sorrindo enquanto esfregava óleo de cânfora em seus pulsos de criança, para curar os arranhões que sofrera caindo de patins.

Outra visão... Catherine. Morta. Enrolada numa mortalha de pano. O mesmo cheiro de óleo de cânfora, com um odor subjacente... de carne em decomposição.

Makedde podia sentir o cheiro da morte no furgão onde estava.

Com seus olhos semiabertos, ela conseguia entrever a nuca do motorista, através do vão nas cortinas. Já o tinha visto em seus pesadelos nas últimas duas semanas. Ele tinha assassinado garotas como Makedde e agora iria matá-la.

Capítulo 58

Pouco mais de uma hora depois do telefonema, Andy Flynn estava diante do prédio decrépito de três andares em Redfern que Ed Brown tinha dividido durante toda a vida adulta com sua mãe inválida. Ervas daninhas multiplicavam-se entre os tijolos da construção, e algumas vidraças tinham sido coladas com fita adesiva. A estrutura inteira parecia inclinada para um lado – exatamente aquele que ostentava o número 18.

Um boletim de alerta tinha sido emitido pela polícia. Cada patrulha, cada hospital, cada estação de trem ou ônibus e cada aeroporto estava de prontidão. Um helicóptero de buscas tinha acabado de decolar. Ed Brown estava na mira. Finalmente o Assassino do Salto Alto ganhara um rosto.

Mas Andy sabia que isso não era suficiente.

Se ele estivesse participando das investigações, as coisas teriam chegado a esse ponto? Se tivesse continuado a vigiar Makedde, isso teria acontecido? Será que ele estaria horas atrasado diante do apartamento do assassino?

Não conseguiram encontrar nada na casa de Makedde. A agência Book havia confirmado que ela não constava de nenhuma escalação desde o término da sessão de fotos para Elle, naquela tarde. Faltavam ainda mais vinte e três horas para que Mak pudesse ser oficialmente dada como desaparecida, mas ninguém fazia a menor idéia de onde ela estivesse.

– Este lugar está cheio de detetives – disse Jimmy, interrompendo a seqüência de pensamentos de Andy.

Além dos que se achavam lá, Hunt, Reed e Sampson tinham acabado de chegar. Pareciam ainda novatos naquela situação.

Jimmy entrou com Andy no prédio e subiram juntos até o terceiro andar. A mãe de Ed era paraplégica, mas não havia elevador ali. Logo identificaram a senhora Brown no movimentado corredor do terceiro andar, espremida numa cadeira de rodas velha, que deixava vazar para todos os lados os pneus de gordura da mulher. Ela gesticulava com seus braços flácidos e branquelos, enquanto gritava com um pobre policial que tentava inutilmente acalmá-la. Aquela senhora apresentava um aspecto horrível para alguém que tinha menos de 50 anos. A maquiagem pesada se acumulava nos sulcos de seu rosto envelhecido. Andy reparou em sua boca pintada de vermelho berrante, combinando com as unhas escandalosas, e na blusa transparente que mal tapava os seios pesados e cheios de estrias. Uma manta cobria parcialmente os cotos das pernas amputadas. Ela não usava calças.

A senhora Brown não parecia encabulada por estar seminua, nem particularmente triste ou assustada diante da sucessão de acontecimentos – estava apenas irritada. Ela praguejava numa voz alta insuportavelmente aguda, fazendo ameaças indecorosas. Um senhor barrigudo com uns poucos cabelos brancos na cabeça e um nariz que mais parecia um tomate estragado segurava os ombros da senhora Brown com ar protetor. Ele era o síndico do prédio; chamava-se George Fowler, era casado e tinha quase 70 anos. Flynn percebeu que George parecia ter extrapolado suas meras funções de administrador do prédio com a senhora Brown e ficou imaginando o que um homem casado poderia ver numa mulher repugnante como aquela. Efeito colateral do Viagra, talvez.

Andy e seu parceiro passaram pelos dois a caminho da porta do apartamento 18. A mãe de Ed recomeçou a gritar:

– Ele não fez nada!

Um agente usando luvas de borracha e com um equipamento de filmagem passou por baixo do cordão de isolamento da polícia. Andy e Jimmy imitaram o gesto. O local cheirava a podre; era um apartamento de dois quartos, com um pequeno banheiro e uma cozinha compartilhada com a sala. As paredes e os móveis exalavam um cheiro persistente de cigarro e cerveja. Andy contou cinco cinzeiros cheios somente em um dos quartos. O lugar era uma bagunça. Pilhas de revistas e jornais empoeirados acumulavam-se em cada superfície da sala. Havia garrafas espalhadas por toda parte e até um batom aberto, que tinha deixado uma mancha vermelha sobre o carpete. Uma torre de livros comprados em sebos chegava até a altura dos olhos de Andy; basicamente, ficção barata e romances cheios de orelhas. Duas poltronas desfiadas pareciam em vias de apodrecer.

Em um instante, Andy já era capaz de delinear a vida de Ed: anos trazendo compras para a mãe em casa; comida congelada, cerveja e remédios. Dar banho nela, trocar suas roupas, virá-la na cama. Só em seu quarto, com a porta fechada, ele poderia ter alguma privacidade.

Sentado, um gato preto observava tudo com profunda indiferença, seus olhos amarelos brilhavam intensamente no quarto mal iluminado. Jimmy reparou no gato e gesticulou para ele em tom de zombaria:

— Olá, pequeno Lúcifer...

O gato miou e partiu para um ataque maldoso, errando Jimmy por uma questão de milímetros.

Andy viu três grandes barris transbordantes de garrafas vazias de cerveja e bebidas destiladas e ficou pensando se a casa de Cassandra tinha ficado tão fedorenta assim depois de seus dias de bebedeira lá dentro.

— É bom saber que são adeptos da reciclagem — murmurou simplesmente.

— *Skata*! Ela parece conhecida! — disse Jimmy, apontando para um grande retrato emoldurado, onde se via uma jovem mulher em preto-e-branco. Mesmo com a maquiagem pesada e o penteado fora de moda, a semelhança era inequívoca.

"Makedde."

A senhora Brown tinha sido bonita um dia — cabelos loiros, olhos claros, nariz perfeito. Qualquer incerteza quanto a Ed ter raptado Makedde dissipou-se naquele instante. Andy podia enxergar tudo com clareza. Ed Brown tinha uma obsessão por sua mãe.

O piso do quarto de Ed era quinze centímetros elevado em relação ao resto da casa. Teria ele escolhido aquele quarto por esse motivo? Obviamente, sua mãe não seria capaz de entrar ali sem ajuda. Num contraste gritante com o resto do apartamento, o quarto de Ed era incrivelmente limpo e organizado. Havia uma escrivaninha com uma luminária, uma cesta de papéis vazia, uma cama de solteiro e um conjunto de prateleiras numa parede. Nada de roupas amarrotadas, papéis jogados pelos cantos, coisas fora do lugar. Os lençóis estavam tão perfeitamente esticados que seriam capazes de fazer quicar uma moeda.

O cheiro de cigarro era fracamente perceptível, mas havia outro odor estranho no ar irritando o nariz de Andy. O fotógrafo da polícia montou seu equipamento e começou a tirar fotos do vão sob a cama. A colcha tinha sido arrancada e uma sucessão de flashes iluminou a bem arrumada coleção de sapatos.

Nove sapatos de salto-agulha sem par.

"Nove."

Andy reconheceu alguns deles: o sapato vermelho imitando couro de cobra de Roxanne Sherman; o sapato preto reluzente que pertencera a Catherine Gerber, com uma fina tira no tornozelo.

– Alguém encontrou os instrumentos desaparecidos? – perguntou Andy para o agente do lado de fora do quarto.

– Ainda não. Estamos procurando. Há tanta porcaria por aqui...

– Ele as conservaria num lugar limpo – disse Andy. – Procure uma sacola fechada ou uma caixa em algum lugar. Vamos revirar este quarto.

O agente concordou e falou com alguém no corredor. Andy duvidava que fossem achar as ferramentas para autópsia. Aquele não era o lugar de trabalho de Ed; era onde ele dava vazão a suas fantasias e recordações. Os instrumentos deviam estar com ele.

O fotógrafo apontou sua câmera para o conjunto de prateleiras de madeira sustentadas por armações em forma de Y na parede à esquerda da cama. Alguns livros e miudezas estavam arrumados sobre elas, junto com uma caixa de sapatos envolvida num saco plástico.

– Abram a caixa – disse Jimmy.

Hoosier obedeceu, tentando parecer importante. Estendeu o braço para pegar a caixa, enquanto o fotógrafo esperava com as lentes já preparadas. Quando Hoosier abriu a caixa, imediatamente desviou o rosto, torcendo o nariz.

Com a mão cobrindo o nariz e a boca, Andy deu um passo à frente e examinou o conteúdo.

– Meu Deus!

"Dedos de pés amputados."

Perfeitamente pintados com esmalte vermelho brilhante. Dedões. Dedinhos. Diferentes tamanhos e formatos. Estados de decomposição variados, também. Andy contou pelo menos dez. Havia ainda uns estranhos pedaços enrugados de couro. Não! Eram mamilos – dois pares.

Passou a caixa para o fotógrafo, que tirou fotos dela de vários ângulos. Mas o que o detetive Flynn viu em seguida perturbou-o ainda mais. Na parede quase nua diante do pé da cama, havia uma grande fotografia afixada. Andy imediatamente reconheceu a pessoa retratada. Era Makedde, posando lindamente numa minissaia de couro, com sapatos de salto.

Capítulo 59

A cabeça de Makedde estava latejando, cheia de pensamentos sombrios. Ela havia perdido a noção do tempo. Estavam rodando havia meia hora? Ou duas horas, talvez? Mak lutava para se manter acordada, enquanto seu corpo deslizava no piso do furgão. Depois de um pequeno e abençoado trecho de asfalto liso, tornavam a passar por um terreno pedregoso. O veículo avançava aos solavancos, fazendo com que os pulsos doloridos de Makedde, já em carne viva, se esfolassem ainda mais dentro das algemas de metal.

Mak decidiu falar.

— Eu... Eu não conheço você. Posso dizer que não vi seu... — começou ela, engolindo as palavras assim que passaram por uma grande cratera, o que a fez bater a nuca com força contra o assoalho.

Com a garganta arranhando, Mak recomeçou a falar, tentando raciocinar e parecer calma.

— Não vi direito o seu rosto. Você pode ir embora. Posso lhe dar dinheiro. Tenho um cartão do banco...

Ele não estava ouvindo. Não percebia nem mesmo o som da sua voz.

Ela tentou novamente, dessa vez mais alto.

— Vou dar para você meu cartão do banco e a senha. Pego eu mesma o dinheiro, se quiser. Pode me soltar. Não vou contar para ninguém. Você podia...

Mak tentou mover-se um pouco, para aliviar a pressão sobre os ombros. "Faça alguma coisa. Qualquer coisa!" O que tinham ensinado a ela? Se uma estratégia não funcionar, tente outra. Com esforço, Mak colocou sua longas pernas para o alto, como se estivesse de cabeça para baixo numa bicicleta. O movimento brusco fez com que ficasse meio zonza. Os dedos de um dos pés tocaram a porta, enquanto a ponta de seu outro pé alcançou a parede do compartimento de carga do furgão. Ela tomou um pouco de impulso e bateu com os dois pés contra a porta, gritando com todas as suas forças.

– ME SOOOOOOOOOOLTEEEEEEE!!!!

A porta era pesada e não se moveu, mas seu raptor girou a cabeça. Finalmente ela tinha conseguido chamar sua atenção.

– Cale essa boca! – gritou para Mak, com uma voz estranhamente aguda.

Ainda estavam passando sobre o terreno pedregoso, e o homem virou a cabeça para prestar atenção no caminho, mas àquela altura o furgão já tinha começado a derrapar. Ele esterçou o volante com força para a direita. Uma árvore surgiu no meio da noite escura e se chocou contra a parte esquerda do pára-brisa, que se quebrou com estrondo numa infinidade de cacos. O furgão se desequilibrou e o corpo de Makedde bateu na parede, ao mesmo tempo em que uma pesada caixa de ferramentas deslizava pelo chão de encontro às suas costelas. O homem deu um pequeno grito, enquanto o veículo capotava. Ainda algemada, Makedde foi novamente atirada contra a parede, com o corpo todo torcido. Então houve outra grande batida.

O furgão foi parar na água.

Capítulo 60

Revistas pornográficas alternativas: *Pezinhos de Anjo, Amordaçadas, Clube do Sadomasoquismo.* Fotos amadoras de mulheres sexualmente escravizadas. Retratos violentos de atos sexuais não consentidos. Todas essas coisas estavam empilhadas no armário de Ed Brown, cuidadosamente organizadas por data, remontando há pelo menos dez anos. A revista predileta de Ed parecia ser a *Pezinhos de Anjo,* uma publicação especializada em pés femininos e sapatos apelativos. Andy fez uma busca entre as revistas. Além de um pouco de poeira, encontrou um pacote lacrado com vinte rolos de filme polaróide.

— Procurem fotos polaróides – comandou. – Procurem uma máquina polaróide. Tomem cuidado com as impressões digitais.

Um lençol escuro cobria uma série de formas estranhas no fundo do armário. "O que mais?" Andy pediu que o fotógrafo tirasse fotos da arrumação antes de levantar o lençol. Três jarras grandes, contendo alguma coisa embebida num líquido turvo.

O estômago de Andy se revirou. Cada jarra continha um pé humano inteiro, cortado exatamente abaixo do tornozelo.

"Meu Deus do céu."

Os pés pálidos arqueavam-se com uma elegância sem vida, com suas unhas também pintadas de vermelho berrante, todos em perfeito estado de conservação dentro do formol. Andy sentiu um torpor conhecido apoderando-se de seu corpo e anestesiando seus nervos. Ele não ajudaria Makedde em nada se perdesse sua objetividade. "Nada de medo. Nada de repugnância. Mantenha o enfoque clínico. Preserve seu lado profissional."

Os flashes registraram a descoberta, cessando em seguida.

— Ele pinta essas unhas com o mesmo esmalte, mas só dos pés e dedos que conserva. Aqueles que aprecia. Uma espécie de pedicuro póstumo.

Encontrem o esmalte vermelho. Queremos tudo o que pudermos descobrir – disse Andy, ajuntando depois um pensamento novo. – O esmalte é da mãe dele.

– Não sabemos se ele está com Makedde – Jimmy tentou dizer, observando de perto o rosto de Andy. – Pode ser que ele tenha simplesmente escapado.

– Ele não está com ela? Você só pode estar brincando comigo!

– *Skata*! Foi mal, amigo. São os fatos. Nós temos apenas suposições. Não podemos *saber* com certeza – afirmou Jimmy, com o rosto pálido e os cabelos em desalinho. – Posso falar com você um instante? – sussurrou em seguida para seu parceiro.

Andy balançou a cabeça e seguiu Jimmy até um pequeno banheiro, onde poderiam ter um pouco de privacidade. O cômodo estava bem limpo, e era o único ponto da casa sem hordas de detetives empunhando sacolinhas plásticas com provas criminais. Andy queria que alguém desse uma busca lá também, mas naquele momento Jimmy estava falando com ele em voz baixa.

– Esse maluco é completamente obsessivo. Acho que está obcecado por você. Matou sua esposa e fez tudo para jogar a culpa em você. Ele deve ter algum pequeno depósito de objetos pessoais de suas vítimas. Quando o encontrarmos, você vai ficar limpo.

Andy ainda não podia parar para pensar nisso. Precisava antes impedir que Ed cometesse outro crime.

Jimmy continuou:

– E, nesse terreno, não há nada como... – Jimmy interrompeu a frase para tirar do bolso uma pequena sacolinha de plástico, que passou para Andy.

Dentro dela, havia uma aliança de ouro bem conhecida.

Os olhos de Andy se arregalaram.

Ao ouvir passos, Jimmy logo pôs o pacotinho de volta no bolso. O inspetor Kelley parou diante deles.

– Inspetor... – Andy tinha começado a suar.

– Flynn, me contaram que você estava aqui. Afastei você do caso uma semana atrás, e a morte precoce da sua esposa devia ser mais um motivo para você continuar de fora. – Kelley fez uma pausa. – Você tem uma arma?

– Hum... sim, senhor – respondeu Andy, surpreso com a pergunta. – A Smith&Wesson calibre 38 do Jimmy.

– Trouxe para você sua Glock – falou Kelley, entregando a pistola para Andy.

– Obrigado, senhor – respondeu Flynn, tentando não passar para a voz todo o seu espanto.

– Não tire nenhuma conclusão. Vamos conversar sobre isso mais tarde.

O olhar do inspetor Kelley permaneceu imperturbável.

– Tome cuidado – avisou. – Pode ser que esse maluco tenha alguma cisma com você. Não lhe recomendo ficar por perto. Pode deixar que o manteremos informado.

Depois de dizer isso, Kelley desapareceu em direção ao quarto de Ed. O inspetor estava se eximindo da responsabilidade sobre Andy, mas não o estava expulsando de fato. Andy sabia que devia agir com cautela.

Na sala cheirando a podre, vários agentes tagarelavam. Andy ouviu alguém dizer:

– Você acredita em numerologia? Sabe o que é o número 18? 6 - 6 - 6.

Foi quando alguém gritou lá do quarto de Ed:

– Ei, encontrei algo!

Era Hunt, enfurnado no armário de Ed Brown, vasculhando sua coleção de revistas.

Andy correu para o quarto, tentando sem sucesso manter uma aparência tranqüila. "Para onde esse sujeito levou Makedde?" Mas deu de cara com Kelley barrando sua passagem.

– O que foi?! – exclamou Andy.

– Você não deveria estar aqui, Flynn – disse o inspetor, segurando com firmeza os ombros de Andy.

Por trás do corpanzil de Kelley, Andy entreviu por um instante os olhos de Hunt. O agente tinha o rosto pálido e o olhar perdido. Hunt rapidamente desviou o rosto e se virou, levando por instinto a mão à boca para conter o vômito.

* * *

A quadra de prédios de Redfern estava iluminada como uma discoteca, com os flashes espocando no ar noturno. A rua fervilhava de fotógrafos e equipes de televisão, tentando desesperadamente atravessar a barricada montada pela polícia, em busca de uma matéria exclusiva. Um helicóptero da imprensa circulava sobre o local. Andy observava a confusão de seu carro, estacionado um pouco adiante. O inspetor Kelley havia mandado alguém buscar o Honda; era uma forma sutil de dizer a Andy que ele deveria ir embora.

Mais de uma centena de fotos polaróides estavam enfiadas entre as páginas das revistas *Pezinhos de Anjo* de Ed Brown. Seios. Pés. Partes do corpo em diferentes estágios de vida e morte. Níveis variados de tortura. As fotos em cores vivas eram piores que qualquer cena de crime que ele já houvesse visto. Elas mostravam a luta final de corpos sem rosto, torcidos e tensos nos espasmos das autópsias em vida.

Havia evidências suficientes para colocar Ed Brown em prisão perpétua. Mas isso não era grande consolo para Andy Flynn. Ele permanecia sentado em silêncio dentro de seu carro, enquanto um hambúrguer esfriava sobre o painel. Não tinha o menor apetite. Ninguém que houvesse visto aquelas fotos poderia ingerir qualquer coisa naquele momento. Andy não estava faminto nem cansado, embora viesse comendo e dormindo muito mal na última semana. Ele tinha vigiado Makedde de perto por vários dias, tentando protegê-la, e aí no fim, como um idiota, se distraiu.

Havia alguma coisa que ainda não tinha sido encontrada, alguma coisa que apontaria o caminho. Precisava pensar. As revistas, as fotos, os sapatos, os pedaços dos corpos; nada disso estava bem escondido. A mãe de Ed não seria mesmo capaz de descobrir essas coisas, mas ele devia estar seguro de que mais ninguém fosse lá espiar.

Capítulo 61

A água chegava até as coxas de Makedde. Ela tinha desmaiado novamente, e o avanço da água gelada a acordara. Ainda estava dentro do furgão, com o corpo inteiro dolorido. Dava para notar que quebrara alguns ossos. Suas costelas estavam partidas. A clavícula, talvez? Um cotovelo também? Seus braços estavam praticamente inutilizados, sobretudo o esquerdo. Eles não estavam mais esticados sobre sua cabeça; em vez disso, repousavam molemente sobre seu peito, com os cotovelos arqueados. As algemas ainda mantinham seus pulsos unidos, mas a corrente havia sido arrancada da parede com a força da colisão.

Nada de vibrações ou movimentos. Ao seu redor ouvia-se agora apenas o murmúrio tranqüilo das águas. O veículo estava inclinado num ângulo de 45 graus, parcialmente submerso, e o corpo de Makedde tinha sido jogado contra as costas do banco do motorista. Eles já deveriam ter afundado. Talvez as águas fossem rasas. Não cheiravam a sal. Um lago? Um rio?

Mak girou o pescoço e olhou para a cabine. Vazia. Ele tinha ido embora. As portas estavam fechadas, e a janela do lado do motorista havia sido completamente abaixada. Será que já estava assim antes da batida? Não, não estava. Ele devia ter escapado. Havia riscos vermelhos sobre a maçaneta e o painel. O pára-brisa estava completamente estilhaçado; cacos de vidro se espalhavam por toda parte. Ele devia ter se machucado. Fugira e a abandonara.

Apoiando-se nas costas, Makedde deslizou para cima no assoalho do furgão, encolhendo as pernas. A água chegava somente aos seus joelhos e não parecia querer subir mais. Seus olhos doloridos logo viram a caixa de ferramentas que a atingira durante a colisão. Tudo parecia diferente; gavetas se abriram e alguns pedaços se desprenderam das paredes. Aquelas gavetas do furgão estavam cheias de utensílios de cozinha, facas e garfos para acampamentos. Não. Não eram facas de cozinha, eram lâminas mais compridas e afiadas. Nada de garfos. Eram ferramentas diferentes, reluzentes, de uso clínico.

Mak se arrastou até uma dessas gavetas, com a cabeça ainda girando. A gaveta estava limpa e cheirava a desinfetante, e as ferramentas em seu interior eram perfeitamente imaculadas. Bisturis. Lâminas finas e compridas. Coisas que pareciam alicates de precisão. Instrumentos cujos nomes ela desconhecia.

A lembrança veio como um raio. "Ed Brown, o funcionário do necrotério." Mak agora sabia quem ele era.

"Ele separou uma mecha dos cabelos de Catherine para mim."

Makedde precisava se preparar. E se ele voltasse? Com os pulsos ainda atados, remexeu entre os instrumentos e selecionou uma faca pontuda e comprida. Segurou-a com ambas as mãos. Makedde nunca havia cortado ninguém antes, nunca mergulhara o aço num corpo vivente, mas sabia que conseguiria se fosse preciso. Não hesitaria, caso o homem voltasse.

Segurando a faca com a maior firmeza possível, Mak deslizou pelo chão do veículo e se inclinou contra as costas do banco do motorista, onde foi espetada por alguns caquinhos de vidro incrustados. A água ao redor estava extremamente gelada. Ela subiu rastejando pelo banco, sem grande ajuda dos braços, e colocou a cabeça para fora da janela, apoiando-se nas bordas com o ombro. Seus olhos já estavam acostumados à escuridão, e Mak pôde identificar um rio correndo devagar sob o veículo. À sua esquerda, uma margem lodosa subia até a estrada.

"Conte até três. Um, dois... três."

Makedde usou todo o restinho de suas forças para se impulsionar através da janela. Debateu-se, com os braços algemados bem tesos, segurando a faca, e deslizou para dentro da água gelada. Seus pés descalços tocaram o fundo, enquanto procurava se equilibrar. Sua cabeça girava, e estrelinhas verdes e vermelhas passeavam diante de seus olhos abertos. Aos poucos, a tonteira foi passando, deixando em seu lugar uma vaga sensação de torpor. Mak segurava a faca em frente ao baixo-ventre e avançava com dificuldade, em meio à água na linha da cintura, rumo à margem do rio.

Nenhum barulho; apenas o rumor suave das águas e do vento passando entre os galhos espetados na lama espessa.

"Um estalo."

Movimento. Algo se movia nas sombras.

Makedde parou e segurou a respiração. Gotas de água caíam. Alguma coisa pisoteava o cascalho do terreno. Sombras em movimento. Mak tentou manter-se imóvel, mas sua cabeça não estava bem. Segurava a faca diante de si, tentando se preparar. Sabia que não estava em condições de correr. Teria de lutar. Ela pigarreou e tentou falar. Sua voz saiu rouca.

– Quem está aí?

Nenhuma resposta. Mais sons de cascalho pisado. Uma figura se delineando na escuridão. Alguma coisa em suas mãos. Algo vibrando rapidamente em direção a ela. Um martelo. "Rápido! Saia da frente!"

Mak recuou lentamente, mas mesmo assim recebeu um golpe forte na mandíbula. O chão lamacento logo subiu ao seu encontro, enquanto estrelas dançavam em sua cabeça. Então, como um televisor sendo desligado, as estrelinhas brilharam mais forte e desapareceram em seguida.

Capítulo 62

— Se ele não tiver levado Makedde para lá, estaremos ferrados – disse Andy, enquanto aceleravam a caminho da casa.

— Você pode ter razão – replicou Jimmy. – Ele parece saber muito. Há uma espécie de lógica psicopata nisso. Uma coisa de vingança. Mas nunca soube que você e Cassandra tinham essa casa.

— Pertencia a Cassandra, mas eu ia ficar com ela como parte do acordo de divórcio – explicou Andy. – Ela comprou como investimento, mas nunca chegou a revendê-la. Era para eu ter me mudado para lá uns meses atrás.

— Vamos torcer então para que ele tenha decidido fazer isso por você – comentou Jimmy.

— Pense nisto. Ele matou pelo menos outras nove mulheres, sendo que só conhecemos cinco delas. Onde estão as outras quatro? Ele as escondeu bem. Mas não estas últimas. É porque ele quer ser pego, esse é o motivo. Ou então é porque pensa que é invencível.

— *Skata*! Se todos esses psicopatas de merda querem ser pegos, por que simplesmente não vão até a delegacia mais próxima e acabam com o problema? – Jimmy abanou a cabeça. – Não, não estou convencido. Ele está só ficando menos prudente. Todos esses *malakas* doentes acabam ficando menos cuidadosos com o tempo.

Capítulo 63

NUA.

"Estou nua!"

Quando Makedde acordou, encontrava-se num quarto, sentindo muita dor. Não conseguia mexer-se. Não conseguia cobrir-se. Por um momento imaginou, *suplicou*, que tudo fosse um pesadelo. Quando era criança, Mak às vezes tinha sonhos em que estava caminhando pelos corredores de sua escola ou pelas ruas movimentadas da cidade, até que de repente se dava conta de estar completamente nua.

Um ar gelado passou sobre sua pele úmida. Ela estava morrendo de frio, com a pele toda eriçada. Havia uma porta aberta ou uma janela. Mak estava com as pernas e braços estendidos, amarrada à cama por seus pulsos e tornozelos. Havia uma espécie de gaze enrolada em volta de sua cabeça. Um abajur comprido estava aceso, espalhando uma luz fraca pelo recinto. Embora não pudesse mover a cabeça, Mak forçou os olhos e examinou o lugar o melhor que podia. Estava sozinha. Havia prateleiras empoeiradas decoradas com vasos de flores desidratadas e porta-retratos. De sua posição na cama, dava para ver a imagem numa das fotografias mais próximas: um homem de terno e sua noiva num belo vestido branco.

Não havia dúvida de que aqueles eram os rostos sorridentes de Andrew e Cassandra Flynn. Aquele era o lugar de que Andy tinha lhe falado.

Mak lutou para se libertar, porém, quanto mais se movia, mais as cordas ao redor de seus pulsos e tornozelos mordiam sua carne. Quando tentou mexer a mandíbula, uma dor aguda atingiu suas têmporas e seus ouvidos.

Ouviu barulhos ao lado. Passos. Madeira rangendo. Sons metálicos. O homem ruivo tinha voltado. Ele entrou pela porta do quarto, usando um avental cirúrgico, máscara e luvas de borracha. Carregava uma espécie de caixa de ferramentas.

Ele arrastou uma mesa de madeira pelo quarto e colocou-a ao lado da cama, limpando seu tampo com uma escovinha. Estendeu então uma folha de plástico sobre a mesa, colocando sobre ela a caixa de ferramentas. Makedde lutou para falar e descobriu que não tinha condições de pronunciar uma única palavra. Gemidos débeis lhe escapavam da garganta. O homem ignorou Makedde e seus sons, concentrado nos preparativos.

Ele puxou a luminária para perto da cama. Com uma luz tão forte diante dos olhos, Makedde precisou de algum tempo para ajustar a visão. Estava agora cara a cara com o monstro e precisava entender. Por que Catherine? Mak lutou para emitir algum som com a boca, mas não conseguiu mover sua mandíbula inchada.

De repente, estranhamente, o homem começou a rir. Era um riso medonho. Mas o cacarejo cessou tão depressa quanto tinha começado.

— A puta está sem palavras — disse, sem olhar para Makedde.

Virou-se de costas e continuou com os preparativos.

Mak forçou os olhos para acompanhar os movimentos do homem. Ele verificou as cordas que a atavam à cama, e Makedde percebeu que ele parecia percorrer uma espécie de roteiro de checagem, item por item.

Quando terminou, virou-se para ela e pela primeira vez a encarou. Falou diretamente e com calma:

— Tenho que ir devagar com você. Você é especial.

Pronunciou essas palavras com orgulho, como se ela pudesse se sentir lisonjeada com aquilo.

— Você já presenciou uma autópsia, Makedde? — perguntou com sua voz de coroinha de igreja. — Sei que você já viu o meu trabalho por aí. Por onde quer que eu comece? Prometo que vou deixar para o fim as incisões fatais. Só fico chateado por esses ferimentos na sua cabeça já terem enfraquecido tanto os seus sentidos.

Mak precisava tentar falar. A palavra era sua única arma, agora que estava impotente do ponto de vista físico.

"Ele não liga para a sua dor, sente prazer com isso. Diga algo que o surpreenda. Não deixe que ele perceba seu medo."

Ela respirou fundo, forçou o maxilar para baixo e um som indecifrável saiu de sua garganta. Ed inclinou sua cabeça para um lado, claramente divertido com os esforços dela.

– O que fizeram com você? – perguntou Makedde, num sussurro quase inaudível.

A expressão dele mudou um pouco.

– Como forçaram você a fazer isso? – balbuciou ela.

Alguma coisa tremeu por um instante nos olhos de Ed. Identificação? Mak teve a impressão de que eles tinham se transformado nos olhos de uma criança. Um garotinho, olhando para Makedde com olhos grandes e curiosos. Remorso? Não. Ed se virou e pegou alguma coisa. "Ele vai me libertar?" Quando Mak tornou a ver o rosto dele, percebeu que aquele olhar tinha desaparecido, sendo substituído pela expressão fria e imperturbável do homem que a tinha trazido até ali para matá-la.

Ele segurava o que parecia uma bola de borracha com tiras dependuradas. Suas mãos enluvadas abriram com força a boca de Makedde, enfiando lá a bola. Ed então amarrou as tiras ao redor da cabeça dela.

– Acabou a conversa – disse, enquanto selecionava outro item de sua caixa de ferramentas.

Capítulo 64

Ao se aproximarem da casa de Lane Cove, os dois detetives desligaram a sirene. Não queriam assustar Ed Brown, precipitando uma reação perigosa ou mesmo sua fuga. Isso, *se* ele estivesse ali. *Se*. Andy rezava para estar certo. De repente, uma imagem saltou da espessa escuridão da noite como um anúncio de neon.

— Você viu isso? — disse Andy, pisando nos freios.

Os pneus cantaram e Andy deu marcha a ré em seguida. Tinha visto algo entre as árvores.

O furgão azul estava parcialmente submerso na margem do rio.

— Meu Deus, olhe só para isso — disse Jimmy, saindo rapidamente do carro.

Andy saiu também e desceu correndo a encosta, com o furgão iluminado pela luz fantasmagórica dos faróis. Ele sacou sua arma. O furgão estava submerso até a metade, com o compartimento de carga acima do nível da água. Andy segurou a pistola bem alto, à sua frente, avançou até a porta do lado do motorista e olhou com cautela para dentro. Examinou rapidamente o assento dianteiro: parecia haver rastros de sangue na moldura da janela aberta e também sobre o volante.

— Ligue para pedir reforços! — gritou para Jimmy. — Preciso de uma lanterna. Está difícil enxergar a parte de trás, mas parece que está vazia. Tem sangue aqui. O cretino deve ter se ferido. Eles não podem estar longe!

A porta estava emperrada. Andy espremeu-se pela janela e deslizou para o banco da frente. Com a arma em riste, apertou os olhos e verificou a parte de trás do veículo. Não havia tempo a perder. Ele saiu o mais depressa que pôde pela janela e avançou rapidamente pela água até a margem do rio. Jimmy estava chegando com uma lanterna. Andy pegou-a depressa e direcionou o foco para o terreno pedregoso.

Havia marcas visíveis de arrastamento.

Capítulo 65

Ed Brown estava inclinado sobre ela, exalando seu bafo quente e pútrido. Makedde tentou cuspir nele, mas a mordaça de borracha fez com que a saliva escorresse pelos cantos de sua boca, descendo pelo queixo. Ela se debateu nas amarras, mas só conseguiu sentir as cordas entrando ainda mais profundamente em sua carne. Tão de perto, Mak podia ver claramente o rosto do homem. A luz do abajur incidia diretamente sobre um talho profundo na testa dele. O corte era comprido e ainda sangrava, mas os olhos de Ed estavam alerta, vivos, dançando com um prazer sádico.

— Você está babando, Makedde.

Seu nome soava asqueroso nos lábios dele. Ed segurava alguma coisa em sua mão enluvada... e a conduzia até a garganta de Mak. Era uma esponja cirúrgica, pingando desinfetante. Ele começou a limpá-la, removendo a lama do rio. As mãos de Ed deslizavam sobre o corpo nu de Makedde, sobre sua pele eriçada, detendo-se por um instante sobre seus mamilos eretos. A esponja passou pelos seios e pelo umbigo, descendo ainda mais. Ela tentou fechar as pernas, mas seus tornozelos estavam presos bem longe um do outro.

Mak tentou fingir que estava em outro lugar.

"Estou caminhando na praia, livre e solta, não aqui. Não com essa esponja dura sendo pressionada entre as minhas pernas. Ah, não..."

Ed virou-se de costas para ela. Estava procurando alguma coisa, tirando algo de sua caixa de ferramentas com ambas as mãos. Erguendo um pouco a cabeça, Mak viu uma ponta aguda. Ele foi em direção aos tornozelos dela, acariciou seus pés nus e colocou algo em torno deles. Seus sapatos! Ed tinha ido buscar os sapatos de salto de Makedde no carro e estava agora calçando-os nela.

— Mãe... — ele murmurou.

Mak sentia-se muito zonza. Sua respiração era superficial e difícil, e ela tremia toda. Ed foi novamente até a caixa de ferramentas e colocou os instrumentos em ordem sobre a folha de plástico, esfregando-os para limpá-los. Makedde viu o que parecia ser um bisturi, uma faca com uma lâmina comprida e afiada, um alicate...

Ela forçou suas pernas para a frente e para trás com violência. "Rompa a corda!" Mas sua carne só se feria ainda mais. A dor era lancinante, mas precisava continuar. Os pés da cama protestavam com altos rangidos.

Ed ficou de pé diante dela, com os lábios contraídos. Suas mãos delgadas, dentro das luvas de borracha, seguravam elegantemente o bisturi desinfetado, enquanto Mak observava o progresso da ponta afiada em direção a seu corpo nu, seus seios expostos, seus mamilos eriçados pelo frio.

Capítulo 66

Havia poucas casas naquela área. Nenhum vizinho por perto. Era disso que Cassandra mais gostava lá. A privacidade.

As marcas de arrastamento levavam até a casa. Eles tinham que estar lá.

Andy correu pela estrada de terra, vagamente consciente da presença de Jimmy alguns centímetros atrás dele. Suas calças úmidas grudavam-lhe nos joelhos, atrapalhando-o, mas ele corria com todas as suas forças. Já estava agora perto da casa, atrás das árvores. Viu uma luz – uma luz amortecida – na janela do quarto. Andy acelerou em meio à grama, como uma sombra ligeira. Correu até a porta da frente, empunhando sua arma.

Capítulo 67

O bisturi pressionava seu peito, pronto para perfurar. Mak queria gritar. Queria lutar. Rezava para que aquilo acabasse logo.

Os olhos de Ed estavam muito próximos dos dela, mas ao mesmo tempo muito distantes, pertencentes a um mundo que ela não conseguia compreender.

— Está pronta, mãe?

"Mãe?"

Aquelas palavras terríveis, sendo cuspidas por aqueles lábios malévolos... "Você está pronta... mãe?" Seu pai pronto para empurrá-la no escorregador, segurando-a com suas mãos bondosas. "Você está pronta?" Sua mãe, desvelando sua escultura, uma figura de argila.

Ela iria morrer agora... *estava pronta para morrer.* Um momento. Ela recuou. Era isso. Iria fingir. Talvez isso pudesse detê-lo. "Qualquer coisa. Tente qualquer coisa."

Mak revirou os olhos e debateu-se violentamente na cama, gemendo em convulsões. O bisturi espetou-a quando Mak se mexeu, cortando sua pele, mas depois foi retirado. Ela fingiu estar sendo asfixiada com a mordaça, tão convincentemente quanto era capaz. Aqueles movimentos machucavam, suas costelas latejavam e seu corpo inteiro submergia na dor, mas o bisturi tinha sido afastado.

Ed estava falando com ela agora. O que dizia?

— Você se esquece da minha habilidade e da minha experiência. Você não vai morrer até que eu decida. Mamãe vai ser curada direitinho. Nada de enganação.

Mak tentou falar, implorar para que ele a soltasse, mas os sons que vinham de sua garganta eram inumanos, e sua mandíbula estava completamente inchada para ser capaz de se mover.

— Eu disse que não ia mais ter conversa. Mesmo assim, você se recusa a desistir.

Ed balançou devagar a cabeça, depois sorriu e se inclinou sobre ela, colocando as mãos ao redor do crânio de Makedde. Ela sentiu as tiras em volta da cabeça se estreitarem dolorosamente, para depois relaxarem a pressão. Ed tirou a bola de borracha de sua mandíbula quebrada, e fios de sangue e saliva penderam da boca de Mak. Ela tentou falar. Ele inclinou a cabeça para ouvir. Estava agora zombando dela.

Ed respondeu a seus grunhidos e arfadas.

— Não, não vou soltar você. Não mesmo. Mas você tem dedos tão bonitos em seus pés. Lindos. Quer provar? Chupar seus dedos na minha frente?

Mak balançou a cabeça, tentando falar num gargarejo. Olhou para as cordas que mordiam seus tornozelos.

— Soltar a corda? Não, não, não. Não acho que você seja tão flexível. Não, eu vou trazer os dedos para você. Vou enfiá-los em sua boca. Você vai poder roer essas unhas tão lindamente pintadas.

O bisturi desceu pela pele nua de Makedde, por sua perna, em direção ao seu pé direito. Ele murmurou alguma coisa:

— O pé direito, porque isso é *direito*...

Ed removeu o sapato dela e jogou-o no chão de madeira.

Mak fechou os olhos, sentindo o bisturi mergulhar em sua carne com uma dor quente e insuportável. Ela gritou, e o som de seu grito misturava-se a tudo o mais. Barulhos por toda parte, sons enchendo suas orelhas, cores dançando diante de seus olhos, vermelho, verde, rodopios, tanta dor, ela estava caindo, caindo...

Um estampido alto. Ed havia atirado nela; tinha parado de cortá-la e decidira atirar nela. Mak abriu seus olhos, lágrimas escorrendo pela face, tudo borrado. Que estranho, ainda estava viva. Outro estampido. De repente, algo pesado caiu sobre ela. Ou melhor: alguém. Ele. O homem. Sobre Makedde. Vermelho no ar, flutuando, caindo. "Sangue?" Sangue por toda parte.

O rosto de Ed estava bem perto do dela, com a língua para fora e um olhar assustador. O corpo dele havia caído sobre Mak contorcendo-se em espasmos... um saco pesado de sangue e carne trêmula atravessado sobre ela.

Palavras... palavras em seus ouvidos.

– Está tudo acabado agora, Makedde.

Seu nome numa pronúncia novamente doce, sem veneno na voz.

– Você vai ficar bem. Estou aqui, Makedde, estou aqui. Fique tranqüila. Está tudo bem. Não tente falar. Você está em segurança agora.

Andy. Aquela voz era de *Andy*.

Um peso foi tirado de cima dela: aquela massa convulsiva tinha sido removida. Não precisava mais ver aquele olhar. Mak sentia-se leve, com os tornozelos e os pulsos livres das cordas.

Suavidade – algo caía suavemente sobre ela; tecido, uma colcha. Mak virou-se de lado e agarrou-se ao cobertor, com os olhos cheios de água, soluçando de felicidade e alívio, estreitando suas pernas e braços, abraçando a si mesma, abraçando sua dor.

Enrolada como um novelo, Makedde foi carregada para a ambulância.

Capítulo 68

Andy caminhava a passos largos pelo corredor, com seu parceiro logo atrás.

— Mesmo depois de tudo o que aconteceu, ela ainda não acredita que seu filho tenha feito isso – disse Jimmy, balançando a cabeça.

Andy não respondeu. Tudo começava agora a fazer sentido. Assassinos em série não eram criados de um dia para o outro. Ele precisava compreender o Assassino do Salto Alto. Refletiu sobre a presença educada e discreta de Ed Brown no necrotério.

— Alô... Terra chamando Flynn, Terra chamando Flynn... Câmbio?

— Estou ouvindo você, Jimmy. Essa mulher é um caso perdido. Ela nunca vai mudar de idéia. Eileen Brown era uma prostituta, Jimmy. Homens diferentes a cada noite, sempre empetecada, de minissaia e sapatos de salto alto, com seu filho ainda criança por perto. Sempre drogada e nervosa, culpando o filho por ter nascido. Alguma coisa se quebrou no pequeno Ed.

— Para dizer o mínimo...

— A tríade homicida. Você estava certo. A casa foi queimada quando Ed tinha 10 anos. Ele fez isso, Jimmy. Tentou matar a mãe aos *10*.

— Sim. Mas não conseguiu matá-la, deixou-a aleijada.

— Exato. Mas a vem matando simbolicamente desde então.

— Então, se todos esses *malakas* querem no fundo matar seus pais, por que não fazem isso logo de uma vez?

— Você tem que perguntar isso a um psicólogo. Culpa? Raiva transferida? Edmund Kemper matou sua mãe e praticamente se entregou, mas só depois de assassinar uma porção de mulheres inocentes. E nosso Ed Brown agiu bem lentamente no final, mesmo sabendo que estávamos atrás dele. Talvez de algum modo ele estivesse se entregando também.

Andy divagava de novo.

— Tudo o que ele tinha era sua mãe. Cuidou dela por décadas depois do incêndio. Seus clientes devem ter ido embora depois que ela perdeu as pernas. O filho era a única pessoa que Eileen devia ter para cuidar dela. E acho que ela devia ser a única pessoa para Ed, também.

— Ed Kemper, Ed Gein, Ed Brown. Por que todos esses psicopatas se chamam sempre Ed? – perguntou Jimmy.

Andy riu. Ah, se tudo se resumisse a um nome próprio...

Uma médica saiu do quarto de Makedde e caminhou pelo corredor na direção deles.

— Como ela está? – perguntou Andy.

— Melhorando. Dormindo bastante. Está se recuperando bem. Conseguimos drenar com sucesso o hematoma subdural.

Jimmy interrompeu a médica:

— Dá para falar a minha língua, por favor?

Ela suspirou.

— Estancamos a hemorragia no cérebro dela. Se tivesse ficado por mais tempo sem socorro, teria tido sérios problemas. Mas ela é uma guerreira, forte como um touro. Não podemos afirmar com toda a certeza, mas neste momento estamos otimistas no sentido de que ela não terá seqüelas.

Andy sorriu.

— E o dedão do pé?

— A microcirurgia parece ter sido bem-sucedida. Só o tempo vai dizer. A sensibilidade deve ficar um pouco prejudicada, mas vai dar para caminhar direitinho.

A médica despediu-se dos dois, e eles continuaram em direção ao quarto 312. Sentada numa cadeira do lado de fora, uma loira numa minissaia lia uma revista. Jimmy deu uma cutucada em seu parceiro ao reparar nela, mas Andy o ignorou.

Antes de chegarem à porta, Jimmy chegou perto de Andy e perguntou num sussurro:

— Ela está sabendo sobre Ed?

Andy abanou a cabeça. Não tinham contado ainda para Makedde. Ela não precisava saber que Ed estava temporariamente em outra ala do mesmo hospital. Ele estava sob forte vigilância e, assim que tivessem tratado de seus ferimentos, seria transferido para Long Bay, onde esperaria o julgamento.

Os dois se aproximaram de um homem alto, de cabelos grisalhos, parado no vão da porta. Ele estava vestido de modo clássico e devia andar por volta dos 50 e tantos anos. Andy se apresentou.

– Olá, sou o detetive Flynn, e este é o detetive Cassimatis. O senhor é...?

– Leslie Vanderwall.

O sotaque era canadense. Leslie estendeu sua mão. O pai de Makedde tinha olhos de um azul profundo, como os da filha. Seu rosto parecia cansado e envelhecido, embora ainda bonito. Suas roupas estavam bem amarrotadas.

– Senhor Vanderwall, fico contente que tenha conseguido vir até...

– Devia ter vindo para cá há algumas semanas e levado Makedde para casa – replicou secamente.

– Sinto muito. Ela passou por coisas terríveis para qualquer ser humano – disse Andy.

– Quando vai ser o julgamento?

– Infelizmente, imagino que vá demorar algum tempo para montar todo o processo. Organizaremos a viagem dela quando for preciso que ela venha depor.

O senhor Vanderwall concordou. Sua voz se abrandou.

– Fico contente em saber que o senhor foi inocentado da morte de sua esposa. Meus pêsames.

Andy abanou a cabeça e Leslie continuou a falar.

– Você salvou a vida da minha menina. Nunca poderia agradecer o bastante.

Jimmy interrompeu os dois.

– Ela está acordando.

Makedde moveu-se no leito, com o rosto inchado e multicolorido, e a mandíbula mantida no lugar com um fio metálico. Uma grande ferida costurada cobria sua face esquerda, e uma parte de sua cabeça tinha sido raspada.

A mulher loira estava agora à porta.

– Olá. Sou a Loulou – disse.

Ela usava maquiagem pesada e se parecia um pouco com Cyndi Lauper no auge do sucesso. Andy percebeu que havia algo de estranho com as sobrancelhas dela. Ele e Jimmy se apresentaram.

O senhor Vanderwall tinha ido para o lado de Makedde; os outros continuaram perto da porta, para dar espaço ao pai e à filha. Mak expulsou o sono e abriu seus olhos inchados, feliz por ver seu pai ali. Depois, repentinamente alerta e acordada, fez um sinal com a cabeça para suas outras três visitas.

– Você vai ficar ótima, minha querida – seu pai lhe assegurou. – Já está se recuperando bem. Logo, logo, vai voltar ao seu normal.

Andy quis fazê-la rir e começou a imitar o sotaque escocês de Sean Connery.

Leslie Vanderwall ficou olhando, confuso, e através da mandíbula presa, Makedde começou a rir. Era maravilhoso. Era o som de uma sobrevivente.

Capítulo 69

Nuvens brancas e brilhantes se estendiam no céu como uma paisagem ártica infinita suspensa no ar. Eles voavam tranqüilamente sobre o Oceano Pacífico, como que embalados por aqueles travesseiros fofos de névoa. Voar nunca tinha sido um problema para Makedde, mas a postura de seu companheiro de viagem, agarrado ao braço da poltrona até ficar com as pontas dos dedos esbranquiçadas, não passou despercebida para ela.

— Você está bem, pai? — murmurou Mak através da mandíbula pouco cooperativa.

Ele se virou, com o rosto pálido e assustado.

— Você está acordada.

— Claro. Não perderia esta vista por nada no mundo.

— Sabia que você gostaria do assento da janela — murmurou ele, tentando parecer composto.

— E eu sabia que *você* não iria gostar dele. Ainda não consigo acreditar que você veio voando do outro lado do planeta para me pegar.

Ele olhou aborrecido para Mak.

— Acho que eu preferia quando você não conseguia falar.

Makedde ainda não conseguia falar muito bem, mas tinha melhorado gradualmente ao longo das semanas. Ela iria para casa por uns tempos, mas a história ainda não tinha chegado ao fim. Haveria uma audiência para o julgamento, e era quase certo que esse seria um longo processo. Ed Brown era indiscutivelmente um assassino, mas, com tantas vítimas, poderia levar meses até que a polícia reunisse todas as provas. Mak não podia prever quando teria que voltar.

Ela ficou sabendo que o homem que a raptara e a atacara estava tentando a defesa McNaghten, alegando inimputabilidade devido a doença mental. Já havia uma psiquiatra forense que acreditava que o distúrbio psicossexual de Ed Brown estava de algum modo relacionado a seu impulso homicida contra mulheres de saltos altos. Para Ed, qualquer mulher usando um salto-agulha era uma prostituta, e todas as prostitutas precisavam morrer para se curarem de sua promiscuidade.

Diante da relação nada saudável de Ed com sua mãe, essa defesa contava com algum respaldo. A base para a insanidade legal eram falsas crenças psicóticas, e aquelas crenças, se genuínas, poderiam fazer com que Ed fosse enquadrado no caso. Entretanto, o sadismo de Ed, seus métodos precisos e a interação sexual com suas vítimas sugeriam algo bem diferente; tudo isso apontava no sentido de alguém que matasse com o propósito deliberado de extrair prazer sexual, sem procurar qualquer "cura" mágica para pecados imaginários. Ele não era mesmo um psicopata como nos livros, mas, por outro lado, será que realmente se enquadrava na categoria dos insanos? Restava ver como o júri iria encará-lo.

"Deixe-o para lá, Makedde, tire-o da sua cabeça."

O vôo para casa foi bem confortável, com amplo espaço para as pernas e muita coisa para ler. Dois jornais de Sidney repousavam no colo de Makedde. Todos os dias saía algum artigo sobre os Crimes do Salto Alto, mas agora já não na primeira página. Mak estava mais interessada numa matéria sobre o herdeiro outrora poderoso da cadeia de suprimentos cirúrgicos Tiney&Lea, que estava se divorciando de sua mulher e sendo processado por tudo o que merecia. Pobre James Tiney Jr. Ele também havia sido rebaixado. Parece que o pai dele, que era um membro do alto escalão da Sociedade de Medicina da Austrália e um cirurgião muito respeitado, fazia a linha ultraconservadora. Ele não engoliu bem a notícia do adultério de seu filho.

– Júnior. Não é de admirar que tivesse um complexo de Napoleão.
– O quê?
– Nada, pai.

Uma comissária de bordo com um penteado impecável passou pela cabine da primeira classe oferecendo guloseimas.

– Você nunca voou de primeira classe, né, pai?
– Não – ele respondeu, olhando sem parar para o saquinho de plástico para enjôos pendurado no banco da frente.

– Viu só o que eu faço por nós? Se não fosse por toda essa confusão, estaríamos espremidos lá atrás perto dos banheiros, ouvindo uma descarga a cada trinta segundos. E talvez nem chegássemos em casa a tempo para o nascimento do bebê.

– Claro. Empurrar você numa cadeira de rodas para cima e para baixo com esse seu dedão enfaixado e seus cílios encantadores é realmente uma combinação eficaz. Para não falar nesse troço ao redor do seu pescoço.

– Isso se chama colar cervical, pai.

Mak tinha que usá-lo até que sua clavícula se refizesse. O colar imobilizador tinha sido artisticamente decorado com recados de Andy, Loulou e até de Charles, todos escritos com caneta hidrocor. Ela pensou na mensagem de Andy: *Por favor mantenha contato. Com amor, Andy.* "Vamos ver. Vamos ver."

– Vou virar avô – disse seu pai.

Ela sorriu.

– E eu vou ser a tia Mak.

Makedde pensou em sua família. Depois, na de Ed. Tinha sido um choque ver a fotografia antiga de Eileen Brown. Mak parecia-se tanto com a mãe de Ed quando jovem! Uma cópia de sua foto com Cat também tinha sido achada na carteira de Ed. Andy deve ter ficado aliviado em descobrir que Ed já estava obcecado por Makedde *antes* de ele se envolver com ela. Mak podia intuir que ele ainda não se perdoava por não tê-la encontrado antes. E ela não se perdoava por não ter acreditado nele. A despeito de seu temperamento e dos motivos que pudesse ter, quando as buscas no quarto de Ed revelaram a aliança dourada de Cassandra Flynn, não poderia mais haver dúvidas sobre a inocência de Andy.

Andy se importava com Mak, e ela se importava com ele, mas havia uma porção de problemas entre os dois e agora, ainda por cima, existia também a distância.

"Nunca mais terei medo. Nunca mais. O medo é pior que a própria morte."

– Nada mais me assusta agora – Mak disse. – Nada. De hoje em diante, quem mexer comigo está frito.

– Frito, é?

– Frito como batatas fritas. Além do mais, será que eu tenho um ímã para psicopatas pregado em minha testa ou o quê, hein? Entre Stanley e Ed, já descontei umas quatro vidas de carma ruim. Eu deveria começar a ficar tão sortuda a ponto de fazer milagres com as pontas dos ded...

Um solavanco inesperado interrompeu sua frase.

O avião se desestabilizou, caindo em queda livre por um ou dois segundos. O estômago de Mak parecia ter batido no teto e tornado a descer. No mesmo instante, ela buscou a mão de seu pai, apertando-a com firmeza.

O avião logo se nivelou novamente, e um aviso de apertar os cintos se iluminou sobre suas cabeças. A tensão em volta se dissipou e as conversas foram retomadas nos corredores. Pai e filha ficaram de mãos dadas, enquanto os fechos dos cintos de segurança estalavam ao redor.

Nesse momento, Mak soube a resposta.

"Makedde, deixando de ser um ímã para psicopatas?"

"Não aposte nisso."

Epílogo

– Makedde!

Aquele nome feminino tinha sido chamado novamente; era um som familiar, ressoando pelos corredores da prisão de Long Bay.

– Makeddeeee!

Wilson balançou a cabeça irritado e caminhou até a origem do barulho, com as chaves tilintando no cinto. Suas botas lustrosas, com bicos de metal, ecoavam nos corredores. Os internos de sua ala não podiam ser misturados com os outros prisioneiros. Alguns deles ficavam estranhos com o isolamento, se já não eram amalucados antes. Havia um ou dois psicóticos, muitos pedófilos e uns condenados por tráfico de drogas que tinham delatado as pessoas erradas. Aqueles tipos não estariam a salvo na selva de uma cadeia comum. Mas aquele, o que gritava o nome da garota nas horas mais impróprias, era, pelo que se sabia, um assassino em série aguardando julgamento.

Diziam que os outros prisioneiros queriam ser protegidos *contra ele*.

Ele era famoso, mas Wilson não lia os jornais, não ligava para essas coisas. Para ele, Brown era apenas um cara chato com cicatrizes na testa que ficava passando excrementos nas feridas para voltar outra vez para a enfermaria. Ele era definitivamente esquisito, mas Wilson já conhecia esse tipo de prisioneiro: assim que o julgamento terminava, ele normalmente parava de bancar o maluco.

– Makedde, Makedde, Makedde!

– Vá dormir, Brown – disse Wilson, vibrando o cassetete contra a porta da cela.

Mas ele não parava.

– Makedde, Makedde, Makedde!

– Cale essa merda dessa boca!

Wilson bateu novamente com o cassetete, dessa vez mais forte.

A gritaria continuou, começando numa voz baixa e poderosa, que crescia até virar um lamento agudo, com as palavras se enredando umas nas outras.

– Makedde! Maked! Mak! Ma! Ma! Mama! Mamãe!

– Guarde seu espetáculo para o juiz – zombou Wilson, e a ladainha parou de repente. Com a paz de volta à ala, Wilson tornou ao seu posto de guarda. Tinha uma revista de palavras cruzadas para terminar, e seu programa de variedades predileto já havia começado.

* * *

Ed Brown estava sentado na cama tosca de sua cela, alerta como um animal noturno enjaulado. Aquilo era uma derrota temporária.

Ele tinha um plano.

"Ponha seus sapatos de salto, Makedde."

"Estou indo buscar você."

AGRADECIMENTOS

Entre as muitas pessoas que gostaria de agradecer por me ajudarem a dar vida a meu primeiro livro, quero fazer uma menção especial a Selwa Anthony, minha imbatível agente literária, minha estrela-guia; à minha amiga e assistente Marg McAlister; à dra. Kathryn Guy, por sua amizade e sua consultoria na área médica; ao meu amigo agente sênior Gelnn Hayward, por sua consultoria no campo policial; ao dr. Robert Hare, Ph.D., por sua consultoria em psicopatias; e a toda a equipe da HarperCollins, particularmente Angelo Loukakis e meu editor Rod Morrison, por acreditarem em mim. Agradecimentos especiais a Chadwicks e às Sisters in Crime por seu grande apoio. Todo o meu amor para meus amigos Linda, Anthea, Pete, Alex, Phil, Michelle e à pequena Bo, por me ajudarem com esse trabalho; ao Nicholas pela sabedoria; ao Christopher pelo Enigma; e a todos os que me auxiliaram nessa jornada. Acima de tudo, ao meu pai Bob, à minha irmã Jackie e a toda a minha maravilhosa família por seu amor constante e seu apoio. Agradeço muito a todos vocês.

■ FUNDAMENTO

PIETER ASPE
CASSINO

Neste eletrizante thriller policial, dinheiro, sedução, crimes e muita ação se misturam em um ritmo frenético e cheio de suspense.

Você vai fazer parte desta **perigosa** investigação.

Já a venda.

■ FUNDAMENTO

Uma história que já emocionou 20 países.

Adeus, China
O último bailarino de Mao

Da pobreza mais cruel ao estrelato no Ocidente – este é o relato verdadeiro e extraordinário da vida de um garoto. Uma história de grande coragem e determinação.

Li CUNXIN

■ FUNDAMENTO

Uma biografia de coragem e independência.
A vida de um homem que você precisa conhecer.
Um livro que pode transformar a sua história.

Já a venda.

Uma Breve História do Mundo

Você fará uma viagem inesquecível nas páginas deste livro.

Um dos livros mais vendidos no Brasil segundo as revistas ÉPOCA e VEJA.

FUNDAMENTO